FEUERPROBE

TYMBER DALTON
LESLI RICHARDSON

Übersetzt von
LITERARY QUEENS

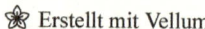

INHALT

HOLEN SIE SICH IHR KOSTENLOSES BUCH!

Tragen Sie sich in unsere Mailingliste ein, um Ihr kostenloses Buch zu erhalten.

https://geni.us/jungfrauunddervampir

*Für meinen Schatz und Mr. B, die beide unendlich viel
Geduld mit mir haben.
(Es ist nicht einfach, eine Schriftstellerin zum Haustier zu
haben.)*

PROLOG

 AMALS …

MAUREEN BERÜHRTE mit zitternder Hand ihren runden Bauch. In der anderen Hand hielt sie den Telefonhörer fest umklammert.

»Bist du noch da?«, fragte Liam.

Sie nickte, bevor ihr klar wurde, was sie getan hatte. Mit einem kaum hörbaren Flüstern antwortete sie: »Ja.«

»Mein Schatz, es tut mir so leid.« Liams Stimme klang erstickt, den Tränen nahe.

Sie betete, dass er nicht weinen würde. Denn wenn er es täte, würde sie ebenfalls in Tränen ausbrechen.

Und sie wusste nicht, ob sie dann je wieder aufhören würde.

»Wann kann ich zu dir?«, fragte sie, obwohl sie die Antwort bereits kannte.

»Im Moment geht's nicht, Liebes. Sie werden dich finden. Das können wir nicht zulassen. Nicht die. Ich gebe einen

Scheiß auf alte Blutschwüre. Diese dreckigen Bastarde bekommen unsere Tochter nicht in die Finger. Außerdem hast du den Eid nie geschworen, also existiert er im Grunde nicht.«

»Kann ich dich sehen, bevor du gehst?«

Eine weitere lange Pause, die ihr fast das Herz brach. »Das können wir nicht machen. Wir können nicht riskieren, dass diese Bastarde dich finden. Ich hätte meinen Brüdern nie von dir erzählen sollen. Herrgott, ich bin so verdammt dumm! Das ist alles meine Schuld. Und jetzt auch noch Ellie und Charles …« Sie hörte am anderen Ende ein Geräusch, das wie ein ersticktes Schluchzen klang. »Das ist alles meine Schuld«, sagte er noch einmal.

»Nein! Sag das nicht. Bitte sag das nicht.« Sie schloss die Augen und stellte sich sein Gesicht vor, sein dunkles Haar, seine grünen Augen. Sein Geruch hing immer noch an dem Hemd, das sie trug, seinem Hemd.

Ihr Gefährte. Die Liebe ihres Lebens. »Ich liebe dich, Liam.«

»Ich liebe dich auch, Baby. Es tut mir so leid, dass ich dich verlassen muss.«

»Ich weiß.«

»Ich kann nicht glauben, dass sie Ellie und Charles ermordet haben. Ich hätte nie gedacht …« Seine Stimme versagte wieder und sie gab es auf, ihre eigenen Tränen zu unterdrücken. »Sie müssen sie beobachtet und gesehen haben, wie wir uns gestern getroffen haben. Vielleicht beobachten sie jetzt die Lyall-Ranch und suchen dort nach dir. Ich habe Angst, dort anzurufen und mit ihnen zu sprechen. Ich weiß nicht, was für Ressourcen die Abernathys haben.«

»Wie lange musst du wegbleiben?«

»Ich weiß es nicht. Was auch immer du tust, bleib bei Carla. Sie wissen nichts über sie, haben keine Ahnung, wo sie lebt oder so und kennen nicht einmal ihren Namen. Sobald ich glaube, dass es sicher ist, werde ich Carla aufspüren und dich durch sie finden.«

Maureen blickte durch das Zimmer zu ihrer besten Freundin, die in einem Schaukelstuhl saß und zuhörte. Carla sah aus, als wäre sie immer noch geschockt über ihre Enthüllungen, wahrscheinlich wollte sie glauben, dass alles nur ein böser Traum oder eine verrückte Halluzination gewesen war.

Genau in diesem Moment bewegte sich das Baby in ihrem Bauch. Maureen unterdrückte ein weiteres Schluchzen. »Sprich mit dem Baby, Liam«, sagte sie leise. »Lass sie deine Stimme hören.« Immer wenn das Baby in ihrem Bauch aktiv wurde, musste ihr kleines Mädchen nur Liams Stimme hören und sie beruhigte sich sofort. Schon vor der Geburt ein Papakind.

»In Ordnung, Liebes.«

Maureen drückte den Hörer an ihren Bauch und hielt ihn mit beiden Händen. Sie konnte seine Worte nur gedämpft hören, doch er versprach ihrer Tochter, dass sie in Sicherheit war und versicherte ihr, eines Tages zu ihnen beiden zurückzukehren.

Elaine. Für diesen Namen hatten sie sich bereits entschieden.

Nach einem Moment hielt sie den Hörer wieder ans Ohr.

»Schatz, hör mir gut zu«, sagte er mit seiner Alpha-Stimme. Es spielte keine Rolle, dass sie ihn zuerst beansprucht hatte. Er besaß sie mit Herz und Seele.

Sie schloss die Augen. »Ja.«

»Pass auf dich auf. Beschütze unsere Tochter. Ich komme wieder, das schwöre ich. Und ihr werdet jeden Tag in meinen Gedanken sein, während ich von euch getrennt bin. Vergiss nie, wie sehr ich dich liebe.«

»Ich liebe dich auch, mein Gefährte.«

Dann flüsterte er. »Ihr seid mein Herz und meine Seele.«

»Und du bist mein Herz und meine Seele.«

Als er auflegte, ließ sie beinahe den Hörer fallen. Es fühlte sich an, als wäre ein Teil ihrer Seele gestorben. Es war über einen Tag her, dass sie ihn gesehen hatte. Er war aufgebrochen, um sich mit den Eltern der Lyalls zu treffen und ein sicheres Versteck für sie zu organisieren.

Da die Lyalls nun tot waren, vermutete sie, dass sie Liam nie wieder sehen würde.

Plötzlich spürte sie Hände auf sich und realisierte, dass Carla zu ihr gekommen, ihr den Hörer abgenommen und aufgelegt hatte.

»Geht es dir gut?«, fragte Carla mit zitternder Stimme.

Maureen schüttelte den Kopf und brach in Tränen aus. Es würde ihr nie wieder gut gehen. Nicht, solange sie von ihrem Gefährten getrennt war.

~

HEUTE …

MARSTON TRAF sich nur ungern mit diesem Mann. Vor allem, da er in den vergangenen Jahrzehnten eine richtige Pechsträhne gehabt hatte. Er wartete nervös im Vorzimmer, wo einer der Lakaien des Mannes ihn ein paar Minuten zuvor zurückgelassen hatte. Dann öffnete sich die Bürotür und ein anderer Lakai winkte ihn schweigend herein.

Er fühlte sich eher wie ein unartiger Schuljunge als wie ein Mann, der über dreihundert Jahre alt war, während er hineinging und versuchte, nicht zusammenzuzucken, als der Lakai die Tür hinter sich schloss. Jetzt war er mit dem anderen Mann allein.

Rodolfo Abernathy saß in seinem Rollstuhl hinter seinem Schreibtisch. Er stellte sich gerne als freundlichen, verhutzelten, etwas müden Mann dar. Als schwachen Mann, der seine Blütezeit längst überschritten und harmlos war.

Doch in Wahrheit war Rodolfo Abernathy trotz seiner Falten noch immer ein gerissener, gefährlicher Wolf. Und er konnte Marston nicht im Geringsten täuschen.

»Marston«, sagte er. »Was für Neuigkeiten hast du für mich?«

»Ich glaube, ich habe die Tochter von Liam Pardie gefunden.«

»Glaubst du es, oder weißt du es?«

Marston schluckte schwer. »Ich kann noch nichts bestätigen, aber …«

Rodolfo schlug mit der Faust auf den Schreibtisch und stand langsam auf. »Ich habe deine Fehler satt. Erkläre mir noch einmal, warum ich den Blutschwur nicht mit deiner eigenen Haut einlösen sollte, um dich ein für alle Mal loszuwerden? Ich habe schon zu viele Jahre darauf verschwendet, dass du endlich abliefest.«

»Ihr Nachname ist derselbe. Sie ist gerade mit den Lyall-Alpha-Drillingen zusammengekommen. Ich weiß nicht genau, ob sie Liams Tochter ist, aber alles deutet darauf hin.«

Rodolfos faltiges Gesicht weitete sich schließlich zu einem entsetzlichen Lächeln. »Ausgezeichnet«, sagte er, und ließ sich wieder in seinen Rollstuhl fallen. »Wie lange wird es dauern, bis du sie erwischst? Ich will die Sache auf keinen Fall über ihren Clanrat regeln.«

»Ich arbeite dran. Du hast gehört, dass es *Alpha-Drillinge* sind, oder? Es wird dauern.«

»Arbeite schneller. Deine schlampigen Methoden machen dich nur verdächtig. Ich habe kein Problem mit Mord als Mittel zum Zweck, wenn du nicht das Ziel erreichst, das wir uns wünschen. Also beeil dich, bevor ich des Wartens müde werde und dich eliminiere.« Dann machte er eine abweisende Geste in Marstons Richtung. »Jetzt geh mir aus den Augen.«

Als Marston aufstand und sich zum Gehen umdrehte, hatte Rodolfo noch eine Bemerkung für ihn. »Oh übrigens. Ich habe gehört, dass du vor zwei Jahren für einige Morde in Brüssel verantwortlich warst.«

Marston erstarrte kurz und drehte sich dann um. Er hatte nicht erwartet, dass er davon erfahren würde. »Davon weiß ich nichts.«

Rodolfo sah ihn mit zusammengekniffenen Augen an. »Du weißt nicht, welcher Wolf möglicherweise mit den Cockatrice zusammengearbeitet hat? Welcher Wolf dafür verantwortlich war, dass Bertholde, die Seherin der Drachen, in Yellowstone getötet wurde? Welcher Wolf die Aufmerksamkeit der neuen Seherin der Drachen auf meinen Clan gelenkt hat? Du weißt nicht, welcher Wolf zwei Komplizen dieser Tat in Brüssel getötet hat, einschließlich ihrer Familienmitglieder?«

Marston schüttelte den Kopf und ging langsam zur Tür. »Soweit ich weiß, gibt es Gerüchte, dass es ein Cockatrice war. Dass die Opfer genauso getötet wurden, wie Cockatrice es tun.«

»Bullshit. Jemand hat sich einfach ein paar Tricks von ihnen abgeschaut.« Rodolfo knurrte tief und bedrohlich. »Vielleicht bist du zu jung, um dich daran zu erinnern«, fuhr er fort, »aber ich erinnere mich noch gut daran, wie es sich anfühlt, ein Leben zu beenden. Das Gefühl, der Geschmack von warmem Blut, das einem die Kehle hinunterläuft. Wie es sich anfühlt, die Zähne in die Kehle eines Gegners zu schlagen, seine Luftröhre zu zerquetschen und zuzudrücken, bis sein Herz aufhört, seine Lebenskraft in meinen Mund zu pumpen. Dickes, warmes Blut.« Er knurrte wieder. »Nur weil ich alt bin, heißt das nicht, dass ich es nicht mehr tun kann und tun werde, um eine alte Rechnung zu begleichen. Drücke ich mich verständlich aus?«

Marston nickte.

»Verschwinde von hier, du verlogener Flohsack«, befahl Rodolfo.

Marston stürmte durch die Tür, bevor Rodolfo seine Meinung ändern konnte.

RODOLFO RIEF seinen Lakaien zurück in sein Büro. »Behalte Marston im Auge«, befahl er ihm. »Ich möchte immer über seinen Aufenthaltsort und seine Aktivitäten auf dem Laufenden gehalten werden. Ich will alles wissen, was er über die Pardie-Bitch weiß. Sobald wir alle Informationen haben, können wir ihn loswerden. Wir wollen nicht, dass er noch mehr Aufmerksamkeit auf uns lenkt. Wir haben so schon genug Ärger und ich möchte nicht, dass die neue Seherin der Drachen uns ins Visier nimmt. Verstanden?«

»Verstanden.«

Dann winkte Rodolfo ihn hinaus. Wieder allein, lehnte er sich in seinem Rollstuhl zurück und presste die Finger vor sich zusammen. Wenn er ehrlich war, brauchte er den Rollstuhl nicht wirklich. Er sah viel gebrechlicher aus, als er tatsächlich war, aber er fand es hilfreich, um den Menschen um ihn herum ein falsches Gefühl der Sicherheit zu vermitteln.

Was sollte er tun? Seine eigenen Söhne und Enkel hatten sich als äußerst enttäuschend erwiesen. Sogar sein Urenkel Paul, der einzig Anständige seiner Generation, war nicht mehr als eine schlechte Kopie eines echten Wolfes. Definitiv niemand, den er eines Tages in seiner Position haben wollte.

Vor allem, wenn die jüngsten Gerüchte über Paul stimmten.

Leider sah es ganz danach aus, als könnten die Rodolfos auszusterben, es sei denn, er bekam neues, frisches Alpha-Blut. Die Pardie-Frau war, soweit er das beurteilen konnte, seine letzte Hoffnung.

Scheiß auf »wahre Liebe«. Er brauchte einen Erben, und zwar einen würdigen. Und den würde er auch bekommen.

Er zückte sein Handy und rief Paul an. Der Junge, erst dreiundzwanzig, meldete sich beim zweiten Klingeln. »Ja, Großvater?«

»Paul. Was ist das für ein Ärger, in den du da hineingeraten bist?«

Der Junge zögerte, bevor er antwortete. »Ich bin mir nicht sicher, wovon du sprichst …«

»Lüg mich nicht an, Junge!«, brüllte er. »Ich weiß von dem Mädchen.«

Nach einem Moment der Stille sprach der Junge mit sanfter Stimme weiter, die Rodolfo beinahe wütend machte: »Sie ist nur ein Straßenköter.«

»Und stimmt es? Hast du sie geschwängert?«

»Sie sagt, dass es von mir ist, aber ich weiß nicht, ob das …«

»Kümmere dich darum«, knurrte er ins Telefon. »Gib mir einen Grund, warum ich dich nicht töten sollte, wie ich deinen Vater und Großvater getötet habe.« Pauls Vater war ein wehleidiger Omega gewesen, der den Familiennamen nicht verdient hatte. Pauls Großvater, sein eigener Sohn, war ein verräterischer Beta gewesen, der versucht hatte, ihn zu töten und seine Position zu übernehmen. Er musste Pauls Beta-Rückgrat aufbauen, und zwar schnell, oder alle seine Optionen für einen auch nur annähernd würdigen Erben seines Imperiums waren dahin.

»Wie soll ich mich darum kümmern?«, fragte Paul. Rodolfo verachtete den weinerlichen Ton des Jungen.

»So, dass das Problem aus der Welt ist. Wenn du es nicht tust, werde ich mich um *dich* kümmern.« Dann legte er auf. Oh, wie sehnte er sich nach den alten Zeiten, als sie noch wie echte Männer Rechnungen begleichen konnten, ohne es vertuschen zu müssen oder Höflichkeit vorzugaukeln. Den jungen Welpen heutzutage war die Ehre oder der Ruf der Familie egal. Ihnen war es egal, ob der Stammbaum der Familie verunreinigt wurde.

Ihnen waren Vorschriften egal. Das Blut seines Stammbaums war ohnehin schon genug von Betas und Menschen verunreinigt worden.

Noch mehr schmutziges Straßenköter-Blut war auf keinen Fall das, was sie im Moment brauchten.

KAPITEL EINS

EUTE ...

LINA ZARIA-ALEXANDR HASSTE das Fliegen immer noch, auch wenn sie sich in den vergangenen Jahren etwas mehr daran gewöhnt hatte. Sie mussten mindestens zweimal im Jahr von Florida nach Frankreich fliegen, um sich mit den hohen Tieren ihres Drachenschwarms zu treffen. Und wenn sie ehrlich war, war Andel Wattersson, der Anführer ihres Schwarms, ihr ans Herz gewachsen, obwohl er nur durch Paarung ihr Onkel war und nicht durch Blutsverwandtschaft.

Zack, ihr bester Freund und Aufpasser, saß rechts neben ihr und hielt ihre Hand. Oder vielmehr ließ er sich seine linke Hand von Lina zerquetschen. Auf der anderen Seite neben ihr saß einer ihrer Gefährten, Jan. Und hinter ihnen saß Rick, ihr anderer Gefährte, mit Kael, Zacks Gefährten.

»Alles okay, Chica?«, fragte Zack.

»Ich vermisse Paris«, murmelte sie mürrisch, die Augen fest geschlossen. »Ich vermisse Paris so sehr, dass ich am

11

liebsten das verdammte Flugzeug dazu bringen würde, umzudrehen.«

»Du hasst Paris«, erinnerte er sie. »Und das Flugzeug ist noch nicht mal vom Gate weggerollt.«

Sie öffnete die Augen und beugte sich vor, um an Zack vorbei aus dem Fenster zu spähen. »Ach, Scheiße.« Dann lehnte sie sich wieder zurück und schloss die Augen.

Der Sicherheitsgurt fühlte sich unangenehm eng um ihren immer runder werdenden Bauch an. Einer oder beide ihrer Zwillinge, zwei Jungs, entschieden sich in diesem Moment, sie zu treten und landeten einen Volltreffer auf ihrer Blase. »Ich hasse Fliegen«, grummelte sie. »Wenn ich die Göttin und die Seherin bin, warum können wir dann nicht einfach allen sagen, dass sie nach Florida kommen sollen?«

Ihr Freund und Wolfswandler Daniel Blackestone sagte von dem Sitz direkt hinter ihr aus: »Denk daran, Lina. Du bist die Göttin. Also wird das Flugzeug sicher zu Hause landen.«

Sie grummelte erneut, versuchte aber, sich zurückzulehnen und zu entspannen. Sie wusste, dass er recht hatte, aber das linderte ihre Flugangst trotzdem nicht. Daniel kam immer mit ihnen nach Europa. Er war wieder einmal einer der Hüter der Tafel von Trammel.

Anfangs hatte Lina ihm den Ort verheimlicht, ihn dann aber doch eingeweiht. Der Wolf half ihnen auch, indem er den Rat seines Clans über die neuesten Entwicklungen im Krieg gegen die Cockatrice auf dem Laufenden hielt. Ganz zu schweigen davon, dass sie sehr enge Freunde waren.

Brodey Lyall, der ebenfalls ein Wolfswandler war und diese Reise oft mit ihnen machte, war dieses Mal zu Hause in Florida geblieben.

Lina schloss die Augen und versuchte, sich auf diese glückliche Entwicklung zu konzentrieren. Sie wusste, dass Brodey und seine Brüder endlich ihre Eine gefunden hatten, die Frau, die dazu bestimmt war, die Drillinge und Alpha-Wandler zu vervollständigen. Deshalb hatte Lina ihn nicht gebeten, sich ihnen auf dieser Reise anzuschließen.

Wenigstens etwas Gutes ist aus meinen verrückten Visionen entstanden.

Und hoffentlich noch etwas Gutes, je nachdem, wie die Ergebnisse von ihrem und Zacks Besuch in Bolivien vor ein paar Monaten ausfallen würden.

Das Flugzeug ruckelte ein wenig und das Motorengeräusch wurde lauter. Es rollte langsam vom Gate weg, und Zack ließ ein schmerzerfülltes Quietschen von sich, während Lina seine Hand fester drückte.

»Schönheit«, flüsterte Jan ihr ins Ohr, »ist schon gut. Du hast diesen Flug schon dutzende Male gemacht.«

Sie öffnete ihre Augen. »Und ich habe es jedes Mal gehasst.« Wenigstens hatte sie keine Angst mehr davor, das Flugzeug versehentlich mitten im Flug in die Luft zu jagen. Sie hatte es inzwischen geschafft, ein angemessenes Maß an Kontrolle über ihre Brandkräfte zu entwickeln.

Wenn ich jetzt noch Fat Boy finden könnte, um ihm die Hölle heiß zu machen.

Sie hatte den mysteriösen Mann, von dem sie wusste, dass er zusammen mit anderen an der Ermordung von Kaels Familie beteiligt gewesen war, seit ihrer ersten Reise nach Paris und Brüssel vor ein paar Jahren nicht mehr gesehen. Leider war das Nest der Cockatrice, von dem sie vermuteten, dass er mit ihnen unter einer Decke steckte, komplett untergetaucht und ihnen seit der letzten Auseinandersetzung entkommen. Das war ein weiterer Grund, warum sie persönlich nach Europa reisen musste. Dadurch waren die Chancen größer, das Nest zu finden und dauerhaft außer Gefecht zu setzen.

Sie schloss die Augen und versuchte sich zu entspannen.
Großer Fehler.

Obwohl sie eine Göttin war, war sie gleichzeitig die Seherin ihres Schwarms. Sie hatte keine Kontrolle über die Visionen, die zu ihr kamen, und obwohl ihre Augen in diesem Moment geschlossen waren, blitzte eine Vision auf. Da die Vision nicht in blaues Licht gehüllt war, wusste sie, dass es sich um etwas handelte, das bereits geschehen war. Die Vergangenheit sah normal aus, während zukünftige Ereignisse wie durch einen Blaufilter erschienen.

Sie sah Fat Boy vor einer Ladenfront stehen. Er starrte über eine Straße. Vor ihrem geistigen Auge drehte sie sich um und blickte auf den Parkplatz eines Geschäfts für landwirtschaftliche Ausrüstung. Ein Mann, den sie als Cail Lyall erkannte, stand dort mit einer Frau, die Lina noch nie zuvor gesehen hatte, aber Lina wusste instinktiv, dass sie Cails Gefährtin war. Sie standen neben einem Anhänger und griffen hinein, um ein Pferd zu streicheln.

Dann verblasste die Vision.

Lina öffnete ihre Augen und atmete tief aus. »Planänderung, Jungs. Wir müssen nach Arcadia, sobald wir nach Hause kommen. Keiner geht zuerst nach Hause, um sich auszuruhen und Wäsche zu waschen. Arcadia, wir kommen.« Sie legte den Kopf zurück. »Du musst nicht mitkommen, Blackie«, sagte sie über die Sitzlehne hinweg zu Daniel. »Wir sehen uns schnell genug in Maine.«

»Hattest du eine Vision?«, fragte Zack.

»Yep.«

»Was hast du gesehen?«

Sie lächelte, fühlte sich aber kein bisschen zum Scherzen aufgelegt. »Fat Boy ist zurück.«

»Und wird es Ärger geben?«, fragte Jan.

»Ja. Juhu, der Psycho ist zurück.« Sie machte es sich auf ihrem Platz bequem und lockerte ihren Griff um Zacks Hand. Es war nicht mehr nötig, sich Sorgen zu machen, da sie jetzt wusste, dass ihr Flugzeug sicher in Florida landen würde. Die einzige Person, die sich jetzt noch Sorgen machen musste, war Fat Boy.

Ich kann es kaum erwarten, ihn von den Eiern aufwärts zu braten.

～

DANIEL BLACKESTONE LEHNTE sich in seinem Sitz zurück, während das Flugzeug abhob. Die vergangenen Jahre waren interessant gewesen, soviel stand fest. Seine Gefährtin Callie war dieses Mal nicht mitgefahren. Er hatte Linas Rat befolgt, sie zu Hause zu lassen, falls Lacey ihre Hilfe brauchte.

Und jetzt, da Fat Boy wieder in Erscheinung getreten war, verstand er auch, warum. Sie alle wussten aus Linas Visionen, dass es mit den Cockatrice bald wieder schlimmer werden würde und sie ihre Reihen zusammenhalten mussten, Drachen und Wölfe gleichermaßen.

Alle Wandlerrassen außer den Cockatrice, da die offenbar entschlossen waren, alle anderen Wandlerrassen auszulöschen. Das war einer der Gründe, warum er sich entschieden hatte, zurück zum Hauptlager ihres Wolfsclans in Maine zu ziehen. Dort war es sicherer. Außerdem brachte es ihn in die Nähe der Tafel von Trammel. Und jetzt, da er eine Gefährtin hatte, an die er denken musste, egal, wie stark sie war, wollte er kein Einzelkämpfer mehr sein.

Trotz aller Bemühungen war es ihnen nicht gelungen, das Nest der Cockatrice in Europa aufzuspüren. Bei jeder Reise, die sie nach Europa unternahmen, ging er mit Kael auf Erkundungsmissionen, folgte alten Spuren und verfolgte potenziell neue.

Erfolglos.

Sein größtes Problem waren Callies Träume, die sie in

letzter Zeit hatte. Sie war keine Seherin, aber sie war die Schwester von Baba Yaga. Obwohl sie den Übergang gut gemeistert hatte, und sich als seine fast menschliche Gefährtin, Ehefrau und Sklavin in ihrer BDSM-Dynamik sehr gut eingelebt hatte, konnte sie ihrem Erbe nicht entkommen.

Sie war von Geburt an immer noch eine Unsterbliche, obwohl sie geschworen hatte, sich ihm als seine Gefährtin zu unterwerfen.

Sie wusste nichts von ihren Alpträumen, die sie im letzten Monat fast jede Nacht gehabt hatte, Albträume, die ihn geweckt hatten. Träume, in denen sie Menschen anbrüllte, schrie, wütend wurde und scheinbar in eine Art Kampf verwickelt war. Im Morgenlicht sah sie immer verwirrt aus, wenn er sie nach ihren nächtlichen Schrecken fragte.

Er hatte sogar ein kurzes, aber vergebliches Gespräch mit ihrer älteren Schwester Baba Yaga geführt.

Callie hatte immer noch ihre Kräfte, obwohl sie ihre wahre Unsterblichkeit aufgegeben hatte, als sie seine Gefährtin wurde.

Er versuchte, die Sorgen aus seinem Kopf zu verdrängen. Die Cailleachs hatten sich Jahrhunderte um sich selbst gekümmert, bevor sie geboren wurde. Doch leider hielt ihn das nicht davon ab, sie als seine Gefährtin beschützen zu wollen.

Er hatte beschlossen, mit Lacey, der Seherin ihres Clans, zu sprechen, sobald er wieder zu Hause war. Er wollte Lina damit nicht nerven, denn sie war schon gestresst genug mit ihrer Schwangerschaft und den vielen Seherpflichten gegenüber ihrem Schwarm.

Vielleicht ist es nichts.

Natürlich glaubte er das nicht wirklich.

Denn das wäre zu einfach.

~

SOBALD SIE SICHER IN der Luft waren und der Kapitän das Anschnallzeichen ausgeschaltet hatte, zog sich Lina aus ihrem Sitz hoch und watschelte den Gang hinunter. Sie schaffte es vor allen anderen Passagieren zur vorderen Toilette. Dort angenommen, zwängte sie sich vorsichtig hinein, schaffte es, sich umzudrehen, die Tür zu verriegeln, ihre Hose herunterzuziehen und ihren Hintern auf den Toilettensitz plumpsen zu lassen, bevor es zu spät war.

Mit einem erleichterten Seufzer entleerte sie ihre Blase, was auch gut so war, denn plötzlich bewegte sich etwas in ihrem Augenwinkel und erschreckten sie zu Tode. Aus dem kleinen Spiegel über dem Waschbecken starrte sie das verschwommene Gesicht einer Frau an.

Wäre Lina nicht schon auf dem Klo gewesen, hätte sie sich vor Schreck in die Hose gemacht.

Lina schloss die Augen, zählte bis fünf, dann öffnete sie sie wieder.

Die Frau starrte sie immer noch aus dem Spiegel an.

Also beeilte sich Lina, und sprang dann auf.

Als sie am Waschbecken stand und sich die Hände wusch, beobachtete die gruselige Frau sie.

»Wer bist du?«, fragte Lina schließlich.

»Bitte helfe ihr«, sagte die Frau sanft und verschwand dann so plötzlich aus dem Spiegel, genauso schnell, wie sie gekommen war.

»Mist«, grummelte Lina. »Das hat mir gerade noch gefehlt. Noch ein verdammtes Mysterium, mit dem man sich auseinandersetzen muss.«

KAPITEL ZWEI

*E*IN PAAR STUNDEN SPÄTER ...

ELAIN PARDIE WAR in sehr kurzer Zeit viel zugestoßen. Sie war von einer lokalen Fernsehreporterin, die zu lange auf keinem Date mehr gewesen war, zu einer Gestaltwandler-Gefährtin geworden.

Und nicht nur die Gefährtin eines Mannes, sondern gleich von drei. Aindreas, Brodey und Cailean Lyall, die Alpha-Wolfswandler und Drillinge, hatten sie als ihre Eine ausgewählt.

Doch sie konnte sich definitiv nicht darüber beschweren, jetzt, wo sie sich etwas daran gewöhnt hatte. Sie waren heiß, wunderschön und gehörten ganz ihr. Langsam hatte sie sie begriffen, dass Wolfsgestaltwandler wirklich real waren, und es dabei geschafft, nicht ihren Verstand zu verlieren.

Noch nicht. Es gibt immer noch genug Gründe, um verrückt zu werden.

Trotz allem was in den letzten Wochen passiert war,

einschließlich ihres etwas holprigen Starts in ihr neues Leben mit ihren Männern, hatte Elain nichts so aus der Bahn geworfen, wie die verfrühte Ankunft ihrer Mutter auf der Ranch der Lyalls in Arcadia, Florida, vor einer halben Stunde. Elain hatte sich den Kopf darüber zerbrochen, wie ihre Mutter auf die schockierende Neuigkeit reagieren würde, dass Elain nicht einen, sondern drei Männer hatte.

Und dass sie Wolfsgestaltwandler waren.

Obwohl Elain natürlich nie vorgehabt hatte, ihrer Mutter Zweiteres zu erzählen.

Doch all das verblasste neben dem, was Elains Mutter Carla gerade enthüllt hatte.

Im Zimmer wurde es ganz still. Ain, Brodey und Cail starrten schockiert ihre zukünftige Schwiegermutter an. Die Männer hatten in den letzten Wochen schon vermutet, dass Elain, obwohl adoptiert, tatsächlich mindestens einen Gestaltwandler-Elternteil haben könnte. Leider vermuteten sie, dass es ihr Vater war, ein Mann, der eine Verbindung zu einem eiskalten und bösen Familienclan namens Abernathy hatte. Einem Clan, der Menschen getötet hatte, nur weil sie sich ohne Erlaubnis mit einem »ihrer« Leute gepaart hatten.

Als Carla erfahren hatte, dass Ain nicht nur zwei Brüder hatte, sondern sie auch noch Drillinge waren, hatte sie ihnen die Wahrheit über Elains Abstammung offenbart.

Darunter auch, was Elains leibliche Mutter Maureen vor ihrem Tod über einen Blutschwur preisgegeben hatte.

Nun flossen Carlas Tränen ungehindert. »Elains Mutter. Sie hat es mir gesagt, es mir gezeigt, aber ich habe es nicht geglaubt.« Sie sah Ain an. »Elains Mutter und Vater waren Gestaltwandler. Alpha-Gestaltwandler.«

Carla schüttelte den Kopf, starrte erst die drei Männer an, dann wieder ihre Tochter. »Ich dachte, sie wären verrückt geworden. Ich habe ihr nicht geglaubt. Als sie mir gezeigt haben, was sie tun konnten, dachte ich, dass sie mich hypnotisiert oder unter Drogen gesetzt hatten. Dann musste er gehen und als sie krank wurde, bat sie mich, mich um Elain zu kümmern. Vorher hat sie mir noch gesagt, wonach ich achten sollte, wenn sie damit anfängt, sich zu verwandeln. Aber Elain hat so etwas nie gemacht!«

Ain ließ Elains Schultern los und trat näher an Carla heran, während er sich bemühte, seine Stimme leise und ruhig zu halten. »Wovon redest du?«

Carla nahm ihre Handtasche vom Couchtisch. Mit zitternden Fingern wühlte sie darin herum und zog einen zerbeulten, vergilbten Umschlag heraus. Auf der Vorderseite stand Elaines Name in einer Handschrift, die sie noch nie gesehen hatte.

Mit zitternder Hand hielt sie ihn ihrer Tochter hin. »Maureen hat das hier für dich dagelassen. Ich sollte es dir nach deiner Hochzeit geben.« Elain nahm ihn entgegen und starrte darauf.

Carlas Gesicht war tränenüberströmt. »Es gibt eine Art Blutschwur. Wenn Liam eine Tochter bekam, dann musste er sie aufgeben, um dieses verdammte Ding zu erfüllen. Er ist damals weggegangen, um zu versuchen, sie von Maureen und dem Baby abzulenken. Sein Clan wusste nicht, dass er sich mit Maureen gepaart hatte.« Sie sah Ain an. »Maureen hat mir Elain gegeben, um sie von der Familie Abernathy fernzuhalten.« Die Männer reagierten mit ungläubigem Schweigen.

Was verständlich war, denn Carla versuchte anscheinend immer noch, sich mit der Tatsache auseinanderzusetzen, dass das verborgene Wissen, das sie in den siebenundzwanzig Jahren ihrer Adoptivtochter mit sich herumgetragen hatte, tatsächlich wahr war und nicht nur irgendeine verrücke Halluzination, die sie unter Drogen gehabt hatte.

Elain starrte immer noch auf den alten Umschlag in ihrer

Hand. Nach ein paar Minuten konzentrierte sie sich ganz auf ihre Mutter und wartete, bis sie sich etwas beruhigt hatte.

»Was steht da drin?«, fragte sie schließlich ihre Mutter.

Carla schüttelte den Kopf. »Maureen hat es mir nicht gesagt, und ich habe nicht gefragt. Sie hat nur gesagt, dass ich ihn dir geben soll, nachdem du geheiratet hast, es sei denn, du verwandelst dich schon vorher. Aber ich habe nie geglaubt, dass das ganze Gestaltwandler-Zeug wirklich stimmen könnte.«

Ain berührte sanft Elains Schulter. »Mach schon, Schatz«, drängte er. »Öffne ihn.«

Mit zitternden Händen schob Elain vorsichtig einen Finger unter die Klappe und brach das Siegel.

Sie zog zwei Blätter Papier heraus, die mit der gleichen Handschrift wie auf der Vorderseite beschrieben waren. Zwischen den Papieren lag ein altes Foto.

Die Frau auf dem Bild sah aus wie eine etwas ältere Version von Elain. Ihre Augen hatten denselben Blauton wie ihre. Bisher hatte Elain nur zwei Fotos ihrer leiblichen Mutter Maureen Alexander gesehen, aber auf beiden war ihr Gesicht etwas verdeckt. In einem hatte sie eine übergroße Sonnenbrille auf, und auf dem anderen einen großen Schlapphut, der ihr Gesicht halb verdeckte.

Das waren die einzigen zwei Fotos, die Elain von ihr hatte. Ihre Mutter hatte ihr erzählt, dass Maureen es nicht mochte, fotografiert zu werden.

Der Mann, der seine Arme um Maureen geschlungen hatte …

Alles um Elain begann sich zu drehen. Sie hatte ihn schon einmal gesehen, konnte aber nicht sofort einordnen, wo. Von der Art, wie er Maureen auf dem Foto ansah, wusste sie instinktiv, dass es Liam Pardie war.

Ihr Vater.

Cail ging um die Couch herum und kniete sich vor sie. »Baby, geht es dir gut?«

Sie blickte in seine weichen, braunen Augen und schüttelte den Kopf. »Ich … ich glaube, ich brauche ein paar Minuten allein.« Sie stand langsam auf und ging in ihr Schlafzimmer, wo sie die Tür hinter sich schloss.

Allein saß sie auf ihrem Bett und versuchte zu lesen.

CARLA SAß auf der Couch und starrte die drei Lyall-Männer nervös an. Nach zehn der unbequemsten, stillsten Minuten ihres Lebens sagte sie schließlich: »Also …«

Ain nickte. »Also.«

Sie hatte keine Ahnung, was sie ihnen sagen sollte. »Ihr könnt euch alle drei …« *Wie beende ich diesen Satz?*

Ain nickte erneut. »Wir sind alle drei Wolfswandler, ja.«

Brodey stand auf. »Ich gehe jetzt zu ihr.« Er drehte sich um und deutete auf Ain. »Wenn du mich aufhalten willst, müssen wir das draußen regeln.«

Carla glaubte fest daran, dass Brodey sich in einen Wolf verwandeln könnte, so wie er seinen Bruder praktisch anknurrte.

Doch Ain machte eine besänftigende Geste in seine Richtung. »Entspann dich. Ich glaube, es ist eine gute Idee, wenn du derjenige bist, der mit ihr redet.«

Brodey wirkte fast überrascht über Ains Zustimmung. Dann drehte er sich um und eilte zur Schlafzimmertür. Nachdem er leise geklopft hatte, trat er ein und schloss die Tür hinter sich.

Dadurch blieb Carla mit den beiden anderen Lyall-Brüdern allein.

»Also«, sagte sie wieder, da ihr nichts Besseres einfiel.

Cail lächelte schief. »Also?«

Ain räusperte sich. »Das ist für keinen von uns einfach, Carla, glaub mir. Es tut mir leid, dass es keinen besseren Weg gab, dir diese Neuigkeiten beizubringen.«

»Sie wird mich hassen, oder?«, flüsterte Carla und war selbst davon überzeugt. Wie konnte ihre Tochter ihr jemals verzeihen, dass sie ihr diese Informationen ihr ganzes Leben lang vorenthalten hatte?

Schlimmer noch, sie hatte dabei den armen Liam verleumdet.

Nein, ich will jetzt nicht an ihn denken.

Sie hatte schon Jahre damit verbracht, an ihn zu denken. Erst hatte sie gebetet, dass er zurückkommen würde, weil sie befürchtete, dass Maureen an gebrochenem Herzen sterben würde. Dann hatte ein Teil von ihr gebetet, er würde zurückkommen, sich in sie verlieben und gemeinsam mit ihr Elain großziehen.

Gleichzeitig hatte sie gebetet, dass er nicht zurückkommen würde, da sie Angst gehabt hatte, er könnte ihr Elain wegnehmen. Und die ganze Zeit hatte sie sich gewünscht, keine Gefühle mehr für ihn zu haben.

»Ich bin sicher«, sagte Ain und riss sie aus ihren Gedanken, »dass Elain dich nicht hasst.« Er warf seinem Bruder einen Blick zu, den Carla nicht interpretieren konnte. »Sie wird dich nicht mehr hassen, als sie uns hassen wird.«

»Warum sollte sie euch hassen?«

»Weil Cail und ich vermutet haben, dass sie eine Gestaltwandlerin sein könnte, und wir es ihr nicht gesagt haben. Es ist verständlich, warum du ihr nichts gesagt hast.«

»Ich wünschte, ich könnte mir da so sicher sein. Ihr habt es wahrscheinlich noch nicht bemerkt, aber meine Tochter ist ziemlich willensstark und kann sehr temperamentvoll sein.«

Beide Männer lächelten. »Das haben wir schon herausgefunden«, sagten sie gleichzeitig.

~

MICAH LAG ZUSAMMENGEROLLT an seinen Gefährten gekuschelt im hinteren Schlafzimmer des Lyall-Hauses.

Er konnte immer noch nicht fassen, was in den vergangenen Tagen passiert war.

Und er war immer noch nicht schwul.

Auch der nackte Mann, der friedlich in seinen Armen schlief, Jim Dixon, war es nicht.

Sein Gefährte.

Er fragte sich – wie Brodey grausam gescherzt hatte –, was zum Teufel er getan hatte, um die Göttin so zu verärgern, dass er einen anderen Heteromann als seinen Auserwählten bekam. Doch das spielte jetzt keine Rolle mehr, dachte er. Er hatte Jim beansprucht und markiert, und sie waren sich einig, dass sie versuchen würden, nicht mehr über die Umstände nachzudenken und sich stattdessen an dem zu erfreuen, was sie hatten.

Ain, Brodey und Cail hatten ihnen großzügig ihre Gastfreundschaft gewährt, was besonders hilfreich war, da in letzter Zeit mehrere Gefährten von Gestaltwandlern auf grausame Weise ermordet worden waren.

Eine Warnung von den Abernathys? Womöglich.

Micah wollte Jims Leben auf keinen Fall in Gefahr bringen.

Er streckte die Hand aus und streichelte zärtlich das Kinn des Mannes. Seine kurzen Bartstoppeln fühlten sich rau unter seinen Fingern an. Vor nicht allzu langer Zeit war eine Besucherin im Haus eingetroffen. Eine menschliche Frau, aber es war Micah egal, denn anscheinend war sie keine Bedrohung.

Elain war hinausgelaufen, um sie zu begrüßen, und jetzt unterhielten sich die meisten von ihnen im Wohnzimmer.

Er kuschelte sich enger an Jim und vertrieb die Gedanken aus seinem Kopf. Was das betraf, war er viel stärker als seine Cousins. Wenn er seinen Geist beruhigt hatte, war er in der Lage zu spüren, was im Haus vor sich ging.

Eine Art gedankliches Patrouillieren des Geländes sozusagen.

Dann entspannte er sich, denn es schien keine Bedrohungen in der Nähe zu sein. Micah drückte einen Kuss auf Jims Stirn und glitt langsam wieder in den Schlaf.

Zu sagen, dass Elain in einem emotionalen Schock war, war nicht nur eine Untertreibung, es war, als würde man behaupten, dass die Erde flach sei. Keine Worte hätten beschreiben können, wie taub sie sich fühlte, während sie versuchte, den Brief zu lesen. Doch durch ihre zitternden Hände und die vielen Tränen konnte sie die Schrift nicht entziffern. Ganz zu schweigen davon, dass sie das Foto immer wieder anschauen musste.

Sie schloss die Augen und weinte, versuchte sich zu beruhigen, schaffte es aber nicht.

Etwa zehn Minuten später klopfte jemand leise an die Schlafzimmertür. Instinktiv wusste sie, dass es Brodey war.

»Komm rein.«

Er schlüpfte hinein. »Oh, Baby«, sagte er leise, als er ihren Zustand sah. Er schloss die Tür hinter sich, kuschelte sich auf ihrem Bett an sie, und sah sie mit seinen traurigen grünen Augen mitfühlend an. »Was steht in dem Brief?«

Sie schniefte. »Ich weiß es nicht. Ich konnte ihn nicht lesen.«

Sanft nahm er ihr die Papiere ab und zog sie an sich. Sobald er wusste, dass sie bequem in seinen Armen lag, drückte er seine Wange gegen ihre Schläfe.

Mit seinen Lippen an ihrem Ohr, kaum lauter als ein Atemgeräusch, las er ihr Maureens Brief vor. Sie lauschte mit geschlossenen Augen und ließ sich von dem beruhigenden Klang seiner Stimme und seinem vertrauten Geruch trösteten.

KAPITEL DREI

*M*eine Liebste Elain,
  *Bitte glaube mir, wenn ich sage, wie leid
es mir tut, jetzt nicht für dich da zu sein, um Zeuge der
schönen Frau zu werden, zu der du zweifellos herange-
wachsen bist. Wenn dein Vater, Liam, nicht da ist, dann
wünscht er sich mit Sicherheit auch, dass er es wäre. Du
warst so ein gewolltes und geliebtes Baby. Ich kann dir gar
nicht sagen, wie sehr. Dich gehen zu lassen, war nie unser
Plan, nicht mal für eine Sekunde. Es war das Letzte, was wir
wollten. Und dein Vater musste gehen, um zu versuchen, uns
zu beschützen.*

 *Ich weiß nicht, wie viel Carla dir über deine Geschichte
erzählt hat. Als wir ihr die Wahrheit offenbarten, war sie sehr
geschockt. Ich glaube, sie hat sich eingeredet, dass es eine
Halluzination oder Hypnose oder so etwas war. Vielleicht hat
sie gedacht, dass ich nur einen Witz mache, als ich ihr all
diese Dinge erzähl habe, die sie an dich weitergeben soll.
Vielleicht weißt du nichts darüber, wer du bist oder woher du
kommst. Die Wahrheit ist oft seltsamer als jede Fiktion. Du*

stammst aus einer langen Reihe von Wolfsgestaltwandlern. Sowohl dein Vater als auch ich sind Alphas.

Vielleicht hast du schon gemerkt, dass du gerne rennst. Oder dass du manchmal das Gefühl hast, du könntest etwas auseinanderreißen, wenn du wütend bist. Oder vielleicht hast du schon mal das Heulen eines Wolfes gehört und eine starke Verbundenheit gespürt. Vielleicht erfüllt der Anblick eines Vollmonds in der dunklen Nacht dich mit einem so starken Gefühl, dass du nicht ansatzweise beschreiben kannst. Das alles gibt es nicht nur in schlechten Hollywood-Filmen. Wir können uns wirklich in Wölfe verwandeln. Aber es gibt keine Garantie, dass du dich auch verwandeln kannst, denn nicht alle Kinder von Gestaltwandler können das automatisch.

Aber da sowohl ich als auch dein Vater Alphas sind, was bedeutet, dass wir sehr starke Gestaltwandler sind, ist es wahrscheinlich, dass du die Fähigkeit dazu hast.

Was das für dich bedeutet? Es bedeutet, dass du vielleicht schon die Liebe deines Lebens gefunden hast. Vielleicht hast du den unwiderstehlichen Drang verspürt, deine Zähne in seine Haut zu schlagen und ihn zu beanspruchen. Oder vielleicht hattest du das Glück, einen anderen Gestaltwandler kennengelernt zu haben, der dich beansprucht hat. Wenn nicht, du aber schon geheiratet hast und denkst, dass du verliebt bist ... wunder dich nicht, wenn du eines Tages von extremen Gefühlen für jemanden überwältigt wirst. Diese Person wird dein Einer sein, dein Gefährte. Obwohl wir uns in unserem Clan an den Code unserer Vorfahren halten und dieser es uns verbietet, jemanden zu beanspruchen, der bereits einen Gefährten hat.

Es gibt so viel, was ich dir sagen und beibringen möchte, doch so vieles wird ungesagt bleiben, weil ich nicht bei dir bin, um deine Fragen zu beantworten. Wenn du noch keine anderen Gestaltwandler kennengelernt hast, musst du dich auf die Suche nach den Lyall-Brüdern machen. Sie haben früher in Arcadia, Florida gelebt und sie heißen Aindreas, Brodey und Cailean. Ihre Eltern haben früher anderen Gestaltwandlern geholfen und dein Vater hat sich mit ihren Eltern, Charles und Ellie getroffen, um Hilfe für uns zu arrangieren. Leider vermuten wir, dass jemand sie getötet hat, um zu verhindern, dass sie uns in Sicherheit bringen können.

So weit hergeholt das auch klingen mag, es gibt dieses Ding namens Blutschwur, das jemand in der Familie deines Vaters vor Jahrhunderten geschworen hat. Als Gegenleistung dafür, dass eine Frau ihre große Liebe heiraten durfte, wollte ihre Familie, dass die Familie des Bräutigams ihnen die erste Tochter eines Alpha-Männchens übergibt. Und das bist du.

Natürlich muss ich nicht erwähnen, dass wir dich auf keinen Fall jemandem übergeben wollten. Vor allem nicht diesen gruseligen Idioten.

Du musst sehr vorsichtig sein. Es gibt Leute da draußen, die versuchen werden, an dich heranzukommen, dich zu benutzen oder dich vielleicht sogar zu entführen, um den verdammten Eid zu erfüllen. Wir wollen nur das Allerbeste für dich und deinen Gefährten oder die Person, die du noch finden wirst.

Ich möchte, dass du die Lyall-Brüder aufsuchst und mit ihnen redest. Sag ihnen, dass deine Mutter Maureen Alexander heißt. Ich bin eine Cousine ihrer Mutter Ellie. Erzähle ihnen, dass dein Vater Liam Pardie heißt. Hoffentlich nehmen sie es ihm nicht übel, dass sein Clan damals den Blutschwur mit den Abernathy eingegangen ist. Die Abernathys sind diejenigen, die dich wollten.

Und wahrscheinlich muss ich nicht erwähnen, dass du dich auf jeden Fall von denen fernhalten musst.

Wenn du die Lyalls nicht finden kannst, suche in Maine

nach einem Mann namens Jocko Connelly. Er kennt meine Familie. Er ist ebenfalls ein Gestaltwandler und wird dir helfen können. Ich habe zwei Brüder, die im Moment noch leben. Das heißt nicht, dass sie noch am Leben sein werden oder unter denselben Namen zu finden sein werden, wenn du diesen Brief liest.

Sie sind ebenfalls Alpha-Gestaltwandler. Doch ich rate dir wegen der Abernathys nicht zu ihnen zu gehen. Wenn die Abernathys herausgefunden haben, wer ich bin, werden sie die beiden wahrscheinlich beobachten, für den Fall, dass du sie kontaktierst.

Unter keinen Umständen solltest du versuchen, jemanden aus der Familie deines Vaters ausfindig zu machen oder zu kontaktieren, selbst wenn du ihn findest. Denn es könnte dazu führen, dass du von ihnen entführt wirst.

Ich wünschte, ich hätte da sein können, um dir bei all dem zu helfen. Bei all den normalen Hürden des Erwachsenwerdens, aber auch bei den speziellen Hürden, die du als Gestaltwandlerin durchmachen musst. Ich liebe deinen Vater von ganzem Herzen. Ich weiß, dass mich jetzt die Seelenkrankheit packt, und ich nichts dagegen tun kann. Ich liebe ihn so sehr, dass ich nicht ohne ihn leben kann. Er ist genauso ein Teil von mir, wie ich ein Teil von ihm bin. Ich habe mich auf den ersten Blick in ihn verliebt. Das alles gibt es nicht nur in Märchen. Als wir uns kennengelernt haben, hat er als Kellner in einem Restaurant in Spokane gearbeitet, und in der Sekunde, in der ich ihn zum ersten Mal gesehen habe, wusste ich, dass er mein Einer war. Mir war auch sofort klar, dass er ein Gestaltwandler ist. Er war so gut aussehend und ich habe ihn sofort nach draußen hinter das Restaurant gezerrt. Ich weiß nicht, wer geschockter war, ich oder er. Aber ich habe ihn dort sofort markiert und wir sind nach Hause zu mir gefahren. Am nächsten Tag haben wir dann geheiratet.

Carla wird dir meine Ringe geben, und ich würde mich freuen, wenn du sie trägst. Sie gehörten der Mutter deines Vaters und waren die Ringe, die er mir an den Finger gesteckt hat.

Eines Tages wird Liam dich hoffentlich finden können, falls er es noch nicht getan hat. Bitte, sei ihm nicht böse. Er hat getan, was wir für das Beste hielten, um dich zu beschützen. Ich liebe Carla wie eine Schwester, und ich weiß, dass sie dich liebt und dir eine gute Mutter sein wird. Ich könnte mir keine bessere Person vorstellen, um dich großzuziehen, da ich selbst nicht für dich da sein werde und ich es nicht riskieren kann, jemanden von meiner Familie aufzusuchen. Sie könnten sich dem Blutschwur verpflichtet fühlen und dich den Abernathys ausliefern.

Wenn du das hier liest, bitte sag Carla, dass ich gar nicht weiß, wie ich ihr danken soll und dass ich sie über alles liebe und schätze. Du kannst ihr auch einfach diesen Brief geben.

Während ich hier liege und das schreibe, liegst du neben mir auf dem Bett, erst sechs Tage alt. Du bist ein wunderschönes Baby. Ich hoffe, deine blauen Augen ändern ihre Farbe nicht. Ich erkenne deinen Vater jetzt schon in deinem Gesicht, obwohl Carla sagt, dass du aussiehst wie ich. Ich glaube, sie ist wütend auf deinen Vater, denn sie weigert sich, über ihn zu sprechen. Er hat getan, was er tun musste. Carla glaubt es zwar nicht, aber ich bin seit zwei Monaten sechsundneunzig Jahre alt, obwohl die meisten Leute denken, ich sei Ende zwanzig. Dein Vater wurde vor sechs Monaten einhundertvierundsechzig. Er sieht aus, als wäre er in seinen Dreißigern.

Ich wurde hier in den Staaten in Maine auf dem Gelände unseres Clans geboren. Dein Vater in Irland. Ich erzähle dir das alles, weil du feststellen wirst, dass du langsamer alterst. Alle werden dich beneiden, weil du dein jugendliches

Aussehen nicht verlieren wirst. Das liegt daran, dass du als Gestaltwandler viele nützliche Eigenschaften hast, wie etwa körperliche Stärke und geschärfte Sinne. Und du wirst viel länger leben, selbst wenn du dich nicht verwandeln kannst.

Bitte vermeide Blutuntersuchungen, da das Fragen über dich aufwerfen könnten, was wiederum die Aufmerksamkeit der falschen Leute auf dich ziehen könnte.

Als Kind bist du höchstwahrscheinlich nur selten krank geworden.

Mein Gehirn fühlt sich verschwommen an. Es gibt so viele Dinge, die ich dir sagen muss, normales Mutter-Tochter-Zeug und auch Gestaltwandler-Sachen, aber im Moment kann ich nur daran denken, wie friedlich du neben mir aussiehst. Wenn ich deine Hand mit meinem Finger kitzle, greifen deine winzigen Finger nach mir und halten mich fest. Ich wünschte nur, ich könnte dich dein ganzes Leben lang so festhalten.

Bitte lebe dein Leben mit Würde und Integrität. Einige mögen deinen Vater und mich für das verfluchen, was wir getan haben, aber der Blutschwur hat in der heutigen Zeit keinen Platz mehr. Ich kenne keine andere Person, die in der heutigen Zeit noch einem solch ungeheuerlichen Plan zustimmen würde, und trotzdem scheinen viele sich aus Prinzip verpflichtet zu fühlen, sich daranzuhalten.

Bitte hasse deinen Vater nicht. Er liebt dich genauso sehr wie ich. Ich weiß, dass sein Herz nur für uns beide schlägt, wo immer er auch ist.

Vergiss nicht, dass die stärksten Verbindungen nicht unbedingt durch Abstammung und Blutsverwandtschaft entstehen.

Liebe mit Inbrunst und vergiss nicht, Spaß zu haben und viel zu lachen. Das Leben ist zu kurz, selbst für diejenigen von uns, die mit einer langen Zeit auf dieser Erde gesegnet sind.

Denk daran, dass ich dich liebe. Ich hoffe, du kannst uns

die Entscheidungen, die wir getroffen haben, verzeihen. Wir wollten nur das Beste für dich.

Ich umarme dich mit all meiner Liebe,
Mommy

ELAIN LAG in Brodeys Armen und starrte auf das Foto.

»Sie war wunderschön«, sagte Brodey.

Elain nickte. »Ja, das war sie.«

»Ist das das einzige Foto, das du von ihnen zusammen hast?«

Elain nickte wieder. »Und das einzig Gute von ihr. Ich habe noch zwei andere von ihr, aber darauf man kann ihr Gesicht nicht richtig sehen. Mom hat immer gesagt, ich hätte ihre Augen, aber als sie starb, war ich noch so jung, dass ich mich nicht an sie erinnern kann.« Sie schloss die Augen und weinte wieder. Würde das jemals aufhören? Sie fühlte sich, als hätte sie in den vergangenen Stunden so viele Tränen geweint, dass bald nichts mehr übrig sein konnte.

Dann erklang ein leises Klopfen und die Tür ging einen Moment später langsam auf. Ain und Cail kamen herein und Brodey winkte sie zum Bett hinüber. Cail schloss die Tür hinter ihnen und sie gesellten sich zu ihnen aufs Bett. Dann überreichte Brodey Ain den Brief und die beiden lasen ihn.

Als sie fertig waren, betrachteten sie das Foto.

»Du siehst ihr so ähnlich«, sagte Ain.

»Ja«, stimmte Cail zu. »Wie aus dem Gesicht geschnitten.«

»Das hat der Typ im Steakhouse auch gesagt«, antwortete Elain in Gedanken versunken, bevor ihr klar wurde, was sie gesagt hatte.

Ach, verdammt.

Sofort fragten alle drei gleichzeitig: »Welcher Typ?«

Da sie ein schlechtes Gewissen hatte, erzählte sie ihnen von ihrem Erlebnis beim Abendessen im Steakhouse. Dann riss sie Cail das Foto aus der Hand und setzte sich auf.

»Ach du Scheiße!«

»Baby«, warnte Ain. »Keine Schimpfwörter.«

Sie hielt das Foto hoch und wedelte damit herum. »Das ist er! Das ist der Mann!« Ihr Puls raste. »Ich könnte schwören, dass es derselbe Mann ist!«

Ain runzelte die Stirn und nahm ihr das Foto noch einmal ab, damit er es genauer studieren konnte. »Bist du dir ganz sicher?«

»Ja!«

Brodey runzelte ebenfalls die Stirn. »Das heißt, Liam war kürzlich in der Stadt. Ich glaube, wir müssen zu Mark und diesen Kerl sofort finden.«

Ain nickte. »Aber zuerst sollten wir wieder zu Carla gehen, uns alle ein Gläschen gönnen und uns den Rest ihrer Geschichte anhören.«

Elain starrte erneut auf das Foto, dann nickte sie. »Das klingt nach einer guten Idee«, sagte sie leise. »Das mit dem Alkohol, meine ich. Ich glaube, das habe ich heute Abend wirklich nötig.«

NACHDEM ALLE MIT einem Getränk ihrer Wahl bequem im Wohnzimmer Platz genommen hatten, sagte Ain: »Carla, kannst du uns bitte erzählen, was passiert ist? Von Anfang an?«

Elain schwieg. Sie wusste nicht einmal, wo sie anfangen sollte, um all diese neuen Informationen zu verdauen.

Ihre Mutter nippte an ihrem Glas mit Rum und Cola, das

Cail ihr mit mehr Rum als Cola gemischt hatte. »Ich glaube, ich sollte mit dem Nachmittag anfangen, als Maureen und Liam plötzlich in Tampa vor meiner Tür standen. Am Anfang habe ich überhaupt nicht verstanden, wovon sie redeten. Nichts ergab Sinn, aber sie waren beide sehr aufgebracht.«

Sie nahm wieder einen Schluck von ihrem Getränk. »Aufgebracht ist nicht das richtige Wort. Verängstigt. Besorgt. Er hat immer wieder verrücktes Zeug gesagt, wie etwas, dass ich das Baby beschützen muss, und dass jemand wegen ihres Babys hinter ihnen her sei. Dann hat er gesagt, dass er mit Charles und Ellie sprechen müsse.«

Bei diesem Satz wurden alle drei Lyall-Männer hellhörig. »Bist du dir ganz sicher?«, fragte Ain. »Er hat unsere Eltern namentlich erwähnt?«

Carla blinzelte mit großen Augen. »Eure Eltern?«

Ain nickte. »Sie waren unsere Eltern. Aber bist du sicher, dass er ihre Namen gesagt hat?«

»Ja. Er hatte für den frühen Abend ein Treffen mit ihnen vereinbart und ist dann gegangen, um mit ihnen zu reden. Danach haben wir ihn nie wieder gesehen. Er wollte diese Nacht in einem Hotel übernachten, weil er Angst hatte, dass ihm jemand zu meiner Wohnung folgen könnte. Der ursprüngliche Plan war, dass entweder er oder die Lyalls anrufen würden, um uns mitzuteilen, wo wir sie am nächsten Tag treffen könnten. Sie wollten einen sicheren Ort für Maureen und das Baby arrangieren, zu dem Liam dann nachkommen sollte, sobald er sicher war, dass ihn niemand verfolgte.

Als er am nächsten Tag erfuhr, dass Charles und Ellie bei einem Autounfall ums Leben gekommen waren, war er sich sicher, dass jemand sie ermordet hat. Er hatte Angst, in meine Wohnung zurückzukehren, also hat er nur angerufen und gesagt, dass ›sie‹ ihn verfolgen könnten und er deshalb nicht zurückkommen würde.«

Ihre Hände zitterten. »Damals war ich mir nicht ganz sicher, wer ›sie‹ waren, aber er hatte große Angst um Maureen. Das war das Letzte, was wir von ihm gehört haben. Er hat Maureen gesagt, dass er zu ihrer und Elaines Sicherheit verschwinden müsse.«

Ungläubig hörte Elain zu, sagte aber nichts. Sie konnte nicht sprechen, und sie hätte auch gar nicht gewusst, was sie sagen sollte.

Stattdessen starrte sie auf das Foto in ihrer Hand.

Ains Stimme klang traurig. »Wir haben schon vermutet, dass es kein normaler Autounfall war. Aber wir hatten keine Ahnung, dass Liam sich mit ihnen getroffen hat. Sie haben uns einen Tag vor ihrem Tod angerufen und gesagt, dass sie mit uns reden müssen. Wir wussten zwar, was sie taten, aber wir haben nie offen mit ihnen darüber gesprochen. Meistens haben sie die Leute hierher auf die Ranch gebracht, normalerweise nur für ein paar Tage. Wir sind hier mitten im Nirgendwo und es ist schwer, sich hier an uns heranzuschleichen.«

»Was haben Sie gemacht?«, fragte Carla ihn.

»Sie haben Menschen geholfen, zu fliehen und sich zu verstecken. Meistens waren es nur Frauen und manchmal mit Kindern. Manchmal Gestaltwandlerinnen und manchmal auch nur ganz normale Menschen. Nicht nur Wölfe, sondern auch andere Rassen.«

Endlich fand Elain ihre Stimme wieder und die Reporterin in ihr übernahm für einen Moment die Führung. »Vor wem sind sie geflohen?«

»Meistens vor anderen Gestaltwandlern«, sagte Brodey. »Nicht alle Clans oder Wandlerrassen sind wie unsere, Baby. Bei manchen gibt es immer noch arrangierte Ehen, unabhängig von den Gefühlen des Paares. Wie etwa bei den Aber-nathys. Manchmal werden Gefährten sogar entführt. Unsere Eltern haben dabei geholfen, eine Art Netzwerk im Unter-grund zu betreiben. Diese Dinge kamen zwar viel seltener vor als früher, aber es gab trotzdem noch genug zu tun für sie.«

Im Zimmer wurde es still und Elain versuchte, all das zu verdauen. Schließlich fand sie ihre Stimme wieder. »Cail, war es das, worüber du und Brodey damals im Truck gesprochen habt?« Plötzlich wurde es ihr klar. »Ihr zwei habt mir an diesem Tag nicht alles erzählt.« Es war keine Frage.

Die Männer sahen einander an und Ain, der alles andere als glücklich aussah, mischte sich mit seiner Prime-Stimme ein.

»*Sagt uns*, wovon ihr geredet habt, Jungs!«

Brodey rieb sich mit den Händen das Gesicht. »*Ver-dammt.*« Er sah Ain an. »Wir haben ihr nicht den ganzen Scheiß über die Cockatrice erzählt, okay? Und wir haben ihr gesagt, dass es eine viel zu lange und komplexe Geschichte ist, um sie sofort zu besprechen.«

»Ihr habt ihr also nichts von dem erzählt, was in Yellows-tone passiert ist, oder von den Cockatrice?«, fragte Ain.

»Was?«, unterbrach Elain ihn. »Was ist ein Cockatrice?«

Cail schüttelte den Kopf und richtete seinen Kommentar an Ain. »Nein. Wir haben nur erwähnt, dass wir glauben, dass jemand Mom und Dad ermordet hat. Wir waren …«

»Okay, *wartet mal*!«, rief Elain und brachte ihre Männer zum Schweigen. Dann funkelte sie Brodey und Cail an. »Habt ihr zwei mich angelogen?«

»Nein!«, riefen Brodey und Cail gleichzeitig und Cail fuhr fort. »Baby, wir *können* dich nicht anlügen. Das haben wir dir doch gesagt. Wir haben nur versucht, dir nicht noch mehr zuzumuten als nötig.«

»Was verfickt noch mal, ist dann ein Cockatrice?«

Ain schnaubte verärgert, da sie das F-Wort benutzt hatte, doch anscheinend konnte er ihr Fluchen unter den gegebenen Umständen ignorieren, da er sie mit nichts als einem warnenden Blick davonkommen ließ.

Brodey zog ein angewidertes Gesicht. »Ein Cockatrice ist ein richtig beschissen aussehendes Huhn.«

»Wir kommen vom Thema ab«, sagte Ain. »Lasst uns zuerst die Geschichte von Liam und unseren Eltern besprechen, bevor wir über das Problem mit den Cockatrice und Yellowstone reden.«

»Welches Problem mit den Cockatrice?«, schrie Elain. »Und was zum Teufel hat das mit Yellowstone zu tun?«

Ain nahm ruhig ihre Hand in seine. »Ist schon okay, Baby. Ich verspreche dir, dass wir noch schnell genug darauf zu sprechen kommen. Eins nach dem anderen. Okay? Wir haben viel zu besprechen. Es ist so komplex, dass wir nicht alles an einem Abend erzählen können.«

Grummelnd nickte sie schließlich. »Also gut.«

Ain sah Carla an. »Lass mich das kurz zusammenfassen. Liam und Maureen sind eines Tages bei dir aufgetaucht und Liam hat gesagt, dass er sich mit unseren Eltern treffen wird. Am nächsten Tag sind unsere Eltern tot und er ist nach seinem letzten Anruf bei Maureen verschwunden.«

Carla nickte.

Ain schien einen Moment über seine nächsten Worte nachzudenken. »Glaubst du, er hatte etwas mit dem Tod unserer Eltern zu tun? Und bitte, sei ehrlich.«

Carla schüttelte entschieden den Kopf. »Nein. Ich bin mir sicher, dass er es nicht getan hat. Er war ein netter Mann. Ein guter Mann. Ich kannte sie beide, bevor ich von Spokane weggezogen bin. Er hat Maureen vergöttert. Ich konnte sehen, wie sehr es ihm das Herz brach, sie verlassen zu müssen, obwohl ich damals wirklich sauer auf ihn war. Er hätte vielleicht jemanden getötet, um sie oder das Baby zu beschützen, aber er hätte nie jemanden böswillig verletzt. Da bin ich mir sicher.«

»Das hast du all die Jahre nie über ihn gesagt«, schimpfte Elain. »Du hast gesagt, er war ein Idiot, weil er abgehauen ist, nachdem er erfahren hat, dass ich ein Mädchen bin. Du hast ihn als totalen Idioten dargestellt und meine Mutter als Heilige, weil sie ihn überhaupt jemals geheiratet hat.«

Carla nahm einen Schluck von ihrem Getränk. »Ich weiß, und es tut mir leid. Liebling, ich habe mir eingeredet, dass dieses ganze Gestaltwandler-Zeug Quatsch ist. Ich habe getan, was ich tun musste, um Maureen und dich zu beschützen. Deine Mutter lag im Sterben, und ich hatte nie damit gerechnet, ein eigenes Baby zu bekommen. Ich habe deine Mom wie eine Schwester geliebt und ich liebe dich über alles. Es tut mir leid, dass ich dir vorher nicht die Wahrheit gesagt habe. Hättest du mir wirklich geglaubt, wenn ich dir das alles erzählt hätte, bevor du Ain, Brodey und Cail getroffen und gesehen hast, wozu sie imstande sind?«

»Ich …« Elain hielt inne und dachte darüber nach. Hätte sie ihr geglaubt? Ehrlich?

Ich hätte sie zum Arzt gebracht und sie auf Alzheimer untersuchen lassen. »Nein, ich glaube, das hätte ich nicht«, gab Elain leise zu.

Daraufhin drückte Ain sanft Elains Hand, um sie wieder zum Schweigen zu bringen. »Carla, was haben Liam und Maureen noch gesagt? Als du gesehen hast, dass wir Drillinge sind, hast du reagiert, als wäre dir etwas klar geworden.«

»Maureen hat mich gezwungen, ihr zu versprechen, dass ich nach euch dreien suchen würde, wenn Elain jemals anfangen sollte, ihr wisst schon, das Wolfszeug zu machen. Sie hat mir gesagt, dass du und deine Brüder in Arcadia lebt.

Dass jemand euch kennen würde oder von euch gehört haben wird, wenn ich mich umhören würde. Sie war sich sicher, dass ihr sie beschützen könnt. Aber ich …«

Carla nahm mit zitternden Händen einen weiteren Schluck. »Wenn ich ehrlich bin, haben ich eure Namen aus meinem Gedächtnis gestrichen. Ich habe so viele Jahre damit verbracht, mir einzureden, dass das, was Maureen und Liam mir gezeigt haben, eine Art Tagtraum oder Albtraum war. Und als Liam weg war, ist Maureen krank geworden. Ich war zu sehr damit beschäftigt zu arbeiten und mich um sie zu kümmern, um weiter daran zu denken. Ganz zu schweigen von den ganzen Adoptionsunterlagen, um die ich mich kümmern musste. Maureen hat dafür gesorgt, dass ich Elain sofort nach ihrer Geburt adoptiere, da sie wusste, dass sie im Sterben lag, obwohl die Ärzte uns nicht sagen konnten, warum. Nachdem Elain geboren war, hat sie nicht einmal versucht weiterzuleben. Ich war plötzlich eine alleinerziehende Mutter mit einem Baby, das großgezogen werden musste. Das Letzte, woran ich denken wollte, war dieser Wolfswahnsinn.«

Carlas Hände zitterten immer noch, während sie ihr Glas leerte. Kommentarlos stand Cail auf, nahm ihr Glas und ging in die Küche, um ihr ein frisches Getränk zu machen.

Carlas Augen glänzten vor Tränen. »Es tut mir leid«, fuhr sie fort. »Ich habe mein Bestes gegeben. Maureen kam schnell an den Punkt, an dem sie eine medizinische Behandlung ablehnte und dahinsiechte. Als die Jahre vergingen und Elain wie jedes andere normale kleine Mädchen in ihrem Alter heranwuchs, fiel es mir leichter, einfach so zu tun, als wäre das Wolfszeug nicht passiert. Ich war mir irgendwann sicher, dass ich es mir eingebildet habe.«

»Du hast gefragt, ob wir sie markiert haben«, sagte Ain.

»Maureen hat mir am ersten Abend davon erzählt. Als wir

auf Liams Anruf gewartet haben. Sie hat mir das Mal auf ihrer Schulter gezeigt und gesagt, dass Wölfe das tun würden, wenn sie sich paaren und dass es sie für immer verbindet. Sie hat mir erzählt, dass sie zuerst Liam markiert hat und dann er sie.«

Cail kehrte mit ihrem frischen Getränk zurück und reichte es ihr.

»Danke schön.« Sie nahm mehrere Schlucke und fuhr dann fort. »Sie hat erzählt, dass es in Liams Familie einen sehr alten Blutschwur gibt. Dass eine Familie namens Abernathy Liams Tochter wollte, weil er der erste Alpha in seiner Familie war, der ein Mädchen bekommen hatte. Deshalb sind sie zu mir gekommen. Sie hatten bei einem Ultraschall in Spokane herausgefunden, dass Elain ein Mädchen war und sie sich deshalb verstecken mussten.«

»Woher kennst du Maureen?«, fragte Cail. »Hatte Liam nicht Angst, dass sie Maureen über dich finden würden?«

Carla schüttelte den Kopf. »Wir haben ein paar Jahre in Spokane zusammengearbeitet und sind wirklich gute Freunde geworden. Dann bin ich für einen Job nach Tampa gezogen. Nach ein paar Monaten verlor ich den Kontakt zu ihr. Damals gab es das Internet und Facebook noch nicht, und wir hatten keine Handys. Ich habe ihr einen Brief geschickt, ihn aber zurückbekommen, da die Adresse nicht gefunden wurde. Dann habe ich versucht, sie anzurufen, aber auch ihre Nummer war nicht mehr gültig. Bei der Arbeit, wo wir zusammengearbeitet haben, wurde mir gesagt, dass Maureen ohne weitere Informationen gegangen ist, und keiner meiner ehemaligen Kollegen wusste, wohin. Ich war schockiert, als sie plötzlich vor meiner Haustür in Tampa stand.«

»Nun, das erklärt einiges«, sagte Ain. »Sie sind zu dir gekommen, weil sie wussten, dass sie dir vertrauen können. Sie hatten sicher von unseren Eltern gehört und wussten, dass sie ihnen helfen würden. Und er wollte sicher nicht mit einer schwangeren Frau und einem neugeborenen Baby auf der Flucht bleiben.«

»Ja, genau«, stimmte Carla zu. »Das hat sie auch gesagt.«

Elain betrachtete wieder das Foto. Es erklärte alles. Jetzt wusste sie, warum sie so auf den Mann im Steakhouse reagiert hatte.

Er ist mein Vater.

»Was bedeutet das?«, fragte Elain leise. »Bin ich … eine Gestaltwandlerin? Bin ich ein Wolf, so wie ihr?«

Die Männer sahen sich schuldbewusst an.

»Was?«, fragte sie. »Wusstet ihr es schon vorher?«

Ain übernahm das Sprechen. »Wir haben aufgrund einiger Dinge vermutet, aber wir hatten am Anfang keine Ahnung. Wir waren einfach so dankbar, dich überhaupt gefunden zu haben, dass wir nie daran gedacht haben, nachzuforschen, ob du eine Gestaltwandlerin sein könntest. Wir sind davon ausgegangen, dass du es nicht bist. Nur weil jemand aus einer Familie kommt, in der es Gestaltwandler gab, heißt das nicht automatisch, dass man sich auch verwandeln kann. Aber als ich deine Geburtsurkunde und den Namen deines Vaters gesehen habe, habe ich ein paar Anrufe getätigt.« Er sah seine Brüder an. »Wir glauben, dass du wahrscheinlich eine Gestaltwandlerin bist.«

»Seit wann glaubt ihr das schon?«, fragte sie leise.

»Noch nicht lange«, sagte Ain. »Wir vermuten, dass du dich in der Nacht, in der Brodey dich verfolgt hat, während der Verfolgung verwandelt hast. Aber keiner von uns hat es gesehen.« Aus seiner leisen Stimme schloss sie, dass er mit einem Wutanfall von ihr rechnete, da sie ihr diese Vermutung vorenthalten hatten.

Normalerweise hätte sie das vielleicht getan. Aber in diesem Moment fühlte sich Elain zu erschöpft und emotional aufgelöst. Sie leerte ihr Getränk. »Darf ich bitte noch eins haben?«, fragte sie Cail leise.

Er sprang sofort auf. »Natürlich, Schatz.«

Während er weg war, starrte sie auf das Bild ihrer Eltern, dann auf ihre Mom.

»Hasst du mich jetzt?«, fragte Carla.

»Nein!«, antwortete Elain mit Nachdruck. »Ich liebe dich. Du bist meine Mom.«

Carla betrachtete ihr Glas. »Ich habe das ganze Gestalt-wandler-Zeug nie geglaubt«, sagte sie noch einmal. »Es hat keinen Sinn ergeben. Also habe ich es mir so zurechtgelegt, dass ich es nicht glauben musste. Als die Jahre vergingen und du nie etwas von diesem Zeug getan hast, habe ich mir einge-redet, dass es nicht echt ist, dass ich es geträumt oder mir eingebildet hatte oder so. Ich hätte nur nie gedacht …«

»Ist schon okay«, sagte Ain sanft. »Wir verstehen das.«

Carla starrte ihn an, plötzlich sah sie wütend aus. »Nein, ich glaube nicht, dass ihr das verstehen könnt! Ich habe zuge-schaut, wie meine Freundin langsam gestorben ist! Ich hatte plötzlich die Verantwortung, ihr Baby großzuziehen. Ihr Vater war verschwunden, und ich war mir sicher, dass er nicht zurückkommen würde. All dieses verrückte Zeug, das sie mir erzählt und gezeigt haben, war zu viel, um es zu begreifen.«

Sie leerte ihr Glas in einem Mal aus und sah Brodey dann an. »Ich wollte Liam hassen. Als ich ihn zuerst kennengelernt habe, mochte ich ihn. Er schien ein netter Kerl zu sein, ein hübscher Kerl, sehr süß. In Spokane habe ich Maureen immer beneidet. So einen Typen hatte ich mir immer gewünscht. Man konnte sehen, wie sehr er sie liebte. Es gab keine andere Frau für ihn.

Doch schon nach kurzer Zeit bekam ich Angst, dass jemand aus Maureens Familie auftauchen und versuchen könnte, sie mir wegzunehmen. Ich habe sie geliebt, als wäre sie mein eigenes Baby. Sie *war* mein Baby. *Meine* Tochter. *Mein* kleines Mädchen. Ich habe sie *großgezogen*. Ich wusste, dass Liam sie mir nicht wegnehmen würde, sollte er zurückkommen. Zumindest hätte ich sie ihm nicht kampflos überlassen. Ich hatte sogar Angst davor, mich mit Männern zu verabreden, die zu viel Interesse an der Tatsache zeigten, dass ich eine Tochter hatte. Im Hinterkopf hatte ich immer die Was-wäre-wenn-Fragen. Was wäre, wenn es doch stimmt? Was wäre, wenn an dieser verrückten Geschichte mit dem Blutschwur doch etwas dran ist und jemand versucht, Elain zu finden?« Sie brach in Tränen aus.

Elain setzte sich neben Carla und umarmte sie. Cail kam zurück, stellte Elains Getränk vor sie auf den kleinen Tisch und sie leerte es sofort mit ein paar großen Schlucken.

»Was stand in dem Brief?«, fragte Carla zögernd, nachdem sie sich wieder gefasst hatte.

Ain reichte ihn Elain, die ihn an Carla weitergab. Dann saßen sie alle eine Weile so da und warteten, bis sie ihn gelesen hatte. Schließlich blickte Carla auf und fragte sanft: »Bekomme ich noch ein Getränk?«

»Ich glaube, ich brauche auch noch ein Glas, bitte«, sagte Ain. Also stand Cail auf, um sie zu machen. »Das wird eine lange Nacht«, fügte Ain hinzu.

KAPITEL VIER

Cail kehrten mit den Getränken zurück und verteilte sie. Elain leerte die Hälfte ihres Glases mit Rum und Cola in einem Zug. Niemand sagte etwas und alle schienen zu versuchen, das zu verarbeiten, was sie gerade gehört hatten. Sowohl das, was Carla ihnen erzählt hatte, als auch den Inhalt von Maureens Brief.

Schließlich war es Ain, der zuerst seine Stimme wiederfand. »Wie hoch ist die Chance?« Er fuhr sich mit der Hand durchs Haar. »Wie hoch ist die Chance, dass wir unsere Gefährtin finden, sie eine Gestaltwandlerin ist und jetzt auch noch eine Alpha, obwohl sie keine Ahnung von all dem hatte?«

Brodey schnaubte und deutete mit dem Daumen über die Schulter auf den Flur, der zu Micahs und Jims Schlafzimmer führte. »Genauso hoch, wie bei zwei heterosexuellen Männer, die Gefährten werden. Will jemand mit mir Lottoscheine kaufen gehen? Es könnte unsere Woche sein, in der wir den Jackpot knacken.«

»Zumindest scheinen bei uns die unwahrscheinlichsten Sachen einzutreffen«, stimmte Cail zu und sah dann Ain an.

»Ich glaube, wir müssen noch ein paar Anrufe machen. Es ist an der Zeit, Daniel, Callie und Lina und ihre Jungs einzubeziehen.«

»Lina ist mit der Gang geschäftlich in Brüssel«, sagte Brodey. »Ich weiß nicht, wie ich sie dort erreichen soll, aber ich werde es später versuchen. Ich glaube, dort ist es jetzt mitten in der Nacht.«

Elain versuchte gar nicht erst, ihnen zu folgen, da sie noch immer Schwierigkeiten hatte, all diese neuen Informationen zu begreifen. Stattdessen nahm sie einen großen Schluck von ihrer Rum-Cola. Leider hatte der Alkohol bisher keine Wirkung gezeigt. »Das war bei Weitem nicht stark genug«, sagte sie gedankenverloren zu Cail.

»Ich mache dir noch ein Glas, wenn du fertig bist. Ich will nicht, dass dir übel wird.«

Sie schluckte den Rest hinunter, rülpste und reichte ihm das Glas. »Das gleiche noch mal, Barkeeper. Bitte?«

Mit einem Seufzen nahm er ihr das Glas ab und kehrte in die Küche zurück.

Während Elain überlegte, was sie als Nächstes fragen sollte, hörten sie plötzlich mehrere Autos auf den Hof fahren. Noch bevor Brodey zur Haustür gelangen konnte, flog sie auf und eine hochschwangere rothaarige Frau stürmte herein. Als sie Brodey erblickte, strahlte sie.

»Brod!« Sie breitete die Arme aus und watschelte auf ihn zu.

Er schien überrascht, sie zu sehen, lachte aber, hob sie hoch und drehte sich vorsichtig mit ihr. Dann drückte er ihr einen Kuss auf die Wange. »Verdammt! Wir haben gerade von euch gesprochen. Ich dachte, ihr wärt in Brüssel.« Er berührte ihren Bauch. »Und seit wann hast du einen Braten in der Röhre? Du siehst wundervoll aus!«

»Danke«, sagte sie und streichelte sich über den Bauch,

»aber das sind Zwillinge. Doppelt so viel Freude und so.« Sie lachte. »Und doppelt so viel Arbeit.«

»Herzlichen Glückwunsch!«

Elain spürte tief in ihrem Bauch ein instinktives Knurren aufsteigen und noch bevor Ain sie zurückhalten konnte, sprang sie von der Couch und stolzierte auf sie zu.

Schwanger oder nicht, keine Frau konnte ihren Gefährten einfach so anfassen!

Als sie gerade ausholen wollte, entdeckte die Frau sie und ein strahlendes Grinsen breitete sich auf ihrem Gesicht aus.

»Elain!«, quietschte sie aufgeregt, als würden sie sich schon ewig kennen.

Elain wusste nicht, wie sie reagieren sollte, während die rothaarige Frau ihre Arme um sie schlang und ihr eine innige Umarmung gab. Plötzlich wurde Elain mit einer Welle der Freude überspült. Es musste von der fremden Frau kommen, denn sie selbst fühlte sich alles andere als glücklich.

Elain war sich ihrer selbst nicht mehr sicher, ballte die Faust und blickte über die Schulter der Frau zu Brodey, der lachend dastand.

»Elain, ich möchte dir unsere Freundin, Seherin ihres *Schwarms* sowie Teilzeitgöttin und Ehrenwölfin Lina Zaria-Alexandr vorstellen.«

Zwei stattliche Männer, die eine ähnliche Statur und Größe hatte, kamen ebenfalls herein. Einer war blond, hatte blass Haut und blaue Augen, der andere war dunkler, hatte braunes Haar und bernsteinfarbene Augen. »Und das sind Jan und Rick Alexandr, ihre *Gefährten*«, fügte Brodey mit einem verschmitzten Grinsen hinzu.

Elain spürte sofort, wie die Eifersucht von ihrem Körper abfiel und erwiderte schließlich die Umarmung der Frau. »Ähm, Hey? Freut mich, dich kennenzulernen?« Elain hatte keine Ahnung, wie sie reagieren sollte.

Lina schob sie etwas von sich, um sie anzuschauen. »Du weißt nicht, wie sehr ich mich freue, dich nach *so langer Zeit* endlich kennenzulernen!«, quietschte sie und umarmte Elain noch einmal. Eine weitere Woge der Freude durchströmte Elain.

Auch wenn sie Linas etwas kryptischen Kommentar nicht verstand, drückte sie sie an sich und sah dann Brodey wieder an. Sie erinnerte sich, die Namen auf der Gästeliste für die Hochzeit gesehen zu haben, konnte sich aber sonst nicht erinnern, von ihnen gehört zu haben.

In diesem Moment kam Cail mit den Getränken zurück. »Oh, Hallo! Lina, was macht ihr denn hier? Verdammte Scheiße, Mädchen, schau dich an!«

Lina drehte sich um und ließ sich von ihm auf die Wange küssen, ohne Elain dabei loszulassen. »Eine Seherin hat immer viel zu tun, und wir müssen uns alle dringend unterhalten.« Dann flüsterte sie Elain ins Ohr, bevor sie sie losließ. »Glückwunsch! Ich bin so froh, dass sie dich endlich gefunden haben!«

Elain stand verwirrt da, bis Cail ihr schließlich ihr Glas in die Hand drückte, und dann von Lina umarmt wurde. Elain leerte schnell das Glas und gab es ihm zurück. »Das Gleiche noch mal, bitte«, sagte sie.

Ain kam hinter sie und legte ihr eine Hand auf die Schulter. »Ein Glas erlaube ich noch, weil das hier ein zusätzlicher Schock war«, sagte er. »Aber ich möchte nicht, dass du betrunken wirst. Wir haben noch viel zu besprechen.«

Normalerweise hätte sie ihm widersprochen, doch jetzt antwortete sie nur: »Okay.«

Lachend nahm Cail ihr Glas und kehrte in die Küche zurück, während zwei weitere Männer durch die Tür kamen und von Brodey und Ain begrüßt wurden.

Zack und Kael waren beide gut aussehend und anscheinend ein Paar und gehörten zu dem neuen Wanderzirkus, der gerade in ihr Haus gekommen war.

»Könnte mir bitte jemand eine kurze Erklärung geben?«, fragte Elain.

Ain drückte ihre Schulter. »Warte, bis du dein Getränk hast, Baby. Glaube mir, du wirst es brauchen.«

CARLA SASS DA, anscheinend in einem Zustand des Schocks oder der Trunkenheit, da sie nicht sprach und die Neuankömmlinge wie benommen anstarrte. Nachdem Lina und die Männer ihre Autos entladen und ihre Sachen in zwei Gästezimmern untergebracht hatten, trafen sich alle wieder im Wohnzimmer.

Dort gaben die Lyall-Männer Elain und Carla eine gekürzte Version der Geschichte, wie Lina und ihre Bande Brodey, Cail und Micah während eines Treffens mit anderen Gestaltwandlern in Yellowstone vor ein paar Jahre kennengelernt hatten, und wie sie danach alle zusammen eine Reise nach Europa gemacht hatten.

Dabei bekam Elain ihre ersten Antworten auf die Cockatrice-Frage.

Sie versuchte sich auf diese Geschichte zu konzentrieren, und nicht auf die tausend Fragen, die ihr über ihre Abstammung und ihre leiblichen Eltern im Kopf herumschwirrten. Sich auf ihre Vergangenheit und die Wahrscheinlichkeit zu konzentrieren, dass sie ebenso wie ihre Männer eine Wolfswandlerin war, schien zu viel für ihre Gehirnzellen zu sein, also wollte sie sich lieber auf die leichter verdaulichen Informationen konzentrieren.

Oder auf die Frage, wie sie Ain überreden könnte, ihr noch viel mehr Alkohol zu geben.

Sie war es nicht gewohnt, viel zu trinken, aber im Moment war sie definitiv nicht annähernd betrunken genug, um mit all diesem Bullshit fertig zu werden. Noch nicht.

MARSTON HASSTE FLORIDA. Er hasste alles daran. Das Wetter, die Menschen, die Fahrt dorthin und vor allem hasste er das Kuhdorf Arcadia. Er wusste, wo diese Pardie-Frau wohnte, und er wusste, bei wem sie wohnte.

Das Problem war, dass sie nie allein in die Stadt fuhr, und jeder Wolf und Gestaltwandler hier war entweder ein Freund oder ein entfernter Verwandter der Lyalls, also gab es niemanden, den er um Hilfe bitten konnte.

Außerdem half es nicht, dass der Ort, an dem die Lyalls lebten, ziemlich abgelegen war. So abgelegen, dass es schwer war, sich unentdeckt anzuschleichen. Nein, sie konnten nicht in einer verdammten Stadt leben, wo es einfach für ihn gewesen wäre. Und all das, obwohl er schon Jahre damit verbracht hatte, sie zu finden.

Dass er die Chance, sie allein zu erwischen, nur um ein paar Wochen verpasst hatte, machte ihn wütend. Er hatte vorgehabt, sich als ihr Onkel auszugeben, der sie zu ihrem Vater bringen könnte, um sie dann bei den Abernathys abzuliefern.

Einfach, oder?

Aber jetzt hatte er es mit drei Gefährten zu tun, gegen die er keine Chance haben würde. Drei Alphas, die auch noch mindestens hundert Jahre jünger waren als er?

Niemals. Sie würden mir die Eingeweide herausreißen, bevor ich blinzeln könnte. Er konnte auch keine weiteren Gestaltwandler töten, da er sein Glück nicht ausreizen wollte. Die Cockatrice konnte er auch nicht um Hilfe bitte, ohne dass sie es gegen ihn verwenden würden. Und seine beiden einzigen anständigen Verbündeten in diesem Rennen waren jetzt beide tot.

Verdammte Bastarde. Er konnte es nicht riskieren, einem der anderen Cockatrice von dem Blutschwur zu erzählen, da sie sich gegen ihre eigenen Verwandten richten würden, nur um einen eigenen Vorteil daraus zu schlagen.

Er war der Suche nach der Tafel von Trammel immer noch nicht näher gekommen als vor Jahrzehnten. Die Tafel würde ihn sofort auf die Überholspur bringen. Entweder würde es ihm die Macht verleihen, die er über die Cockatrice brauchte, oder er würde sie ihnen für genug Geld verkaufen können, um sehr, sehr lange seine Ruhe zu haben.

Seit es offensichtlich war, dass er seine Verbindung mit den Cockatrice eine Weile abkühlen lassen musste, zumindest bis diese dummen Drachen und ihre Hexenseherin aufgehört hatten, so verbissen nach ihnen zu suchen, hatte er sich wieder darauf konzentriert, den Blutschwur auf altmodische Weise zu erfüllen. Durch altbewährte Detektivarbeit. Rodolfo Abernathy würde es nicht mehr lange erdulden, hingehalten zu werden. Der Abernathy hatte Marston gewarnt, dass er ihn kalt machen würde, wenn er zu lange brauchte.

Und Marston hing sehr an seinem Leben, so alt er auch war.

Vielleicht hätte er Charles und Ellie Lyall nicht töten sollen. Vielleicht hätte er Pardie erlauben sollen, sich mit ihnen zusammenzutun. Dann hätte er sich das Baby irgendwann schnappen können. Aber er war in Panik geraten, hatte Angst gehabt, dass sie es ihren verdammten Söhnen erzählen oder Maureen so gut verstecken würden, dass er sie nicht finden könnte. Ihm war klar gewesen, dass Maureens Baby ein Mädchen war, denn warum sonst hätte sie fliehen sollen?

Woher hätte er wissen sollen, dass Liam nicht zu seiner

Gefährtin zurückkehren würde? Damals war er sich sicher gewesen, doch als er Liam am nächsten Abend in das Flugzeug nach Ontario steigen gesehen hatte, hatte er sich selbst verflucht.

Er war allein gewesen.

Nachdem er den Mann über ein Jahr lang durch Kanada verfolgt hatte, hatte er seine Spur schließlich verloren.

Er war davon ausgegangen, dass die verdammte Drachenseherin, die er in Yellowstone getötet hatte, seine Fragen beantworten und ihm sagen würde, wo Liams Schlampenwelpe war oder ob es überhaupt eines gab. Er hatte ewig gebraucht, um herauszufinden, wer Liams Gefährtin war und aus was für einer Familie sie stammte. Es ergab Sinn, dass sie vor vielen Generationen einmal mit den Drachen verwandt gewesen war.

Die Drachenseherin war eine schwache, alte Frau gewesen, und es war wieder einmal sein verdammtes Pech, dass es ihr egal gewesen war, ob er sie tötete.

Was für ein kranker Mensch will sterben?

Es war nicht sein Plan gewesen, die Gefährten der Gestaltwandler zu töten. Das Enthaupten machte viel Dreck und eine Menge Arbeit. Aber er hatte Informationen gebraucht, und anscheinend war es am einfachsten, mit roher, altmodischer Gewalt an diese Informationen zu gelangen.

Leider hatten sie ihm nichts gesagt, was er nicht schon gewusst hatte. Niemand wusste, wohin Liam Pardie verschwunden oder ob er überhaupt noch am Leben war. Und von seinem Welpen wussten sie auch nichts.

Jetzt saß er hier in diesem Kuhdorf mitten im Nirgendwo in Florida fest. Er sah sich in seinem beschissenen Hotelzimmer um, dem Dritten in über drei Wochen. Bisher war es ihm gelungen, der Aufmerksamkeit anderer Gestaltwandler zu entgehen. Er wusste nicht, welche Gestaltwandler Verbündete der Lyalls waren, also musste er davon ausgehen, dass sie es alle waren. Elain Pardie in die Hände zu bekommen, würde keine leichte Aufgabe werden, aber es würde ihm zumindest Rodolfo ein für alle Mal vom Leib halten. Dann würde er endlich wieder nach der Tafel suchen könnte.

Und die Tafel von Trammel zu erfinden, würde ihn für immer an die Spitze der verdammten Gestaltwandler-Hierarchie bringen.

Verdammter Blutschwur.

Er hatte nicht darum gebeten, doch seine verdammte Abstammung hatte ihm diese Aufgabe aufgebürdet, und nun musste er den Blutschwur einlösen. Andererseits konnte er von Glück reden, dass Rodolfo Abernathy ihm wegen seiner Spielschulden damals nicht die Kehle durchgeschnitten hatte. Vor ein paar Jahrzehnten war es ihm endlich gelungen, sie abzubezahlen und seitdem hatte er darauf geachtet, nicht mehr ihn ihrer Schuld zu stehen, als er es ohnehin schon durch den Blutschwur tat.

Morgen würde er wieder hinausgehen, um sich weiter umzusehen. Und vielleicht würde er Glück haben und sie allein erwischen.

KAPITEL FÜNF

*M*icah rührte sich kaum. Er hatte überlegt, aufzustehen und alle zu warnen, dass Lina und ihre Jungs gerade die Auffahrt hinauffuhren.

Doch dann hatte er beschlossen, dass es keine Rolle spielte, da sie so gut wie zur Familie gehörten.

Es hätte sich bestimmt nicht gelohnt, dafür aus seinem bequemen Bett zu kriechen, wo er sich an Jim kuschelte.

Er stieß einen zufriedenen Seufzer aus. Ihm fiel es immer noch schwer, Jim als seinen Gefährten vorzustellen, aber jede Zelle in seinem Körper konnte spüren, dass sie zusammengehörten.

Sein Gefährte.

Er war genauso wichtig für ihn, wie die Luft zum Atmen. Jim war sein Einer, und er war Jims.

Warum?

Er hoffte, dass er eines Tages lernen würde, sich diese Frage nicht mehr zu stellen, da es keine Rolle spielte. Kael und Zack waren ein perfektes Beispiel, obwohl sie schon vorher schwul gewesen waren.

Weder er noch Jim waren vorher schwul gewesen, doch es

fiel ihm immer leichter, sich mit der Tatsache auseinanderzu-setzen, dass er jetzt einen Mann als Partner hatte.

Eines stand fest, er würde sich nicht über sein neues Glück beschweren.

Draußen im Wohnzimmer hörte er den Tumult, als Lina und ihre Truppe ankamen und allen vorgestellt wurden. Irgendwann döste er ein.

Er war sich nicht sicher, was ihn eine Weile später geweckt hatte. Er wusste auch nicht, wie lange er geschlafen hatte, aber jetzt, wo er hellwach war, waren alle seine Sinne auf die Geräusche im Haus eingestellt.

Er hörte Leute im Wohnzimmer leise miteinander reden, war sich aber nicht sicher, wer noch wach war.

Das hatte ihn nicht aufgeweckt.

Er setzte sich auf, schloss die Augen und konzentrierte sich. Plötzlich wurde ihm klar, was ihn geweckt hatte. Jemand kam zu Fuß die Auffahrt hinauf.

Ein männlicher Wolfswandler. Ein Alpha. Ein Fremder, den er nicht kannte.

Micah krabbelte aus dem Bett und schnappte sich eine kurze Hose. Jim, der von Micahs plötzlichem Aufspringen aufgewacht war, fragte benommen: »Was ist los?«

»Aufstehen. Sofort.« Er warf Jim eine kurze Hose zu. »Jemand ist auf dem Weg hierher.«

Während Micah ins Wohnzimmer rannte, hatte der Fremde schon fast die vordere Veranda erreicht. Alle sahen Micah an, als er zu ihnen gelangte, doch er hatte keine Zeit, es zu erklären, da es in diesem Moment schon an der Haustür klopfte.

Ain musste an Micahs Reaktion gespürt haben, dass etwas nicht stimmte.

Er sprang auf und rannte zur Haustür, wo er fast zeit-gleich mit Micah ankam.

»Wer ist das?«, fragte er Micah leise.

»Gestaltwandler. Weiß nicht wer. Ein Typ.«

Lina watschelte hinüber und schob die Männer aus dem Weg. »Hey, Micah. Mach die verdammte Tür auf, um Himmels willen.« Sie riss sie auf und lächelte den Neuankömmling an. »Hallo, Liam. Wie schön, dass du es sicher hierher geschafft hast.«

Der Mann, der dort stand und einen zerschlissenen Rucksack in der Hand hielt, sah sie erschrocken an. Dann beäugte er Micah und Ain misstrauisch, die dicht hinter ihr standen.

»Hallo, Lina.«

»Liam?«, fragte Ain. »Liam Pardie? Elains Vater, Liam Pardie?«

Lina nickte. »Ja.«

Micah schnappte nach Luft. »Liam Pardie?«

»Yep«, sagte Lina wieder und nickte.

Carla erhob sich nun ebenfalls und kam mit fassungslosem Ausdruck zur Tür. »Liam!«

»Hallo, Carla«, antwortete der Neuankömmling.

Lina packte ihn an der Hand und zog ihn hinein. »Okay, seht ihr? Carla hat seine Identität bestätigt. Er ist nicht gefährlich. Jetzt lasst ihn erst mal hereinkommen.«

ELAIN STAND FASSUNGSLOS AUF, während sie den Mann vom Steakhouse in ihrem Foyer anstarrte. Den Mann von dem Foto.

Nicht irgendein Mann erinnerte sie sich selbst. *Mein Vater.*

Leider kam nur ein »Was?« aus ihrem Mund. Es gab so viele Fragen, die sie ihm stellen wollte, Dinge, die sie sich im

Laufe der Jahre gefragt hatte, doch jetzt war sie so schockiert, dass sie sich an keine einzige erinnern konnte.

Lina winkte sie zu sich. »Komm her, Elain.«

Ihre Beine schienen ein Eigenleben zu führen und trugen sie zu ihnen, während sie weiterhin wie benommen den Mann anstarrte. Er sah genauso aus wie der Mann auf dem Foto, das Maureen dem Brief beilegt hatte, und ihr fiel auf, dass er kaum gealtert war.

Ain, Brodey und Cail versuchten, sich zwischen Elain und den Fremden zu schieben, doch Lina ließ es nicht zu. »Leute, hört auf damit. Er ist ihr Vater. Geht zurück.« Sie schob die Männer aus dem Weg und zog Liam ins Wohnzimmer. »Liam, ich habe schon gedacht, du würdest nie hierherkommen«, sagte sie mit einem Lächeln.

Elain und Carla folgten ihnen. »Du wusstest, dass er kommt?«, fragte Elain.

»Ich kann es nicht fassen!«, sagte Carla und sah ihn an. »Du bist kaum gealtert!«

»Das liegt daran, dass er ein Wolf ist«, erklärte Lina. Sie wandte sich an Ain. »Habt ihr Carla nicht erklärt, was los ist? Immerhin ist sie Elains Mutter.«

»Sie ist nur kurz vor euch hier angekommen«, sagte Brodey. »Wir hatten keine Zeit, ihr alles zu erklären.«

»Moment mal«, sagte Elain. »Lina, woher wusstest du, dass er kommt?« Sie beschloss, sich auf die kleineren Teile des Puzzles zu konzentrieren, die leichter verdaulichen Fakten, bevor sie versuchte, das Gesamtbild zusammenzufügen.

»Ganz einfach. Ich habe ihm gesagt, dass er seinen Hintern hierher bewegen soll«, antwortete Lina.

Für Elain ergab das noch weniger Sinn. »Was?«

»Zack und ich haben einen kleinen Abstecher gemacht,

nachdem wir vor ein paar Monaten in Seattle gewesen waren. Wir sind nach Bolivien geflogen und haben ihn aufgespürt.«

»*Bolivien?*«, riefen Rick, Jan und Kael gleichzeitig und warfen Zack fast identische finstere Blicke zu.

Diese Information war ihnen anscheinend neu.

Zack hielt abwehrend die Hände hoch. »Hey, die Göttin bestimmt, Leute. Ihr kennt die Regeln. Ich wurde von ihr zur Geheimhaltung verpflichtet, also schreit mich nicht an. Es ist ihre Schuld.« Er zeigte auf Lina. »Sie ist die Göttin, sie hat das Sagen.«

Lina winkte mit der Hand, um alle zum Schweigen zu bringen. »Ja, ich hatte eine Vision, wusste, dass ich Liam finden musste, bla, bla, bla, also sind wir nach Bolivien geflogen, haben ihn gefunden und sicher nach Hause gebracht. Jetzt ist er hier.« Sie zeigte auf Elain.

»Deinetwegen. Unter anderem.«

»Weshalb noch?«, fragte Ain sofort.

Doch Lina antwortete nicht, sondern brachte ihn mit einem strengen Blick zum Schweigen.

Elain konnte Liam nicht aus den Augen lassen. Er roch so vertraut …

Die Jacke. Endlich wurde es ihr klar. Die Lederjacke, die noch immer in ihrem Schrank im Haus in Venice hing, hatte ihrem Vater gehört. Es war das Einzige, was sie von ihm besaß. Und sie roch immer noch ganz leicht nach ihm. Als sie klein war, hatte sie oft im Schrank gesessen und die Arme der Jacke um sich gelegt, um so zu tun, als würde ihr Vater sie umarmen.

Dabei hatte sie sich immer gewünscht, er würde zurückkommen, ihre Mom heiraten und mit ihnen glücklich bis ans Ende ihrer Tage leben.

»Gibt es noch andere Neuigkeiten, die du mit uns teilen willst, Liebling?«, fragte Jan Lina sarkastisch.

»Nö. Im Moment gibt es nichts Konkretes, das ich euch sagen kann.«

»Großartig«, murmelte Rick vor sich hin.

»Das habe ich gehört«, antwortete Lina bissig.

MICAH RÄUSPERTE SICH. »Also, wenn ihr uns nicht braucht, gehen wir wieder ins Bett.« Jim, der am Ende des Flurs gestanden und alles beobachtet hatte, drehte sich um und folgte Micah schläfrig zurück in ihr Schlafzimmer.

»Wer ist der Typ? Und wer sind diese Leute?«, murmelte Jim, während er mit Micah zurück unter die Decke schlüpfte.

Micah drückte ihn fest an sich. »Anscheinend gibt es wieder mal ein Problem. Nicht unsere Angelegenheit. Jedenfalls nicht heute Nacht.«

ELAIN WAR SICH NICHT SICHER, wie viele Überraschungen sie noch ertragen konnte. Die letzten paar Stunden hatten ihre Nerven an ihre Grenzen gebracht. Was viel hieß, wenn man bedachte, wie nervenaufreibend die vergangenen Wochen schon für sie gewesen waren. Sie machte einen Schritt nach vorn und starrte Liam einen langen Moment an, dann legte sie ihre Arme um ihn und umarmte ihn.

»Ich habe dich so vermisst«, flüsterte er ihr ins Ohr. »Bitte, ich hoffe, du kannst mir verzeihen, dass ich gegangen bin.«

Da sie nicht in der Lage war zu sprechen, nickte sie nur. Sie standen ein paar Minuten so da, bis Elain ihn schließlich losließ und zurücktrat. »Ich schätze, wir sollten uns alle unterhalten«, schlug sie vor.

Er nickte. »Das ist eine gute Idee.«

»Möchtest du etwas Zeit allein mit ihm?«, fragte Ain Elain.

Sie dachte einen Augenblick darüber nach. »Schon, aber nicht jetzt. Ich glaube, ich würde lieber zuerst Antworten auf all meine Fragen bekommen.« Sie nickte Lina zu. »Du scheinst diejenige zu sein, die sie beantworten kann.«

»Das bin ich«, sagte Lina. »Göttin, Seherin und übernatürliche Informationsstelle mit der Fähigkeit zum Feuerlegen.«

Nachdem sich alle im Wohnzimmer vorgestellt und hingesetzt hatten, richteten alle ihre Aufmerksamkeit auf Lina.

Sie legte ihre Hände auf ihren Bauch und fragte fröhlich in die Runde: »Na, ist das nicht schön? Alle zusammen in einem Raum. Jetzt brauchen wir nur noch Blackie, Callie, Wally und die anderen.«

»Wer ... ach egal«, sagte Elain. »Ich will es nicht wissen.«

»Wie geht es Blackie und Callie?«, fragte Brodey. »Ich habe seit ein paar Monaten nicht mehr mit ihm gesprochen. Wie gefällt es ihnen, oben in Maine?«

»Es geht ihnen gut. Er ist mit uns nach Brüssel geflogen. Und als wir heute Abend in Florida gelandet sind, habe ich ihn nach Maine zurückgeschickt. Wir werden ihn noch früh genug sehen.« Lina lächelte Elain an. »Mach dich auf ein paar verrückte Geschichten gefasst.«

»Wer ist noch mal Blackie? Und wie viel verrückter soll es denn noch werden?«, schoss Elain zurück. »Wenn es noch verrückter wird, muss ich vielleicht wiederbelebt werden.«

»Oh nein, das hier war noch gar nichts«, sagte Lina mit einem breiten Grinsen. »Das ist nur der Anfang.« Ihr Lächeln verblasste und sie sah Brodey an. »Fat Boy ist zurück.« Sie neigte ihren Kopf, um in Elaines Richtung zu deuten. »Er hat sie schon gesehen. Mindestens einmal. Ich hatte eine Vision davon.«

Elain schloss die Augen und rieb sich müde die Stirn. »Wer ist *Fat Boy*? Und was für Visionen?«

»Er ist ein älterer Typ«, sagte Lina. »Das ist eine lange, lange Geschichte. Er ist der Typ, von dem wir vorhin geredet haben, derjenige, der geholfen hat, Kaels Familie zu töten.«

»Will ich überhaupt noch mehr wissen?« Elain öffnete ihre Augen wieder. »Ich fange an zu glauben, dass es vielleicht besser wäre, das alles nicht zu wissen.«

»Moment mal«, sagte Brodey. »Wann hat er Elain gesehen?«

»Cail war mit Elain zum Einkaufen in einem Geschäft für landwirtschaftliche Ausstattung.« Lina sah ihn an. »Ihr zwei wart auf dem Parkplatz und habt ein Pferd in einem Viehanhänger gestreichelt.«

Cail nickte. »Ja. Vor ein paar Wochen.«

»Er stand auf der anderen Straßenseite und hat euch beide beobachtet.«

Bevor sie nachdenken konnte, rief Elain: »Meinst du Mr. Creepy?«

Alle drei ihrer Männer sahen sie an und riefen durcheinander. »Wer ist Mr. Creepy?«

Elain spürte, wie sie rot wurde. »Ups.«

Schließlich räusperte Ain sich. »Möchtest du uns noch etwas sagen, Elaine?«

Sie schüttelte den Kopf. »Ähm, nein, ich glaube, das ist alles.«

»Wie oft hast du diesen Mr. Creepy gesehen?«, fragte Ain.

»Oh. Ähm, an dem Abend, als wir im Steakhouse essen waren.« Sie zeigte auf Liam. »Danach waren wir noch

Lebensmittel einkaufen und da habe ich Mr. Creepy gesehen. Ich glaube auch, dass ich ihn gesehen habe, als Cail und ich einmal zu zweit essen waren.«

»Und«, sagte Ain, »warum hast du uns das nicht schon früher gesagt?«

Sie wurde defensiv. »Weil ich Angst hatte, dass du ausflippst. So wie jetzt.«

»Ich flippe nicht aus!«

»Ja, aber jetzt willst du mich bestimmt einsperren, um mich zu beschützen, oder?«

Er antwortete nicht.

»Siehst du? Aber das kannst du nicht.«

Ains Gesicht verfinsterte sich. »Warte es ab.«

Sie deutete mit dem Finger auf ihn. »Wenn du versuchst, mich mit einem Erlass dazu zu zwingen, wirst du eine unglückliche Gefährtin an der Backe haben.«

Sie funkelten sich für ein paar Sekunden an, bis Ain schließlich mit einem unglücklichen Seufzer nachgab. »Du bringst mich noch um, weißt du das? Bitte, lass uns darüber reden und eine Lösung finden, die für beide Seiten akzeptabel ist.«

Lina räusperte sich. »Wenn ihr fertig seid, können wir dann wieder zum Thema zurückkommen?« Sie zeigte auf Liam.

Liam hatte nur still dagesessen und zugehört. Er hatte zwischen Elain und Carla hin und her geschaut. Elain fühlte sich ein wenig schuldig und hätte ihn am liebsten mit Zuneigung und Aufmerksamkeit überschüttet.

Aber wenn sie ganz ehrlich war, war sie zu betäubt, um irgendetwas zu tun. Als würde sie allen anderen ein paar Schritte hinterherhinken. Sie hatte all diese neuen Informationen noch nicht verdaut und ihr Kopf brummte.

Außerdem hatte sie auch einige Fragen an ihre Mutter,

aber die konnten warten. Ihr Gehirn konnte sich nicht auch noch darauf konzentrieren.

CAIL BEOBACHTETE ELAIN AUFMERKSAM. Er hatte das Gefühl, dass sie einem Nervenzusammenbruch nahe war, was er gut verstehen konnte.

Er war selbst völlig überfordert mit der Situation.

»Lass uns einen Moment innehalten«, schlug er vor. »Ich möchte Liams Geschichte hören.«

Alle Blicke richteten sich auf den Neuankömmling.

Liam schluckte. »Also«, sagte er leise mit irischem Akzent, »wo soll ich anfangen?«

»Wo du willst«, sagte Cail. »Solange du alles erzählst.«

Er nickte. »Als wir herausgefunden haben, dass Maureen ein Mädchen erwartete, sind wir in Panik geraten. Wir hatten Angst, dass die Abernathys uns aufspüren könnten. Mein ganzes Leben lang hatte dieser verdammte Blutschwur schon über meinem Kopf geschwebt, wie ein böses Omen. Deswegen habe ich auch nie nach meiner Gefährtin gesucht. Ich wollte den Abernathys kein Kind übergeben.«

Er blickte auf seine Hände und faltete sie zusammen. »Ich habe Maureen nichts von dem Blutschwur erzählt, als sie mich beansprucht hat. Ich war so schockiert, als es passierte, dass ich keine Zeit hatte, zu reagieren. Im Nachhinein habe ich ihr natürlich davon erzählt, aber ich habe sie nicht darauf schwören lassen.«

Er seufzte tief. »Am Tag, nachdem wir erfahren hatten, dass Elain ein Mädchen ist, sind wir geflohen. Ich wusste nicht, wohin wir gehen sollten, aber mir war klar, dass wir nicht zu meinen Brüdern gehen konnten. Als Maureen und ich uns gepaart hatten, hatte ich ihnen von ihr erzählt, ohne mir dabei etwas zu denken, was ein Fehler gewesen war. Aber ich habe ihnen nichts von ihrer Schwangerschaft erzählt.«

Cail räusperte sich. »Es tut mir leid, dir das mitteilen zu müssen«, sagte er leise, »aber jemand hat vor Kurzem ihre beide Gefährtinnen ermordet. Und die Gefährtin von einem unserer Cousins. Sie wurden enthauptet.«

»Verdammte Abernathys.« Liam starrte einen Moment auf den Boden. Als er wieder sprach, war seine heisere Stimme voller Emotionen. »Es ist alles meine Schuld«, sagte er leise. »Ich hätte meinen Brüdern nie von Maureen erzählen sollen. Sie waren keine Alphas, aber sie hatten auf den Blutschwur geschworen, falls einer ihrer Erben berechtigt wäre.«

»Seid ihr wirklich mit den Abernathys verwandt?«, fragte Ain.

»Nur durch die Vergangenheit und diesen verdammten Eid.«

»Ich muss das fragen«, fuhr Ain fort. »Es gibt Gerüchte, dass du etwas mit der Mafia zu tun hattest.«

Liam schüttelte den Kopf und schnaubte. »Nein. Wahrscheinlich eine Geschichte, die die Abernathys über mich verbreitet haben, um mich von jedem zu isolieren, den ich kontaktieren könnte, um Hilfe zu bekommen. Lebt dieser verdammte Bastard Rodolfo noch?«

»Leider«, sagte Ain.

»Verdammt.« Er sah Carla an. »Ich wusste nicht, wohin ich sonst gehen sollte, als das alles passierte. Beim Packen hat Maureen deine Adresse in Tampa gefunden. Ich ... ich wusste nicht, was ich sonst tun sollte. Es wäre zu riskant gewesen, irgendjemanden aus ihrer Familie zu kontaktieren, und meine Familie konnte ich auf keinen Fall um Hilfe bitten. Also sind mir die Gerüchte über Charles und Ellie eingefallen, und dass sie Menschen auf der Flucht halfen. Es erschien mir wie unser Schicksal, nach Florida zu gehen und sie zu bitten, uns zu helfen. Oder zumindest, um Maureen und das Baby zu verstecken. Elain«, korrigierte er sich und sah seine Tochter an. »Maureen liebte Carla wie eine Schwester und vertraute ihr. Sie wusste, dass Carla keine Ahnung von Gestaltwandlern und all dem hatte.

Also habe ich Maureen zu Carla gebracht und wir haben ihr gezeigt, was wir sind. Dann bin ich losgegangen und habe Charles und Ellie aufgespürt und sie angerufen. Ich habe ihnen nicht gesagt, worum es ging, aber ich weiß, dass sie das Wesentliche verstanden haben. Also haben wir uns verabredet und ich habe ihnen alles erzählt, aber ich habe ihnen nicht gesagt, wo Maureen war oder was es mit Carla auf sich hatte.

Ich habe ihnen von dem Blutschwur erzählt, doch es war ihnen egal, und sie haben mir versprochen, uns zu helfen.«

Er hielt einen Moment inne, um sich zu sammeln. »Sie haben mich gefragt, ob ich verfolgt worden sei, aber ich hatte nicht das Gefühl gehabt. Daraufhin haben sie mir erzählt, dass sie die Vermutung hätten, von jemandem beobachtet zu werden. Dass es sich in den letzten Monaten so angefühlt hätte, als wären sie verfolgt worden, aber sie waren sich nicht sicher, wer dafür verantwortlich war. Ich sollte zurück ins Hotel gehen und warten, bis man mich anruft. Sie hatten vor, am nächsten Tag persönlich mit euch dreien zu sprechen, um alles zu arrangieren. Dann riefen sie mich an, um Carlas Nummer zu bekommen, damit jemand anderes Maureen kontaktieren konnte, um ihr sagen zu können, wohin sie gehen sollte. Sie wollten besonders vorsichtig sein. Sie waren sich nicht sicher, ob ihr Telefon abgehört wurde oder nicht.«

In Cail brodelte alter Zorn auf. »Am nächsten Tag sind sie gestorben.«

Liam nickte. »Als ich nichts von ihnen gehört habe, bin ich in Panik geraten. Weil ich so ungeduldig und nervös war, habe ich bei euch zu Hause angerufen, aber da ist die Polizei rangegangen und hat mir mitgeteilt, dass sie gestorben seien.« Er unterdrückte ein Schluchzen. »Zwei weitere Todesfälle, die meine Schuld sind.«

Cail sah, wie auch Elain anfing, zu weinen. Sie stand auf und kniete sich neben Liam, schlang ihre Arme um ihn und hielt ihn fest.

~

NACH EINEM MOMENT räusperte sich Ain. »Liam, wir machen dich nicht für den Tod unserer Eltern verantwortlich.«

Liam sah von dort auf, wo er und Elain sich immer noch umarmten. »Danke. Ich bezweifle, dass ich an deiner Stelle so großherzig sein könnte.«

»Was wichtig ist«, sagte Ain, »ist, dass du jetzt wegen Elain hier bist. Ihr seid beide hier«, sagte er und meinte damit Carla. »Und die Familie ist das Wichtigste. Wir kümmern uns um unsere Leute. Und soweit ich das verstehe, seid ihr beide Teil unserer Familie. Unseres Rudels.«

Liam sah Carla an, die neben ihm saß. »Ich kann dir gar nicht genug für alles danken, was du getan hast.« Er legte einen Arm um Carla. »Danke, dass du ihre Mutter bist und dich so gut um sie kümmerst.«

Das gab Carla offenbar den Rest, denn nun fing auch sie an zu weinen, und Ain beschloss, dass die drei etwas Zeit allein brauchten. Schweigend bedeutete er allen anderen, sich nach draußen auf die Veranda zu begeben, um ihnen Privatsphäre zu geben.

Draußen umarmte Lina Ain. »Du bist ein guter Mann. Ihr alle drei seid gute Männer. Elain wird euch auf Trab halten, aber sie braucht euch alle drei, um sie auf dem Boden zu halten und zu beruhigen. Das hier wird ihrer mentalen Gesundheit für eine Weile zu schaffen machen.«

Brodeys Miene verfinsterte sich. »Es bricht mir das Herz, sie so erschüttert zu sehen.«

»Geht mir genauso, Kumpel«, fügte Cail hinzu.

Lina klopfte ihm auf die Schulter. »Ich weiß, Brod, aber sie muss das durchmachen. Sei einfach für sie da. Ihr müsst damit rechnen, dass sie ein bisschen durchdreht. Gebt ihr Zeit für sich, wenn sie es braucht. Bleibt stark für sie.«

»Seid ihr deshalb jetzt schon gekommen?«, fragte Cail.

Sie nickte, dann wurde ihr Gesichtsausdruck grimmig. »Es wird wieder schlimmer. Wirklich schrecklich. Es ist gut, dass Liam heute Abend aufgetaucht ist. Ich dachte, es würde noch ein oder zwei Tage dauern, bis er ankommt, aber wir müssen das Rudel näher zusammenbringen. Und zwar sofort.«

»Spuck es aus, Lina«, sagte Zack. »Was verschweigst du uns?«

Sie sah ihn, Kael und ihre Gefährten an, bevor sie ihre Aufmerksamkeit wieder Ain zuwandte. »Behaltet Micah und Jim hier bei euch. Lasst sie nirgends allein hingehen. Fat Boy ist zu allem bereit, aber ich weiß noch nicht warum. Es wird richtig, richtig hässlich werden, bevor sich die Dinge wieder beruhigen.« Sie streichelte über ihren Bauch. »Würde es euch etwas ausmachen, wenn ich euer Badezimmer benutze? Ich will nicht durchs Wohnzimmer gehen und sie stören, aber ich bin kurz davor, mir in die Hose zu machen.«

Brodey lächelte und führte sie zu der Glasschiebetür, die direkt ins Schlafzimmer führte. »Bitte schön«, sagte er und deutete auf die dunkle Badezimmertür. »Der Schalter ist drinnen, direkt neben der Tür. Auf der rechten Seite.«

»Danke schön!« Sie watschelte schnell durch das Schlafzimmer und ignorierte das Geräusch von Brodey, während er die Schiebetür wieder schloss. Als sie die Tür erreichte, tastete sie nach dem Schalter, fand ihn aber schnell. Während sie sich auf der Toilette erleichterte, blickte sie zu dem langen, verspiegelten Waschbecken auf.

Die Frau aus dem Flugzeug starrte sie an.

Lina schlug sich eine Hand vor den Mund, um einen Schrei zu unterdrücken.

Doch jetzt wusste Lina von dem Bild in dem Brief, den Elain gerade gelesen hatte, genau, wer sie war: Maureen.

»Heilige Scheiße, Maureen! Würdest du *bitte* damit aufhören!«, flüsterte Lina in den Spiegel.

Der traurige Gesichtsausdruck der Frau änderte sich nicht. »Du musst ihr helfen«, sagte Maureen. »Bitte.«

»Das tue ich, aber könnten wir das besprechen, wenn ich nicht auf dem Klo sitze?« Lina beeilte sich und zog schnell ihre Hose hoch. »Ich wusste nicht, dass ich überhaupt in der Lage bin, mit Geistern zu reden.« Tatsächlich wusste sie sehr wenig über ihre eigenen Kräfte. Sie watschelte zum Waschbecken hinüber und wusch sich die Hände, wobei die Frau sie die ganze Zeit anstarrte.

Der Geist von Maureen Alexander antwortete nicht.

Lina atmete tief ein und langsam wieder aus. »Hat Baba Yaga dich dazu angestiftet?«

»Wer?«

»Egal.« Lina blickte hinter sich. Das Badezimmer war leer, bis auf sie. Dann wandte sie sich wieder dem Spiegel zu, wo der Geist deutlich zu sehen war. »Warum kommst du nur in Spiegeln zu mir? Und warum ausgerechnet jetzt, um Himmels willen?«

»Ich war vorher immer bei Liam.«

Lina hatte Mitleid mit dem Geist, aber das beantwortete ihre Frage nicht. »Aber warum kommst du jetzt zu mir?«

»Als du Liam besucht hast, wusste ich, dass du mächtig

bist. Als er seine Reise zu unserer Tochter antrat, habe ich dich aufgesucht. Ich hatte Angst, dir zu früh zu erscheinen.«

»Warum?«

»Ich wollte nicht, dass du mich abwimmelst.«

Lina war nicht einmal in den Sinn gekommen, dass sie die Fähigkeit haben könnte, so etwas zu tun. »Ich werde dich nicht abwimmeln. Kannst du eine Minute warten?«

Der Geist nickte.

Lina schloss die Augen und tat etwas, was sie seit über einem Jahr nicht mehr getan hatte – sie wünschte sich in Baba Yagas Wohnzimmer. Als sie sich umsah, sah sie niemanden.

»Hallo? Ist jemand zu Hause?« Doch es blieb still.

»Mist«, grummelte sie. »Hallo?«, brüllte sie wieder.

Keine Antwort.

Dann riss sie die Haustür auf und schrie. »Halloooo! Bist du da draußen?«

Immer noch keine Antwort.

»Verdammt.« Lina hatte keine Ahnung, wie sie Baba Yaga finden sollte, wenn sie nicht zu Hause war.

Ab jetzt stand es aber ganz oben auf ihre Liste von Dingen, die sie die unsterbliche Frau fragen wollte.

Lina öffnete die Augen und fand sich zurück im Badezimmer der Lyalls wieder. Maureen Alexanders Geist starrte sie aus dem Spiegel an. »Können wir das auch woanders als im Badezimmern machen?«, fragte Lina sie.

»Ich weiß nicht, wie. Ich verfolge dich jetzt schon seit Wochen und weiß nicht, wie ich dir sonst erscheinen soll.«

»Hast du irgendeinen Rat oder eine Einsicht? Zum Beispiel, wer oder wo Fat Boy ist?«

Maureen schüttelte ihren gespenstischen Kopf.

»Großartig.« Lina seufzte ernüchtert. »Also, ich muss jetzt wieder raus, bevor einer meiner Jungs denkt, ich wäre hineingefallen und hätte mich selbst das Klo hinuntergespült.

Wir reden später. Ich muss den anderen da draußen zuerst helfen, alles zu begreifen. Nichts für ungut, aber Elain jetzt mit deinem Geist zu konfrontieren, halte ich für keine gute Idee. Verstehst du, was ich meine?«

Maureen nickte und verschwand.

Als Lina zu den anderen zurückkehrte, hoffte sie, erst mal keine neuen Kräfte mehr zu entdecken. Im Moment hatte sie genug um die Ohren.

Zwanzig Minuten später rief Elain alle zurück ins Wohnzimmer. Ain konnte an ihren roten Augen und den geschwollenen Nasen sehen, dass alle drei geweint hatten.

Er umarmte Elain und küsste sie auf die Stirn. »Geht es dir gut, Schatz?«

»Ja«, flüsterte sie. »Wird schon, hoffe ich. Frag mich morgen noch mal, wenn ich wieder etwas getrunken habe. Ich glaube, ich werde es wieder brauchen.«

Er gluckste. »Wir werden dir da durchhelfen, ohne dass du dir dabei deine Leber ruinieren musst. Das verspreche ich.«

Auch Brodey und Cail versammelten sich um sie. »Das stimmt«, sagte Brodey. »Wenn ich den Cockatrice dafür in den Arsch treten darf, kannst du dich gerne an meiner Schulter ausheulen.«

Wenigstens gelang es ihm, ihr damit ein kleines Lächeln zu entlocken.

»Im Moment«, sagte Ain, »halte ich es für klug, wenn wir alle ins Bett gehen und etwas schlafen. Cail, bitte zeig Liam eines der freien Schlafzimmer. Zum Glück haben wir ein großes Haus.«

Cail lächelte. »Wenn noch mehr Gäste kommen, könnten wir auch gleich ein Hotel eröffnen.«

∼

ELAIN LIEß ihre Kleider neben dem Schrank auf den Boden fallen, ging ins Badezimmer, putzte sich die Zähne und wusch sich die Hände und das Gesicht. Dann kehrte sie ins Schlafzimmer zurück und kroch ohne ein weiteres Wort ins Bett.

Die Männer starrten sie einen Moment lang an, dann zogen auch sie sich langsam aus. »Geht es dir wirklich gut, Schatz?«, fragte Ain und hob ihre Kleider vom Boden auf und legte sie in den Wäschekorb.

Sie schloss die Augen. »Nein, mir geht es nicht gut«, sagte sie leise. »Ich weiß nicht, was ich bin, und ›gut‹ ist im Moment ziemlich weit entfernt von dem, wie ich mich fühle.«

Brodey kroch zu ihr unter die Decke, dann kamen auch Ain und Cail zu ihnen ins Bett. Sie kuschelte sich an Ain, rollte sich in seine Arme und vergrub ihr Gesicht an seinem Hals. »Bitte mach, dass das alles aufhört«, flüsterte sie. »Ich will, dass alles wieder normal ist.«

Sie vermutete, dass es Brodey war, der ihr sanft den Rücken streichelte. »Verstehst du unter ›normal‹, dass du mit drei Männern gleichzeitig zusammen bist, die sich in Wölfe verwandelten können?«, fragte er.

»Ja, das ist für mich normal. Da war alles noch ganz einfach.«

Ain lachte auf und das tiefe, grollende Geräusch durchdrang ihren Körper. »Du fandest es einfach?«

»Ja. Alles, was ich tun musste, war es zu genießen, mir das Gehirn rausvögeln zu lassen.«

Cail mischte sich von der anderen Seite des Bettes mit einem Kichern ein: »Klingt nach harter Arbeit.«

»Ich weiß. Euch drei kennenzulernen, hat der Redewendung ›wie die Karnickel‹ eine ganz neue Bedeutung gegeben.«

»Oh«, stöhnte Ain lachend. »Das war schrecklich.«

Sie strich mit ihren Fingern über seine Brust. Die feinen Härchen auf seinen Brustmuskeln fühlten sich angenehm weich an.

Vertraut. Warm.

Anders als das Chaos, in das sich ihr Leben innerhalb weniger Stunden verwandelt hatte.

Erstaunlich, wie schnell sich das, was in meinem Leben ›normal‹ war, verändert hat. Mich in drei Gestaltwandler zu verlieben, war nichts im Vergleich zu diesem ganzen Bullshit.

Sie blickte in Ains Gesicht, in seine vertrauten grauen Augen. »Bitte mach, dass das alles aufhört«, flüsterte sie wieder. »Lass das alles verschwinden. Ich will, dass alles wieder so ist, wie es gestern war. Gestern war noch alles gut.«

»Ich wünschte, ich könnte das tun, mein Schatz«, sagte er mit gequältem Ausdruck. »Ich würde alles geben, damit du nicht mehr so traurig bist.«

»Ich bin nicht traurig, nur …«

Überwältigt.

Sie griff nach oben und vergrub ihre Finger in seinem Haar. Es gab ein todsicheres Heilmittel, dass all ihre Sorgen und Ängste verschwinden lassen würde, wenn auch nur für kurz.

Elain zog seinen Kopf nach unten, biss ihn sanft in die Lippe und strich dann mit dem Finger darüber. Dann küsste sie ihn, wollte zumindest für einen Moment Trost in seinen Armen finden.

Trost bei allen dreien finden.

Sie rollte sich auf ihn und genoss das Gefühl seiner Hände, die ihren Rücken hinunterglitten, wie seine Finger langsam über ihren Arsch wanderten und sein Schwanz zwischen ihnen hart wurde. Dann begann sie, sich an ihm zu reiben und ihre Sorgen traten langsam in den Hintergrund. Da sie sofort feucht wurde, fühlte es sich unglaublich an, langsam an seinem harten Teil auf und ab zu gleiten.

»Mm, das ist es«, murmelte Brodey hinter ihr. Sie spürte seine Hände auf ihren Hüften, dann hob er sie auf Ains Schwanz.

Mit einem glücklichen Seufzen ließ sie sich auf ihn hinunter und genoss das Gefühl, ganz von ihm ausgefüllt und gedehnt zu werden. Er sah mit funkelnden Augen vom Bett zu ihr hoch, dann streckte er die Hände aus, umfasste ihre Brüste und strich mit den Handflächen über ihre Brustwarzen.

»Gefällt dir das, Baby?«, fragte Ain.

Sie nickte. »Bitte fickt mich besinnungslos. Ich meine es ernst.«

Brodey knabberte an ihrem Nacken, während Cails Mund Ains Hand auf einer ihrer Brüste ersetzte. Jedes gierige, feuchte Saugen seines Mundes an ihrer Brustwarze löste eine weitere kleine Welle der Begierde zwischen ihren Beinen aus, wo Ains Schwanz unbeschreibliche Arbeit leistete. Es gab kein besseres Gefühl auf der Welt, als das Zentrum ihres Universums zu sein, umgeben von ihren drei Gefährten, von der Kraft ihrer Liebe erfüllt.

Brodey griff um ihre Hüften, während er noch immer an ihrer Schulter knabberte. Dann wanderten seine Finger zielstrebig zu ihrer Muschi und streichelten ihren Kitzler.

»Oh Gott, ja!«, flüsterte sie und ließ sich nach hinten auf ihn fallen, während sie Ains Schwanz weiter ritt. Ains Hände legten sich auf ihre Hüften, während Cail nun seine volle Aufmerksamkeit auf ihre Brüste richtete.

»Macht dich das geil, Baby?«, flüsterte Brodey ihr ins Ohr. Sie spürte seinen ungeduldigen, steinharten Schwanz an ihrem Rücken.

»Ja«, keuchte sie.

»Lass dich fallen«, flüsterte Cail gegen ihre Haut. »Entspann dich einfach und lass dich von uns verwöhnen.«

Kein Problem. Ain stieß weiter zu und sie überließ es ihm, das Tempo zu bestimmen, während sie ihre Hüften im Takt gegen ihn rieb.

Dann setzte Cail sich auf und küsste sie leidenschaftlich. Dabei umfasste er ihre Brüste mit beiden Händen und verwöhnte ihre Brustwarzen mit seinen Daumen.

»Das ist gut. Das ist sooo gut.« Sie ging davon aus, dass es alle drei gehört hatten.

Ain kicherte. »Mission erfüllt, schätze ich.«

Sie ließ ein leises Miauen von sich, während Cail sie immer noch küsste und hoffte, dass sie es als ein Ja interpretierten.

Dann knabberte Brodey wieder an ihrer Schulter, wobei er das Tempo seiner Finger erhöhte. Dadurch schaffte er es, ihr ein vollwertiges, flehentliches Wimmern zu entlocken.

»Mehr Bitte.« In Momenten wie diesen war es sehr praktisch, mental kommunizieren zu können, da sie dadurch den köstlichen Kuss mit Cail nicht unterbrechen musste, um mit ihnen zu sprechen.

»Hm«, sagte Brodey. »Mehr? Wie viel mehr willst du, Baby?«

»Sei nicht gemein«, warf Ain verschmitzt ein. »Gib unserem Mädchen, was sie will.«

Brodey lachte. »Oh, na gut.« Seine Finger wurden noch schneller und er erhöhte den Druck, was sie immer näher an den Höhepunkt brachte, aber noch nicht ganz.

Er ließ seine Zähne über ihre Schulter streifen. »Komm für uns, Baby.« Dann biss er fest zu.

Gott sei Dank küsste Cail sie immer noch, da ihr Schrei sonst alle im Haus geweckt hätte. Ihr Körper explodierte in einem farbenfrohen Meer der Lust. Sie war sich vage bewusst, dass Ains Schwanz von unten gegen sie prallte, während sie ihren Kopf zurück auf Brodeys Schulter sinken ließ. Blitze schossen durch ihren Körper, zuckten durch ihre Adern und machten es ihr unmöglich, irgendetwas anderes als Lust zu empfinden.

Sie schloss ihre Augen und ließ die Empfindungen durch sie fließen, genoss es, für einen Moment nur zu fühlen, nicht zu denken.

Sie spürte, wie Ain kam, und bevor sie wieder zu Atem kommen konnte, hatte Brodey sie hochgehoben, herumgedreht und sie auf dem Rücken aufs Bett gelegt, wo er seinen Schwanz sofort bis zum Anschlag in ihr vergrub.

Zu ihrem Bedauern hatte sie dabei Cails Mund verloren, doch als sie die Hand ausstreckte, streifte sie stattdessen seinen steifen Schwanz.

»Auch gut.« Er lachte, während sie ihre Finger darumlegte und ihn zu sich zog. Während Brodey seinen Schwanz in sie rammte, öffnete sie den Mund und begann, Cails Teil zu verwöhnen.

Er streichelte ihr Haar, vergrub seine Finger darin und führte sie. Doch sie wusste genau, was zu tun war, schließlich war es einer ihrer Lieblingsbeschäftigungen.

»So ein braves Mädchen«, sagte Brodey und beugte sich noch etwas weiter vor, damit sein Schwanz bei jedem Stoß ihre Klitoris traf. »Einen Schwanz im Mund zu haben gefällt dir, oder?«

Sie konnte nicht wirklich antworten und war zu beschäftigt, um sich eine Antwort zu überlegen, also ließ sie nur ein zustimmendes Geräusch von sich.

»Braves Mädchen«, wiederholte Cail.

Von irgendwoher umfassten wieder Hände ihre Brüste. Sie vermutete, dass mindestens eine der Hände Ain gehörte, aber im Grunde war es ihr egal. Ihre Männer wussten genau, wie sie ihren Körper und Geist verwöhnen konnten.

Sie schob eine Hand zwischen Cails Beine und nahm seine Eier in die Hand, knetete sie sanft, drückte gerade genug, um seinen Schwanz in ihrem Mund noch härter werden zu lassen und sie mit ein paar Tropfen seiner salzigen Vorfreude zu belohnen.

»Genau so, Baby«, keuchte er. »Du weißt genau, was mir gefällt.«

Inzwischen hatte Brodey den perfekten Winkel gefunden. Er fing an, härter und kürzer zuzustoßen. Da ihr Körper bereits von ihrem ersten Orgasmus vorbereitet war, dauerte es nicht lange, bis sie einen weiteren Höhepunkt erreichte.

»Oh ja, Baby«, drängte Brodey, während ihr Körper zitternd von ihrem Orgasmus überrollt wurde und ihre Muschi um seinen Schwanz zuckte.

Ihr Stöhnen um Cails Schwanz löste auch seinen Orgasmus aus und er packte ihr Haar fester mit der Hand, während er in ihren Mund stieß. Sie saugte härter und stöhnte wieder, als sie spürte, wie sein Schwanz zuckte und sein Sperma ihren Mund füllte.

Nachdem sie fertig war, packte Brodey ihre Beine, warf sie über seine Schultern und fickte sie, hart und tief, sodass das ganze Bett wackelte, bis sich sein Rücken schließlich wölbte und er tief aufstöhnte.

Elain schlang ihre Arme um Brodey, sie hielt ihn fest, bis sich sein Körper langsam entspannte und er sich auf sie fallen ließ, befriedigt und erschöpft.

Da sie zu müde war, um zu sprechen, sagte sie in Gedanken: *»Ich liebe euch alle.«*

Ain beugte sich von irgendwoher zu ihr und küsste sie. »Wir lieben dich auch, Baby.«

Augenblicke später sank sie dankbar in den Schlaf.

KAPITEL SECHS

*A*m nächsten Morgen wachte Elain nach einem traumlosen, erholsamen Schlaf schon früh auf. Sich von ihren Männern besinnungslos bumsen zu lassen, hatte mal wieder Wunder bewirkt.

Wenigstens leide ich nicht unter Schlaflosigkeit.

Sie ließ ihre Männer weiterschlafen und duschte schnell. Anstatt sich anzuziehen, schnappte sie sich ihren Bademantel und wickelte ihn um sich, bevor sie lautlos aus dem Schlafzimmer schlüpfte. Im Haus war es noch still, und alle ihre Gäste schliefen noch.

Sie fing an, Kaffee zu machen und setzte sich dann mit einer Tasse nach draußen auf die Veranda, wo sie es sich auf einer Liege bequem machte. Sie starrte auf den Wald hinter dem Hinterhof und versuchte, über das nachzudenken, was in den letzten vierundzwanzig Stunden passiert war.

Die unerwarteten Informationen von ihrer Mutter, das Kennenlernen mit Lina und ihrer Bande und dann Liam, der plötzlich aufgetaucht war …

Dad, dachte sie. *Mein Dad.*

Wie oft hatte sie sich nach einem Vater gesehnt, als sie

noch ein Kind gewesen war? Wie oft hatte sie Freunde beneidet, die scheinbar perfekte Familien mit einem Vater und
einer Mutter hatten? Oder zumindest mit einem Eltern- und
einem Stiefelternteil? Sie hatte all die Zeit unter der Tatsache
gelitten, dass ihr Vater entweder »weg« oder »kein guter
Kerl« war, je nachdem, was ihre Mutter ihr auf ihre Fragen
geantwortet hatte.

Wie oft hatte sie Mütter und Väter bei Sportveranstal-
tungen beobachtet, oder auch geschiedene Eltern, bei denen
der Vater bei einer Leichtathletik-Aufführung oder bei
Karate- oder Judo-Wettkämpfen auftauchte, um sein Kind
anzufeuern?

Ja, ihre Mutter war immer für sie da gewesen. Sie war
immer ihr Fels in der Brandung gewesen, zuverlässig,
egal was.

Aber …

Sie lehnte sich in der Liege zurück, streckte sich aus und
starrte auf die Wolkenfetzen, die in der Ferne über die Weide
östlich des Hauses zogen.

Im Haus hinter ihr hatte Elain jetzt zum ersten Mal in
ihrem Leben ihre komplette Familie unter einem Dach
versammelt. Ihre Männer, Mom, Dad und die Geschwister,
beziehungsweise Cousins, nach denen sie sich immer gesehnt
hatte.

Und die Tatsache, dass sie wahrscheinlich ein Wolf war,
konnte auch nicht außer Acht gelassen werden.

Sie schnaubte amüsiert. Irgendwie war diese Information
mit der Ankunft der anderen auf der Wichtigkeitsskala nach
unten gerutscht.

Plötzlich hörte sie, wie sich die Schiebetüren zum Wohnzimmer öffneten, und Cail kam in einer kurzen Hose heraus.
In der Hand hielt er eine Tasse Kaffee.

»Guten Morgen, Schatz.«

Sie nickte ihm zu und er gab ihr einen Kuss.

»Geht es dir gut?«

»Ja.«

Er sah sie einen Moment lang an. »Willst du Gesellschaft oder brauchst du etwas Zeit für dich?«

Sie holte tief Luft und hielt einen Moment inne, um nachzudenken. »Ich glaube«, sagte sie leise, »ich brauche etwas Zeit für mich. Nimm es nicht persönlich.«

»Mach ich nicht. Darum habe ich gefragt.« Er beugte sich wieder vor und küsste sie auf den Kopf. »Ain und Brodey sind auch schon auf. Ich werde mir etwas zu essen holen und mit Brodey zu den Scheunen gehen. Es sei denn, du willst, dass ich hierbleibe?«

»Schon gut, aber danke.« Wenn sie ehrlich war, musste sie jetzt allein sein, obwohl ihr Leben plötzlich mit all den Menschen gefüllt war, die sie sich im Laufe der Jahre gewünscht hatte.

»Sag mir Bescheid, wenn du mich brauchst, okay?«

»Mache ich. Danke.«

Er kehrte ins Haus zurück und überließ sie ihren Gedanken. Sie war sich sicher, dass er es seinen Brüdern gesagt hatte, denn weder Ain noch Brodey kamen heraus, obwohl sie spürte, dass Brodey mit Cail wegging und Ain im Haus blieb.

Niemand sonst schien schon wach zu sein. Nicht einmal die beiden dauergeilen Turteltauben.

Sie schmunzelte über die beiden. In Anbetracht der jüngsten Entwicklungen fiel das, was zwischen Micah und Jim passiert war, noch weiter nach unten auf der Wichtigkeitsskala und verlieh dem Ganzen sogar etwas Lustiges.

Von weit her hörte sie die vertrauten Geräusche von Vögeln und entferntem Verkehr auf der Straße hinter ihrer Einfahrt. Sie schloss ihre Augen und lauschte aufmerksamer, als sie es vorher je getan hätte, wahrscheinlich wegen all den neuen Informationen.

Die Brise frischte ein wenig auf. Sie holte tief Luft und genoss den Duft von Morgentau, der auf den Zypressen und Pinien in den nahe gelegenen Wäldern trocknete. Sie konnte den süßen Duft des am Vortag gemähten Grases im Hinterhof riechen und sogar den schwachen, aber immer noch wahrnehmbaren Geruch der Kühe auf den Weiden hinter dem Wald.

Vielleicht sollte ich ausreiten. Brodey hatte ihr zwei Pferde gekauft, und auch wenn man sie noch nicht als erfahrene Reiterin bezeichnen konnte, erlaubten ihr die Männer inzwischen, allein auf der Ranch herumzureiten, ohne sich zu Tode zu sorgen. *Ein Ausritt wäre schön, um den Kopf freizubekommen.*

Ihr Haus war voller Leute, von denen sie über die Hälfte gerade erst kennengelernt hatte, und alle waren anscheinend auf irgendeine Weise mit ihr verwandt.

Es war etwas, das sie sich immer gewünscht hatte – eine große Familie, die füreinander da war.

Und jetzt …

Seufz.

Sie hatte keine Ahnung, wie sie auf einmal mit allen von ihnen umgehen sollte.

Wenig später öffneten sich die Schiebetür hinter ihr wieder. Als sie sich umschaute, sah Liam sie mit einem zaghaften Lächeln an. »Darf ich mich zu dir setzen?«

Sie nickte. Obwohl sie niemals Nein gesagt hätte, war sie sich nicht sicher, was sie zu ihm sagen sollte.

Er nahm auf einem Stuhl gegenüber der Liege Platz. »Geht es dir gut?«

»Ehrlich?«

Er nickte.

Sie schüttelte den Kopf. »Nicht wirklich. Die Situation überfordert mich.« *Warum sollte ich ihm nicht die Wahrheit sagen?* »Meine Welt wurde in den vergangenen Wochen schon mehrmals auf den Kopf gestellt. Als ich die Jungs kennengelernt habe, hat sich mein Leben und meine Wahrnehmung der Welt komplett verändert. Und jetzt erfahre ich von all diesen anderen Dingen.« Sie zuckte mit den Schultern. »Ein Schock nach dem anderen. Ich weiß nicht, was ich denken soll.«

»Niemand erwartet von dir, dass du dich auf eine bestimmte Weise verhältst.«

»Aber ich erwarte es von mir. Ich hatte mein Leben ziemlich durchgeplant, und dann habe ich die Jungs kennengelernt. Und dann war plötzlich klar, dass es Gestaltwandler wirklich gibt. Aber gut. Ich liebe sie. Und ich konnte mit dieser Erkenntnis umgehen. Oder besser gesagt, hatte ich gerade damit angefangen, es zu verstehen. Dann all … *das*.« Sie konzentrierte sich wieder auf den Wald.

Vielleicht brauchte sie wirklich einen Ausritt. Sie wollte nicht gejagt werden, sondern wollte nur … rennen.

»Kannst du mir jemals vergeben?«, fragte er leise.

Seine Frage erschreckte sie und sie wandte sich wieder ihm zu. »Was?«

»Weil ich deine Mom verlassen habe. Und nicht für dich da war.«

»Es gibt nichts zu vergeben. Du hast getan, was du tun musstest. Ich bin einfach … überfordert«, wiederholte sie.

Es war das einzige Wort, das die wirbelnde Masse von Emotionen zu beschreiben schien, die ihr Gehirn überfluteten.

»Ich kann verstehen, dass Carla all die Jahre sauer auf mich war. An ihrer Stelle hätte ich genauso gedacht. Alles, worum ich bitte, ist eine Chance, dich besser kennenlernen zu dürfen, ein Teil deines Lebens sein zu dürfen, wenn du bereit dazu bist.«

Überfordert.

Sie holte tief Luft und stieß sie wieder aus. »Ich fühle mich, als würde ich den Verstand verlieren. Als würde ich gleich aufwachen und feststellen, dass ich im Koma war oder so.« Sie dachte einen Moment nach. »Natürlich will ich dich in meinem Leben, Liam … Dad.« Sie lächelte. »Es tut mir leid. Es fühlt sich komisch an, dich so zu nennen, aber ich werde mich daran gewöhnen.«

Er erwiderte ihr Lächeln. »Ich kann nicht abstreiten, dass es richtig gut klingt, wenn du mich so nennst.«

»Also, warum warst du all die Jahre in Bolivien?« Es war eine Frage, die sie am Vorabend nicht gestellt hatte. Sie war zu beschäftigt damit gewesen zu weinen und alles zu begreifen, um ihn das zu fragen.

»Es ist einer der letzten Orte auf dem Planeten, an den ein Abernathy jemals einen Fuß setzen würde. Der große Jaguar-Clan dort verachtet sie.«

»Warum?«

»Weil Rodolfo dummerweise dachte, er könnte sich benehmen, wie es ihm gefällt. Vor ungefähr hundert Jahren hat er bei einer großen Versammlung versucht, den dicken Macker zu spielen. Am Ende hat er eine der Töchter des Anführers beleidigt. Seine jüngste Tochter, die damals zufällig erst neunzehn war.«

»Autsch.«

»Ganz genau. Einer von Rodolfos Söhnen hatte dann am nächsten Morgen Kratzer im Gesicht und behauptete, dass sie ihn angegriffen hätte. Sie hingegen hat erzählt, dass er versucht hat, sie zu vergewaltigen, und sie ihm nur knapp entkommen war. Rodolfo hat sie eine Lügnerin genannt … was natürlich zu erwarten war.«

Elain lächelte. »Das kam sicher nicht so gut an, oder?«

Liam rieb sich das Kinn. »Alle mussten Ortega, den Anführer des Jaguar-Clans, zurückhalten, sonst hätte Rodolfo es nicht in einem Stück da rausgeschafft. Danach hat Ortega Rodolfo aufgefordert, zurück nach Bolivien zu kommen, um die Sache wie ein Mann zu regeln. Ich muss wahrscheinlich nicht erwähnen, dass er das nicht getan hat.«

»Also sind Rodolfos Feinde jetzt automatisch Ortegas Freunde?«

»Ganz genau. Ich bin nicht die erste Person, die nach Bolivien gereist ist, um Abernathys Reichweite zu entkommen. Ortega hat mich in Frieden gelassen und mir erlaubt, zu bleiben, solange ich meine Augen und Ohren offen gehalten und ihm alle Informationen weitergegeben habe, die er gebrauchen konnte. Außerdem habe ich ihm einen Gefallen getan und dabei geholfen, den Frieden um die nahe gelegene Kirche herum zu bewahren.« Er seufzte. »Ich habe jede Sekunde, die ich von dir getrennt war, gehasst. Aber ich wusste, dass ich dir mehr schaden als nützen würde, wenn ich auftauchen würde.«

»Ich bin froh, dass du jetzt hier bist.«

»Ja?«

Sie lächelte. »Ja.«

~

NACHDEM SIE SICH mindestens dreißig Minuten lang unterhalten hatten, kam Carla mit einer Tasse Kaffee in der Hand zu ihnen. Sie küsste Elain auf die Wange, sah dabei aber Liam an.

»Liebling, würde es dir etwas ausmachen, wenn Liam und ich uns kurz unterhalten würden? Allein?«

»Kein Problem.« Sie umarmte die beiden und ging hinein.

Als sie gerade in Richtung Küche ging, kamen Lina und Zack aus ihren jeweiligen Zimmern.

Lina umarmte sie. »Wie fühlst du dich?« Elain spürte, wie eine Welle des Mitgefühls sie überflutete. Als Lina sie losließ, verschwand das Gefühl wieder.

Elain wollte ein tapferes Gesicht machen, spürte aber, wie Tränen in ihr aufstiegen.

Lina drückte ihre Hand. »Es ist okay, überfordert zu sein. Das ist doch nachvollziehbar. Am Anfang ist es total schwer, das alles zu verarbeiten.«

»Wie bist du damit fertig geworden?«, fragte Elain.

»Sie hat einen Baum in unserem Garten in die Luft gesprengt«, gluckste Zack.

»Das war ein *Versehen*«, schoss Lina zurück. »Ich habe schon lange nichts mehr aus Versehen in die Luft gesprengt.«

»Und mit Absicht?«, fragte Elain.

Sie grinste. »Ach, ständig. Schließlich muss ich meine Jungs auf Trab halten.« Ihr Lächeln verblasste. »Wie geht es dir? *Ehrlich.*«

Elain setzte sich an den Küchentisch. »Können wir uns für eine Minute auf etwas anderes als mich konzentrieren? Ich will nicht immer im Mittelpunkt stehen. Was genau ist das mit euch?« Sie zeigte auf die beiden.

Zack und Lina gesellten sich zu ihr an den Tisch. »Wenn wir das wüssten«, sagte Lina, »wäre mein Leben sehr viel einfacher.« Sie sah Zack an. »Lange Rede, kurzer Sinn, ich bin die Reinkarnation einer extrem coolen Göttin aus längst vergangener Zeit. Jan und Rick sind die Reinkarnationen meiner Gefährten von damals.«

Elain starrte sie einen Moment lang an, während sie versuchte, das zu begreifen. »Es tut mir leid, dass ich gefragt habe.«

Gestaltwandler. Göttinnen. Reinkarnation.

Das hilft nicht gerade.

Lina lächelte. »Ich weiß. Es ist viel auf einmal. Ich konnte es am Anfang auch nicht glauben. Aber dann habe ich gemerkt, dass es einfacher ist, sich einfach zurückzulehnen, zuzugeben, dass man nicht alles weiß, und einfach mit dem Strom zu schwimmen.«

»Vergiss den Strom«, sagte Elain. »Sonst ertrinke ich.«

»Die Kurzversion«, mischte Zack sich ein, »ist, dass es Magie wirklich gibt. Kreaturen, von denen du dachtest, dass sie nur erfunden seien, existieren wirklich. Es ist ein bisschen so wie bei dem Spruch: ›Nur, weil du paranoid bist, heißt das nicht, dass sie nicht hinter dir her sind.‹ Nun, nur weil alle anderen denken, dass es diese Dinge nicht gibt, heißt das nicht, dass es sie wirklich nicht gibt.«

Elain starrte ihn einen Moment lang an, bevor sie ihren Kopf in ihre Hände fallen ließ und stöhnte. »Scheiße!«

Es war ihr egal, ob Ain sie fluchen hörte. Sie würde sich dafür gerne den Hintern versohlen lassen.

Zumindest wäre es eine gute Ablenkung.

CARLA SASS AUF DER LIEGE, auf der Elain vor ein paar Minuten gesessen hatte. So viele Jahre lang hatte sie sich vorgestellt, was passierte, wenn Liam vor ihr sitzen und wie das Gespräch verlaufen würde.

Jetzt konnte sie sich an kein einziges Szenario erinnern.

»Du siehst gut aus, Liam.« Er war kaum gealtert, während sie wortwörtlich ein ganzes Leben gelebt hatte, seit sie ihn das letzte Mal gesehen hatte und plötzlich war sie sich ihrer kleinen Fältchen sehr bewusst.

Er lächelte freundlich. »Du bist genauso hübsch wie immer, Carla.«

Sie spürte, wie sie errötete, und sah auf ihren Kaffee hinunter. »Du musst mich nicht anlügen, damit ich mich besser fühle, Liam.«

»Das tue ich nicht. Ich meine es ernst. Und noch einmal, ich kann dir nicht sagen, wie dankbar ich dafür bin, dass du Elain großgezogen hast. Ich verspreche, ich werde mich niemals zwischen euch stellen.« Mit wehmütigem Blick sah er zu der Glasschiebetüren, durch die Elain ins Haus gegangen war. »Du bist ihre Mutter. Es tut mir so leid, dass ich nicht da sein konnte, um dir zu helfen, sie aufzuziehen.«

Sie nickte. Im Gegensatz zu ihrer Tochter hatte sie nur weniger als vierundzwanzig Stunden gehabt, um sich mit der Tatsache auseinanderzusetzen, dass Gestaltwandler wirklich existierten und dass das alles nach Jahren der Verleugnung doch keine Einbildung gewesen war.

»Hasst du mich?«, fragte er sie.

Sie lachte herzhaft auf. »Ganz ehrlich? Ich habe im Laufe der Jahre viel Zeit damit verbracht, dich zu hassen, Liam. Aber jetzt, wo ich die Wahrheit kenne, habe ich ein schlechtes Gewissen.« Sie seufzte. »Du musst mir etwas Zeit geben, mich an all das zu gewöhnen.«

»Ich weiß. Es tut mir leid, dass du damals nicht mal ein Mitspracherecht hattest.«

»Nein, ich hatte ein Mitspracherecht. Ich hätte euch beide abweisen können, als ihr aufgetaucht seid. Oder ich hätte Maureen rausschmeißen können. Aber sie war meine Freundin, und ich habe sie geliebt.«

Er streckte die Hand aus und berührte ihr Knie. »Ich habe dich immer gemocht, Carla«, sagte er leise, seine Stimme klang ernst. »Maureen war die Liebe meines Lebens, meine Gefährtin. Hätte ich dich zuerst getroffen …« Er lehnte sich zurück. »Ich will nicht kindisch klingen, aber ich wusste von dem Moment an, als Maureen uns vorgestellt hat, dass du eine besondere Frau bist.«

Seine Stimme versagte. »Sie hat dich geliebt, Carla. Du warst ihre Familie, die Person, der sie sich anvertrauen konnte. Ich kann dir gar nicht sagen, wie dankbar ich bin, dass sie dich in ihren letzten Tagen hatte.«

Carla kämpfte gegen ihre Tränen. Sie hatte sich Elain zuliebe geschworen, sich zumindest vor den anderen zusammenzureißen. »Ich verstehe immer noch nicht, warum sie gestorben ist«, sagte sie leise. »Es war, als hätte sie aufgegeben.«

Er hielt seinen Blick auf den Boden gerichtet und sagte mit sehr leiser Stimme: »Sie hatte die Seelenkrankheit. Das kann passieren, wenn eine Frau ihren Gefährten verliert, vor allem, wenn sie schwanger ist. Es passiert nicht immer, aber es kann vorkommen. Ich weiß nicht, warum das passiert.«

Carla schluckte die Wut herunter, die in ihr hochkochte. »Also wäre sie nicht gestorben, wenn du zurückgekommen wärst?«

Er zuckte mit den Schultern, sah sie aber immer noch nicht an. »Ich weiß es nicht. Vielleicht. Glaube nicht, dass auch nur ein Tag vergangen ist, an dem ich mich nicht dafür verflucht habe, dass ich gegangen bin. Damals dachte ich, es sei der einzige Weg, um Elain zu beschützen und diese Bastarde davon abzuhalten, sie zu einem Leben zu zwingen, das niemand jemals für sein Kind wollen würde.«

Einige Augenblicke saßen sie beide schweigend da. »Maureen hat mich gebeten, dir zu sagen, dass sie dich liebt«, sagte Carla schließlich. »Falls ich dich jemals wiedersehen würde.« Sie holte tief Luft. »Außerdem musste ich ihr versprechen, dir zu sagen, dass es auch ihre Entscheidung war und dass sie dir keine Vorwürfe macht.«

Liams Schultern begannen zu zittern und er begann leise

zu weinen. Zuerst zögerte Carla, stellte dann aber ihre Tasse ab, stand auf und ging zu ihm hinüber. Sie wusste, dass sie die Wut, die sie all die Jahre in sich getragen hatte, loslassen musste, um nicht bei lebendigem Leib davon aufgefressen zu werden. Außerdem würde das nur einen Keil zwischen sie und Elain treiben.

Ihre Tochter verdiente es, ihren Vater in ihrem Leben zu haben.

Sie legte ihre Hände auf seine Schultern. »Ist schon okay«, sagte sie. »Alles wird gut.«

Er schlang seine Arme um ihre Taille und vergrub sein Gesicht leise weinend an ihrem Bauch.

Carla schloss ihre Augen und versuchte, die anderen alten Gefühle zu ignorieren, die sie noch immer in sich spürte.

Denn es gab einen Grund dafür, warum sie nie auf Dates gegangen war, warum kein Mann ihr Interesse wecken konnte, und dieser Grund saß jetzt direkt vor ihr.

NACH DEM MITTAGESSEN, das die Sitzkapazität ihres nicht gerade kleinen Esstischs auf die Probe gestellt hatte, machte Brodey eine Ankündigung. »Elain, wir würden gerne mit dir auf eine der Weiden gehen und dir ein paar Dinge zeigen.«

Sie zog eine Augenbraue hoch. »Wäre das Schlafzimmer nicht bequemer?«

»Ich …« Er stöhnte, als ihm klar wurde, worauf sie angespielt hatte. »Nein, Baby. Davon spreche ich nicht.«

»Zumindest nicht im Moment«, fügte Cail hinzu.

Brodey warf ihm einen bösen Blick zu, und Ain saß mit einem amüsierten Lächeln da und sah sich die Szene an.

»Wir werden dir heute Nachmittag einen Einführungskurs für Gestaltwandler geben«, sagte Brodey.

Elain war sich nicht sicher, ob sie schon bereit für weitere Überraschungen war. »Muss man nach dem Essen nicht dreißig Minuten warten, bevor man sich verwandeln darf?«, schnaubte sie.

Lina, die neben ihr saß, johlte vor Lachen und schlug mit ihr ein, doch Brodey verdrehte nur die Augen, ließ sich aber nicht beirren. »Nach dem Mittagessen zeigen wir dir, wie man sich verwandelt.«

»Wir wissen nicht genau, ob ich mich überhaupt verwandeln kann.«

»Stimmt, aber alles deutet darauf hin, dass du es kannst. Also mach dich nicht lustig, okay? Wir werden es dir beibringen.«

»Einverstanden, Meister«, sagte Elain gespielt höflich und mit sarkastischem Unterton.

ELAIN MACHTE sich nicht die Mühe, Brodey zu widersprechen, da es offensichtlich war, dass Ain sein Vorhaben unterstützte. Liam und Carla blieben im Haus zurück, um die Zeit zum Reden zu nutzen, und Ain und Cail kehrten zur Arbeit in den Scheunen zurück, da der Betrieb auf der Ranch ungeachtet all dieser Ereignisse schließlich fortgesetzt werden musste. Und Micah und Jim vögelten sich höchstwahrscheinlich in ihrem Schlafzimmer gegenseitig das Gehirn heraus.

Also machte Elain sich nach dem Mittagessen mit den anderen auf den Weg.

Sie fuhren mit zwei Trucks zu einer der abgelegensten Weiden, wo es mehr als unwahrscheinlich war, von jemandem entdeckt zu werden.

»Also«, sagte Brodey mit einem Augenzwinkern. »Was willst du zuerst lernen, Baby?«

Elain sah Linas Jungs an. »Ihr drei seid auch Gestaltwandler?«, fragte sie, während sie auf Kael, Rick und Jan zeigte.

Die drei Männer nickten.

»Kann ich euch zuerst beim Verwandeln zusehen?«, fragte sie.

Sie zuckten mit den Schultern. »Klar«, sagte Rick. »Für uns ist es hier perfekt, weil wir uns in unsere größte Form verwandeln können.«

Als alle drei Männer sofort damit begannen, sich lässig auszuziehen, spürte Elain die aufsteigende Hitze in ihrem Gesicht.

Sie hatte gesehen, wie sich ihre Männer in Wölfe verwandelten. Aber als die Luft um die drei Männer herum zu schimmern schien, und Elain wenige Augenblicke später drei großen Drachen gegenüberstand, ließ sie ein erschrockenes Quieken von sich.

Sie öffnete den Mund und stolperte ein paar Schritte rückwärts.

Niemand sagte etwas und nur die Vögel und der Wind in den Bäumen um sie herum waren hörbar.

Elain starrte ungläubig auf die Drachen.

Nach ein paar Minuten fragte Brodey sie besorgt: »Ähm, Baby? Sag etwas.«

Elain starrte weiter. »Das sind *Drachen*!«, flüsterte sie fassungslos.

Zack grinste »Ja. Ziemlich cool, oder?«

»Drachen!«, sagte Elain noch einmal. Obwohl Cail ihr gegenüber einmal erwähnt hatte, dass es andere Arten von Gestaltwandlern gab, war sie davon ausgegangen, dass er sich nur einen Spaß mit ihr erlaubt hatte, als er von Drachenwandlern gesprochen hatte.

Brodey trat hinter sie und legte ihr eine Hand auf die Schulter. »Im Grunde ist es nicht seltsamer, als dass wir uns in Wölfe verwandeln.«

Elain starrte noch immer vor sich. »Wölfe gibt es wirklich! Du hast gesagt, dass sie Gestaltwandler sind. Aber ... es sind *Drachen*!«

»Yep«, stimmte Brodey zu.

Die Jungs ließen sie noch eine Minute lang starren, während ihr Gehirn versuchte, sich an den Anblick zu gewöhnen.

Dann kam Lina zu Elain und legte ihr den Arm um die Taille. »Als ich zum ersten Mal gesehen habe, wie sie sich verwandeln, bin ich ohnmächtig geworden. Jetzt gerade sind sie in ihrer größten Form. Als ich sie zum ersten Mal gesehen habe, hatten sie sich nur in ihre kleinste Form verwandelt«, sagte sie. »Es war trotzdem ein Schock.«

Elain sah sie ungläubig an. »Ein Schock? Das ist ja wohl die Untertreibung des ... Jahrhunderts!«

Lina lachte. »Ich weiß. Hey, Brodey?«

»Ja?«

»Originalrezept oder knusprig?«

Er heulte vor Lachen auf. Als er sich endlich wieder beruhigt hatte, schnaubte er: »Knusprig. Auf jeden Fall knusprig.«

Elain wurde klar, dass es ein Scherz zwischen ihnen sein musste und wartete auf die Erklärung. Als Lina und Brodey ihr schließlich erzählten, wie Lina Lenny, den Cockatrice, in Yellowstone gebraten hatte, lachte Elain mit ihnen und gewöhnte sich ein kleines bisschen daran, von drei Drachen umringt zu sein.

»Damals war es nicht lustig«, sagte Lina, »aber im Nachhinein kann ich mich totlachen.«

Brodey seufzte. »Weißt du, Baby«, sagte er und legte seine Arme um Elains Taille, »Lina ist der Grund, warum ich dich gefunden habe.«

»Wirklich?«

Er küsste sie auf den Kopf. »Ja. Sie hat mir gesagt, dass wir dich auf einem Festival in den Highlands finden würden.« Er drehte sie herum, um Elain in die Augen schauen zu können. »Sie hat mir Hoffnung gemacht. Als Lina und ich uns zum ersten Mal kennengelernt haben, war ich emotional ziemlich am Boden.«

»Nachdem du mit Kimberlie Schluss gemacht hast?«

Er nickte. »Ja.«

»Ich habe dem Stoppelgesicht hier gesagt, dass er nicht aufgeben soll«, sagte Lina. »Dass sie dich in ein paar Jahren treffen würden. Und jetzt bist du hier.«

Elain löste sich von Brodey und umarmte Lina. »Du fühlst dich wie eine Schwester an, obwohl ich noch nie eine Schwester hatte.«

»Dito. Ich sage dir, eine Adoptivfamilie ist viel besser als eine echte.« Sie lachte. »So kann man alle loswerden, die man nicht mag, und niemand kann dir bei Familientreffen Vorwürfe machen.« Sie dachte eine Sekunde nach. »Okay, sie könnten es versuchen, aber in meinem Fall kann ich einfach damit drohen, ihnen den Arsch zu braten. Da überlegt es sich jeder zweimal.«

Nachdem Elains schlimmster Schock überwunden war, hoben Kael, Rick und Jan ab. Wortwörtlich. Sie schossen in die Luft und begannen dann, sich gleiten zu lassen.

Elain sah wieder mit offenem Mund zu. Irgendwie war es einfacher gewesen, mit der Wahrheit umzugehen, als die drei

Männer … äh, Drachen, vor ihr auf dem Boden gestanden hatten.

Der Anblick der fliegenden Drachen brachte ihr Gehirn an neue Grenzen.

»Sind sie nicht stattlich?«, fragte Lina und hob eine Hand, um ihre Augen vor der Nachmittagssonne zu schützen. »Sie lieben es hier, weil sie tagsüber fliegen können, ohne sich Sorgen machen zu müssen, entdeckt zu werden. Unser Grundstück ist nicht so groß und wir sind ziemlich nah an der Autobahn.«

Elain kam plötzlich etwas in den Sinn und sie fragte Brodey, wobei sie weiterhin in den Himmel hinaufstarrte. »Brodey, habt ihr auch noch andere Formen?«

»Nö. Nur Wölfe. Bist du bereit, zu lernen, wie man sich verwandelt?«

Sie schüttelte den Kopf, während sie zusah, wie Kael fünfzehn Meter über ihren Köpfen ein Rad schlug. »Nein.«

Dann mischte Zack sich ein. »Brodey, ich glaube, du musst ihr etwas Zeit geben, sich mit dieser neuen Realität anzufreunden, bevor du versuchst, ihr das Verwandeln beizubringen.«

Elain, die immer noch gen Himmel blickte, nickte langsam. »Ja.«

»Aber es ist einfach«, beharrte Brodey.

»Das ist mir egal«, sagte Elain, während sie weiter nach oben starrte.

»Brod«, sagte Lina sanft, »lass ihr etwas Zeit. Ernsthaft. Hör auf mich.«

Brodey grummelte, schlang aber seine Arme um Elains Taille und legte sein Kinn auf ihre Schulter. »Ich möchte derjenige sein, der es dir beibringt, Baby«, sagte er sanft in ihr Ohr.

Jetzt verstand Elain, warum es ihm so wichtig war. Sie

konnte seinen Beschützerinstinkt spüren, der Wunsch, derjenige zu sein, der sie in diese neue Phase ihres Lebens führte.

Sie drehte sich in seinen Armen um und küsste ihn. »Ich verspreche dir, dass du derjenige sein darfst, der es mir beibringt«, sagte sie. »Aber Lina hat recht, im Moment bin ich noch zu überfordert.«

Da war es wieder, dieses verdammte Wort.

Sie blickte auf, und Jans Schatten flog anmutig über sie hinweg.

»Viel zu überfordert.«

KAPITEL SIEBEN

$\mathcal{N}$ ach dem Mittagessen wollte Ain nicht lange bei den Scheunen bleiben. »Ich muss noch mit Mark sprechen«, sagte er zu Cail.

Sein Bruder runzelte die Stirn. »Warum?«

»Ernsthaft? Das fragst du mich, nach allem, was passiert ist?«

Cail zuckte mit den Schultern. »Was willst du ihm sagen? Und was könnte er dagegen tun?«

»Ich weiß es nicht. Ich habe keine Ahnung, was ich tun soll. Ein Teil von mir denkt, dass wir die Hochzeit absagen müssen und für immer nach Maine abhauen sollten.«

Cail legte den Kopf schief. »Das meinst du nicht ernst, oder?«

»Ich weiß nicht, was ich meine«, sagte Ain und fuhr sich mit den Fingern durchs Haar. »Das ist genau das Problem. Im Moment habe ich keine Ahnung, was ich tun soll. Deshalb möchte ich mit Mark reden.«

Cail drehte sich um, die Hände in die Hüften gestützt. »Wie wäre es, wenn du mit mir und Brodey redest? Du weißt schon, deinen *Brüdern*?«

»Weißt du, was wir machen sollen?«

Cail starrte ihn einen Moment lang an. »Okay. Verdammt, du hast recht. Ich habe auch keine Ahnung.«

»Genau. Ich will eine objektive Meinung.«

Cail winkte ab. »Also gut. Dann geh.«

Also stieg Ain in seinen Truck und fuhr los. Beim Fahren versuchte er, sich etwas zu beruhigen, doch er konnte das Gefühl nicht abschütteln, dass all das Chaos sein Karma für das war, was er getan hatte. Vielleicht hatte das, was er vor so langer Zeit getan hatte, ihn jetzt eingeholt, um sich nicht nur an ihm, sondern auch an seinen Brüdern und Elain zu rächen.

Mark Telford, ebenfalls ein Wolfswandler und ein entfernter Cousin von ihnen, war derzeit der Clan-Vertreter in ihrem Gebiet. Ein inoffizieller Titel, der im Großen und Ganzen sehr wenig bedeutete. Ein paar der Gestaltwandler aus der Gegend, einschließlich Ain, wechselten sich mit dieser Aufgabe ab, und jetzt wollte Ain Marks Meinung hören. Sie waren seit Jahrzehnten befreundet, und kannten sich schon, als sie alle noch in Maine gelebt hatten. Mark war einer der Gründe, warum sie sich überhaupt dafür entschieden hatten, sich in Florida niederzulassen.

Er betrieb ebenfalls eine Farm, hatte sich aber auf Rindfleisch spezialisiert, und nicht auf seltene Zuchttiere, wie die Lyalls.

Als Ain sein Büro betrat, sah Mark von seinem Schreibtisch auf. Er lächelte zuerst, doch als er den Ausdruck in Ains Gesicht sah, erlosch sein Lächeln.

»Was ist los?«

Ain deutete mit dem Daumen auf die Tür. »Kann ich die schließen?«

Mark nickte. »Natürlich.«

Ain zog die Bürotür zu und setzte sich dann vor Marks Schreibtisch. »Ich weiß nicht, wo ich anfangen soll.«

Mark klappte seinen Laptop zu und lehnte sich in seinem Stuhl zurück. »Fang ganz von vorn an.«

Ain schnaubte. »Das wird ein paar hundert Jahre dauern.«

»Dann gib mir die Kurzfassung.«

»Ich muss dich warnen, es geht um einen Blutschwur.«

Mark runzelte die Stirn. »So etwas macht keiner mehr. Na ja, außer vielleicht diese verrückten Abernathys.«

Er starrte Ain an, der nicht antwortete. »Ach, du *Scheiße*«, sagte Mark schließlich.

»Wenn ich es dir erzählte, darf der Rat nicht davon erfahren. Das musst du mir versprechen.«

Mark schaukelte langsam in seinem Stuhl. »Hast du gute Gründe, dagegen zu verstoßen?«

»Die Besten. Und ich habe ihn nie geschworen. Es ist ein einseitiger und sehr alter Blutschwur.«

»Ach so, das ist etwas anderes. Wenn das heißt, dass wir den Abernathys einen dicken Stinkefinger zeigen, bin ich dabei. Also, was ist los?«

Als Ain Mark eine Stunde später über alles aufgeklärt hatte, schüttelte sein Freund ungläubig den Kopf. »Das war die Kurzfassung? Ich würde wirklich nur ungern die Langfassung hören.«

»Ich habe dich gewarnt.«

»Ja, hast du.« Er kaute auf seiner Lippe und dachte einen Moment nach. »Hast du Jocko schon angerufen und ihm das alles erzählt?«

»Nein. Ich wollte zuerst deine Meinung hören. Ich weiß nicht, was Jocko tun wird, wenn ich es ihm sage. Ich werde Elain nicht zu den Abernathys gehen lassen. Keiner von uns wird das tun. Wir werden bis zum Tod für sie kämpfen. Und sie ist definitiv kein Schwächling. Wenn sie versuchen, sie mitzunehmen, wird am Ende jemand sterben.«

»Meiner Meinung nach sind die Abernathys so verrückt

und unberechenbar wie ein Haufen tollwütiger Eichhörnchen.«

»Das weiß ich, ich wollte eigentlich von dir hören, was ich deiner Meinung nach in dieser Situation tun soll.«

Mark zuckte mit den Schultern. »Ich weiß es nicht. Kämpfe für deine Gefährtin.«

»Das werde ich natürlich tun.«

»Warte darauf, dass sie den Kampf zu euch bringen. Ich weiß nicht, was ich dir sonst sagen soll. Ich persönlich würde mich freuen, wenn Rodolfo Abernathy ein langes Nickerchen machen würde, weil ich fest davon überzeugt bin, dass er der Einzige ist, der diese Gruppe von Deppen noch zusammenhält.«

»Sie haben unsere Eltern ermordet.«

»Das weißt du nicht genau, Ain.«

»Vielleicht hat er es nicht persönlich getan, aber ich wette, dass er zumindest indirekt dafür verantwortlich ist. Es spricht sehr vieles dafür.«

»Ja, das tut es, und ich glaube nicht, dass du falschliegst. Aber du brauchst Beweise, bevor du ihn beschuldigen kannst. Aber versteh mich nicht falsch, ich rate dir nicht, etwas zu tun, dass einen Clan-Krieg auslösen könnte. Das ist genau die Art von Scheiße, auf die diese Arschlöcher stehen. Ihr müsst mit Jocko sprechen. Und mit Lacey.«

»Das werden wir. Nach der Hochzeit.«

Mark schüttelte den Kopf. »Das wird zu schnell außer Kontrolle geraten. Du hast noch genug Zeit vor der Hochzeit, um zu ihnen zu gehen. Ich empfehle dringend, es nicht aufzuschieben. Vor allem, wenn dieser Typ, von dem Lina und Elain geredet haben, herausgefunden hat, wer Elain ist und wo sie ist. Dann braucht ihr den ganzen Clan hinter euch, vorausgesetzt, sie unterstützen euch. Du weißt, dass mit Blutschwüren nicht zu spaßen ist. Vor allem nicht mit den Abernathys.«

Ain rieb sich mit den Händen das Gesicht. »Dieser ganze Scheiß hat mir gerade noch gefehlt.«

»Hey, du hast Lina und ihre Jungs bei dir. Nimm sie zur Unterstützung mit. Du bist von mächtigen Gestaltwandlern umgeben. Niemand würde sich freiwillig mit Lina und ihren Männern anlegen. Und ich wette, Blackie würde Callie zur Unterstützung zu euch schicken.«

»Stimmt.«

»Du siehst nicht überzeugt aus.«

Ain musterte Mark. »Vielleicht ist dieser Typ dieselbe Person, die unsere Eltern getötet hat. Ein Teil von mir will Rache, und der andere Teil will Elain so weit wie möglich von dem Typen fernhalten.«

»So oder so, du musst sie zu Lacey bringen, damit sie dir alles über Elain sagen kann, was du wissen musst.«

Ain seufzte. »Ich weiß. Und ich schätze, das ist das Beste, was wir im Moment machen können.«

»Die Rache kann warten. Immerhin wartet ihr schon wie lange? Siebenundzwanzig Jahre?«

»Ja.«

ALS AIN am Nachmittag nach Hause zurückkehrte, fand er Elain allein am Küchentisch vor, anscheinend in einem Zustand des Schocks, wie er ihrem fassungslosen Gesichtsausdruck entnehmen konnte.

»Was ist los?«, fragte er sie.

Sie sah ihn langsam an. »Jan und Rick und Kael.«

Er wartete, aber sie sprach nicht weiter. »Ja?«

»Sie sind … Drachen.«

Er lächelte. »Ja.«

»*Drachen!*«

Er nickte. »Ja. Ich weiß.«

»Hast du *gehört*, was ich gerade gesagt habe?«

Er grinste. »Ja.«

»Hast du *verstanden*, was ich gerade gesagt habe?«

Er grinste immer noch. »Ja, habe ich.«

Sie stand auf und packte ihn am Hemd. »Drachen! Feuer-speiende, fliegende, schuppige Drachen!«

»Also, genau genommen glaube ich, dass nur Rick ein Feuerspucker ist …«

Sie schüttelte ihn. »Du weißt, was ich meine!«

Er nahm ihre Hände in seine. »Liebling«, sagte er ruhig, während er ihre Handrücken streichelte, »erinnerst du dich, wie du ausgeflippt bist, als wir uns das erste Mal für dich in Wölfe verwandelt haben?«

»Aber …« Ihr Mund klappte zu. »Das war etwas anderes!«

Er grinste. »Warum?«

»Wölfe gibt es wirklich!«

»Drachen auch.«

»Nein, gibt es nicht! Sie sind erfunden!«

»Gestaltwandler auch.«

Sie sah aus, als wollte sie antworten, hielt dann aber inne. Ihr Mund öffnete und schloss sich ein paar Mal, bevor sie frustriert grunzte, ihre Hände losriss und aus der Küche stürmte.

Er versuchte, nicht zu lachen, konnte aber nicht anders. Ihm war klar, dass sie sich irgendwann daran gewöhnen würde, aber ihre Reaktion war trotzdem lustig.

Herrgott, ein bisschen Lachen kann ich gerade gut gebrauchen.

~

ELAIN WOLLTE Ain am liebsten das Grinsen aus dem Gesicht schlagen. Doch weil sie wusste, dass das nicht so gut ankommen würde, stürmte sie aus der Küche auf die Veranda, wo sie sich in eine Liege fallen ließ. Sie starrte auf den Wald hinaus, ließ ihre Gedanken schweifen und versuchte, sich zu beruhigen, als ihr etwas ins Auge fiel.

Sie setzte sich auf. Direkt dort, wo die Bäume begannen, bewegte sich etwas. Die Gestalt sah aus wie eine Frau.

Mom und Lina sind im Haus, also können sie es nicht sein.

Elain stand auf und ging auf den Wald zu.

Die Gestalt, dessen war sich Elain inzwischen sicher, bewegte sich zwischen den Schatten der Zypressen und Pinien, die in diesem Wald sehr dicht wuchsen. Geräusche um sie herum verschwanden, während sie sich darauf konzentrierte, der blassen, dünnen Gestalt zu folgen. Als sie schneller lief, bewegte die Gestalt sich ebenfalls schneller.

Elain verließ den Pfad und schlängelte sich durch den immer dichter werdenden Wald, bis sie den Rand eines kleinen Teichs erreichte. Sie wusste, dass die Gestalt hier entlanggekommen war, konnte aber keine Spuren sehen. In der weichen Erde am Rand des Wassers waren lediglich ihre eigenen Fußabdrücke und die Spuren von kleinen Tieren wie Waschbären und Opossums zu sehen.

»Hallo?«, rief sie.

Nur der Ruf eines Vogels aus der Ferne antwortete.

Sollte ich Angst haben?

Trotz all der Vorkommnisse hatte sie das nicht. Die Gestalt, oder was auch immer es war, machte ihr keine Angst.

Eine blitzartige Bewegung zu ihrer Rechten ließ sie erneut hinter der Gestalt herlaufen, nur dieses Mal schneller.

Elain konzentrierte sich mit aller Kraft darauf, wobei alles andere um sie herum zu verschwimmen schien. Ihre Beine trugen sie schnell und lautlos durch das Unterholz, ihr Instinkt übernahm die Kontrolle, und sie war sich sicher, die Gestalt gleich einzuholen, als sie plötzlich auf eine Weide trat. Drei Meter entfernt hob eine braune Kuh ihren Kopf und starrte sie an.

Elain sah sich um, und die Welt um sie schien sich erneut zu verändern. Um sie waren nichts als Kühe.

Die, die ihr am nächsten stand, muhte.

Trotz der warmen Brise lief ihr ein Schauer über den Rücken. Ihr Puls raste.

»Hallo?«, schrie sie.

Die Kuh kam herüber und schnupperte mit ihrer nassen Nase an ihrer Brust.

»Oh.« Elain trat zurück. »Nein danke.«

Mit einem letzten Blick über die Wiese kehrte sie zum Haus zurück, wobei sie jetzt am äußeren Rand des Waldgebiets herumging.

Sollte ich den Jungs davon erzählen?

Sie schnaubte. *Scheiße, nein. Sie drehen so schon genug durch.*

Lina schloss sich in einem der Badezimmer ein. Es war das erste Mal an diesem Tag, dass sie zwei Minuten Zeit zum Nachdenken hatte. Aber kaum hatte sie sich umgedreht, starrte Maureen Alexanders Geist sie aus dem Spiegel an.

»Du solltest dich wirklich Liam oder Elain zeigen«, sagte Lina.

»Ich brauche deine Hilfe.«

»Ja, ja, ich weiß. Aber ich bin mir nicht sicher, was ich außer dem, was ich schon tue, noch tun kann.«

Der Geist antwortete nicht.

Lina seufzte. »Hör zu, es tut mir leid, aber ich habe keine Antworten für dich.«

Der Geist verblasste aus dem Spiegel.

Lina fühlte sich schuldig, weil sie Maureen nicht helfen konnte, aber sie hatte keine Ahnung, was sie tun sollte.

Sie schloss die Augen und wünschte sich zu Baba Yagas Haus. Wieder war die Frau nicht da.

»Verdammt noch mal«, grummelte sie, während sie zur Haustür ging. Sie öffnete die Tür. »Hallo?«

Keine Antwort.

»Wo zum Teufel ist sie?«, fragte sich Lina laut. *Wenn ich sie nicht brauche, mischt sie sich ständig in meine Angelegenheiten an und gibt mir Ratschläge. Aber wenn ich sie brauche, kann ich sie nicht finden.*

Sie öffnete die Augen, zückte ihr Handy und rief Callie an.

Ihre Freundin und eine der beiden jüngeren Schwestern von Baba Yaga meldete sich beim zweiten Klingeln. »Lina! Wie geht es den Kleinen?«

»Hey, Süße. Den Kleinen geht es gut, und ich bin so rund wie ein Ballon. Ich habe eine Frage an dich.«

»Schieß los.«

»Hast du in letzter Zeit mit deiner Schwester gesprochen?«

»Welcher?«

»Baba Yaga.«

An Callies Ende herrschte einen Moment lang Schweigen. Als sie wieder sprach, klang ihr Tonfall mehr als neugierig. »Warum? Was ist los?«

»Nichts Ernstes im Moment, aber ich habe ein paar

Fragen an sie und konnte sie nicht finden. Ich bin jetzt zweimal zu ihr nach Hause gegangen, und sie war nicht da.«

»Oh. *Hmm.* Ich werde versuchen, sie für dich ausfindig zu machen. Ich rufe dich gleich zurück.«

»Danke.«

Lina wartete gespannt auf Callies Anruf, zuckte aber trotzdem zusammen, als ihr Handy ein paar Minuten später klingelte.

»Tut mir leid, Lina. Ich konnte sie auch nicht finden. Ich weiß nicht, wo sie abgeblieben ist. Ich habe Brighde gefragt, aber sie hat sie in letzter Zeit auch nicht gesehen.«

»Macht dir das keine Sorgen?«, fragte Lina.

»Nicht wirklich. Das hat sie schon mal gemacht und es muss nichts bedeuten. Vielleicht braucht sie einfach etwas Zeit für sich oder so.«

»Sie lebt allein.«

»Sie ist eine … eigenartige Frau.«

Lina schnaubte. »Ich würde sie zwar mit anderen Worten beschreiben, aber okay.«

»Kann ich dir irgendwie helfen?«

Lina sah in den Spiegel. Sie stand allein im Badezimmer, obwohl sie vermutete, dass Maureens Geist sie beobachtete. »Was weißt du über Geister?«

»Geister?«

»Ja.«

Ein weiterer Moment der Stille von Callies Seite. »Wovon genau reden wir? Reden wir von bösen Geistern, Geistern in Filmen, die andere heimsuchen, oder was anderes?«

Lina seufzte. »Wir reden von einem ganz bestimmten Geist.«

»Weißt du, wer es ist?«

»Ja. Ich weiß nur nicht, wie ich damit umgehen soll, obwohl ich mir das Warum denken kann.«

»Gibt es einen Grund, warum du mir nicht mehr erzählst?«

»Ja, nichts für ungut, aber ich sollte diese Geschichte besser nicht weitererzählen. Es ist etwas, womit die Lyall-Männer sich auseinandersetzen müssen. Wenn ich es dir sage und Blackie dich dazu zwingt …«

»*Ah.* Verstanden.« Callies Ton hellte sich auf. »Wahrscheinlich klug, es mir dann nicht zu sagen.« Callie hatte Lichtjahre lang nach einem Mann gesucht, der ihr Meister sein konnte und ihn schließlich in einem entfernten Cousin von den Lyalls, Daniel Blackestone, gefunden. Er war ebenfalls Wolfswandler und alle nannten ihn nur Blackie. Sie machte keinen Hehl daraus, dass sie ihm gegenüber keine Geheimnisse wahren konnte. Auch wenn sie eine mächtige Unsterbliche war, konnte ihr Gefährte und Meister sie zu einem butterweichen Klatschweib machen.

Und es schien ihr zu gefallen.

Nachdem Lina aufgelegt hatte, starrte sie wieder in den leeren Spiegel. Ihr waren keine Visionen gekommen, um Maureen Pardies Erscheinung zu erklären.

Keine unerwarteten Besuche von Baba Yaga.

Mit einem Seufzen verließ sie das Badezimmer. Dieses Mysterium musste einen weiteren Tag warten, schließlich hatte sie so schon genug um die Ohren.

KAPITEL ACHT

*B*eim Abendessen an diesem Abend holte Ain nach
einer Weile tief Luft. Er hoffte aufrichtig, dass
Elain, die rechts neben ihm saß, nicht mit ihm über das
streiten würde, was er sagen wollte.

»Ich habe heute mit Mark Telford gesprochen«, sagte er
in die Runde. »Ich habe ihm alles erklärt und er glaubt auch,
dass wir nach Maine fahren und vor der Hochzeit mit Lacey
sprechen sollten. Sie muss Elain treffen und die Frage, ob sie
eine Gestaltwandlerin ist, ein für alle Mal klären.«

»Wir nehmen sie mit«, meldete sich Lina sofort zu Wort,
bevor ihre Männer reagieren konnten. »Ich habe Lacey schon
eine Weile nicht mehr gesehen und fahre gerne bei ihr
vorbei.«

Elain starrte Ain an. »Wer ist noch mal Lacey?« Sie war
sich sicher, diesen Namen schon einmal gehört zu haben, aber
bei all den Ereignissen in letzter Zeit hatte sie den Zusam-
menhang vergessen.

Ain begann zu antworten. »Sie ist die Seherin unseres
Clans ...«

»So ähnlich wie ich, nur ohne die Feuerkraft«, witzelte Lina. »Du wirst sie mögen.«

»Lina«, sagte Ain, »wir wissen das Angebot zu schätzen, aber …«

Sie warf ihm einen Blick zu, der ihn sofort zum Schweigen brachte. »Alter, die Chancen stehen gut, dass Fat Boy euer Haus schon beobachtet. Wenn ihr drei geht, wird er wissen, dass etwas nicht stimmt und euch folgen. Wenn wir sie mitnehmen, stehen die Chancen viel besser, dass niemand merken wird, dass sie weg ist. Zumindest für eine Weile. Das ist sicherer.«

Brodey nickte. »Ich muss zugeben, Ain, das ist wahrscheinlich keine schlechte Idee.«

Ain spürte, wie ihm die Situation entglitt. »Aber …«

Jetzt mischte auch Cail sich ein. »Sie hat recht. Wenn wir schon beobachtet werden, wird uns derjenige folgen, wenn wir die Ranch verlassen.« Er nickte Liam und Carla zu. »Ihr zwei solltet mit Lina und ihren Jungs mitgehen. Elain kann sich ins Auto legen und sich verstecken, bis sie aus der Stadt raus sind und sich vergewissert haben, dass niemand ihnen folgt.«

Ain gefiel das alles nicht. »Ich will nicht, dass Elain so lange von uns getrennt ist.«

Zu seiner Überraschung blieb Elain ruhig. »Ain«, sagte sie sanft, »ich glaube, Jan, Rick und Kael sind mehr als fähig, mich zu beschützen. Immerhin sind sie *Drachen*. Und Lina wird auch da sein.«

»Und Liam«, meldete sich Carla zu Wort und schenkte ihm ein Lächeln. »Wir gehen auch.«

Zack schnaubte. »Hey, was bin ich?«

»Ein Augenschmaus«, witzelte Kael ohne zu zögern.

Der gesamte Tisch brach in Gelächter aus, was die Anspannung auflöste und Ain einen Moment Zeit gab, über den Vorschlag nachzudenken. Er sah Liam an. »Du verstehst meine Sorge, oder? Ich hoffe, der Clan wird in dieser Sache zu unseren Gunsten entscheiden, aber wenn man bedenkt, dass es sich um einen Blutschwur handelt, werden sie es vielleicht nicht tun.«

Er nickte langsam. »Ich verstehe deine Bedenken. Und mir ist klar, dass es schwer ist, mir zu vertrauen, da wir uns gerade erst kennengelernt haben. Aber glaub mir, ich würde sterben, um sie zu beschützen. Und wir werden unser Bestes tun, dem Clan nicht mehr als nötig zu erzählen.«

Elain sah Ain an. »Bitte?«, fragte sie leise. »Es ist nicht so, dass ich von euch getrennt sein möchte, aber …« Sie zuckte mit den Schultern. »Ich hätte gerne etwas Zeit mit meiner Mutter und meinem Vater. Und mit Lina und ihnen Jungs. Hier ist so viel los, und es wäre schön, sie besser kennenzulernen.«

»Wenn wir ankommen«, fügte Lina hinzu, »haben wir auch Blackie und Callie, die sie beschützen können. Wenn dir das nicht genug Leute sind, dann wird sie bei euch dreien niemals sicher sein.« Sie richtete ihren Blick auf Ain. »Mach dir keine Sorge. Wir werden sie wohlbehütet und gesund zurückbringen. Das verspreche ich dir.«

Angesichts der Situation fiel es Ain schwer, es zuzugeben, aber Elains Argumentation ergab Sinn. »Okay. Wann wollt ihr aufbrechen?«, fragte er Lina.

»Ich würde am liebsten heute Abend spät oder vor Sonnenaufgang morgen früh losfahren. In der Dunkelheit ist es einfacher, zu sehen, ob uns jemand folgt. Sie kann mit Liam und Carla in Carlas Auto sitzen und zwischen unseren beiden Autos fahren. Viel sicherer geht es nicht.«

»Du willst nicht fliegen?«, fragte Ain.

Linas Männer und Brodey stöhnten gleichzeitig und ihre Miene verdunkelte sich. »Nein. Auf keinen Fall. Wir fahren.«

Ain vermutete, dass er sie diesbezüglich nicht umstimmen konnte, zum einen aufgrund ihres Tonfalls, zum anderen wegen der Art und Weise, wie ihre Männer und Brodey reagiert hatten. »Okay.«

Elain drückte seine Hand und schenkte ihm ein dankbares Lächeln. »Danke. Ich weiß, das war schwer für dich.«

Er beugte sich vor und küsste sie. »Baby, du hast keine Ahnung. Und wenn du nicht gesund und munter hierher zurückkommst, wird der Teufel los sein.«

Sie entschieden, dass es am besten wäre, früh am nächsten Morgen aufzubrechen. Elain packte schnell und kuschelte sich dann mit Cail ins Bett. Brodey und Ain waren noch im Wohnzimmer und diskutierten mit Liam und Linas Männern über den Plan.

»Ich werde dich vermissen, Baby«, sagte Cail.

Sie schmiegte sich eng an seinen warmen Körper. »Ich werde dich auch vermissen. Euch alle drei.«

»Dir ist klar, dass Brodey dich wahrscheinlich anspringen wird, sobald du zur Tür hereinkommst, wenn du nach Hause kommst, oder?«

Sie kicherte. »Ja. Mein süßer kleiner, geiler Köter.« Sie legte ein Bein um Cails. »Ich bin froh, dass ihr drei so unterschiedlich seid. Ich glaube nicht, dass ich damit umgehen könnte, wenn ihr euch alle drei die ganze Zeit wie Brodey benehmen würdet.«

Er grinste. »Wer sagt, dass Ain und ich nicht auch total geil sein werden, wenn du zurückkommst?«

Sie lachte. »Ich *weiß*, dass ihr geil sein werdet. Du weißt, was ich meine.«

Er rollte sich auf sie. »Und ich kenne eine Frau, die

höchstwahrscheinlich auch geil sein wird, wenn sie nach Hause kommt.« Er küsste sie zwischen ihre Brüste, dann strich er mit den Lippen sanft über ihren Bauch und bewegte sich nach unten.

»Ja«, flüsterte sie, und ihr Verlangen nach ihm übernahm plötzlich die Kontrolle.

Sie vergrub ihre Finger in seinem Haar und versuchte, ihn dazu zu bringen, sich schneller zu bewegen, doch er ließ sich nicht drängen. Langsam küsste er zuerst die eine Brust und umkreiste mit der Zunge ihre Brustwarze. Dann saugte er mit etwas mehr Nachdruck daran. Das Gleiche wiederholte er bei ihrer anderen Brust und setzte dann seine Reise nach unten langsam fort.

Die Bartstoppeln auf seiner Wange fühlten sich angenehm rau auf ihrer Haut an, während er sich zwischen ihren Schenkeln nach unten küsste. Als er ihre Schenkel mit seinen Handflächen auseinanderdrückte, stieß er auf keinen Widerstand.

»So ein braves Mädchen«, flüsterte er, bevor er sich zu ihrer Muschi hinunterbeugte. Seine Finger strichen über ihre Falten. »Du bist schon nass, Baby.« Sein Atem strich heiß über ihren Kitzler.

Er drückte einen, dann zwei Finger in sie hinein. Stöhnend bewegte sie ihre Hüften im Takt seiner Bewegungen. Als sich seine Lippen um ihren Kitzler schlossen, fühlte es sich fast so an, als würde sie schweben, so gut war es.

Dann drehte Cail sich um und schwang ein Bein über sie, sodass sein harter Schwanz über ihren Lippen baumelte.

Sie brauchte keine Anweisungen, sondern öffnete ihren Mund sofort weit, legte ihre Lippen um seinen Schwanz und erschauderte, während er gegen ihre Klitoris stöhnte. Lust durchströmte ihren gesamten Körper. Sein moschusartiger Duft füllte ihre Lungen, während seine Eier ihre Nase streiften.

»Genau so, Baby«, flüsterte er, bevor seine Zunge an ihrer Klitoris hinunter und wieder zurück gleiten ließ.

Sie verlor sich in der Lust, genoss das Gefühl seiner Zunge zwischen ihren Beinen und gleichzeitig seines Schwanzes in ihrem Mund. Die Hitze und das Gewicht seines Körpers, der sie gegen die Matratze drückte. Verschwommen nahm sie wahr, wie sich die Matratze erst auf der einen, dann auf der anderen Seite senkte. Hände griffen zwischen ihre Körper und fanden ihre Brüste, starke Finger zogen an ihren Brustwarzen und ließen sie vor Lust aufstöhnen.

Da Cails Schwanz ihren Mund ausfüllte, konnte sie nicht aufschreien, als der erste Orgasmus sie traf und sie bis ins Mark erschütterte. Sie versuchte, ihm zu sagen, dass sie nicht mehr konnte, doch er saugte unerbittlich an ihrer geschwollenen Klitoris, bis eine zweite Welle der Lust durch sie schoss. Ihr Rücken krümmte sich, doch Cails Gewicht drückte sie noch immer aufs Bett. Dann schob sich ein dritter Finger in sie hinein und fand diesen magischen Punkt in ihr, was sofort einen weiteren Orgasmus auslöste.

Sie schrie, und sein Schwanz glitt tief in ihre Kehle, während sie eifrig daran saugte. Ihre Nase war zwischen seinen Eiern vergraben, während sie spürte, wie sein Schwanz noch härter wurde und dann seinen heißen Saft in ihren Mund spritzte. Sie schluckte so schnell sie konnte und stöhnte, während sich seine Eier zusammenzogen und eine letzte Ladung in sie spritzten.

Erst dann erhob er sich auf zitternden Armen und Beinen und küsste ihren Kitzler sanft ein letztes Mal. Sie schnappte nach Luft und schaffte es, sich umzuschauen, wo sie Brodey und Ain mit einem Grinsen auf dem Bett sitzen sah. Sie hatten jeweils noch eine Brust in der Hand.

»Das«, sagte Ain mit leiser und angenehm knurrender Stimme, »war wunderschön.« Er zog sie zu sich und küsste sie gierig. Dann sah er sie besitzergreifend und mit Verlangen in den Augen an. Er rutschte zurück aufs Bett und vergrub seine Hände in ihrem Haar. Mit gespreizten Beinen führte er sie nach unten, wo sein steifer Schwanz schon auf sie wartete und vor Erregung zuckte.

Er musste nichts sagen, sie stürzte sich auf ihn, packte den Schaft mit der Hand und schob sich sein hartes Teil bis zu den Eiern in den Mund. Er lachte über ihre sanften, knurrenden Geräusche, während sie langsam begann, sich auf und ab zu bewegen.

»Das ist mein Mädchen«, sagte er.

Brodey packte sie an den Hüften und zog sie auf die Knie. »Genau so will ich dich, Baby«, sagte er. Mit zwei Fingern teilte er ihre Lippen und schob sie dann tief in ihre nasse Muschi. »Oh ja. Du bist mehr als bereit.«

Er kniete sich zwischen ihre Beine und sie wackelte mit ihren Hüften, als sie spürte, wie die angeschwollene Spitze seines Schwanzes um Einlass bettelte. Langsam schob er sich in sie hinein und ein unfreiwilliges, lustvolles Stöhnen entfuhr ihr. Sie wollte, dass er sie fickte. Und zwar hart.

Plötzlich schlug er ihr leicht auf den Arsch. »Ist es das, was du willst, Baby?«

Unfähig zu sprechen, miaute sie sanft um Ains Schwanz herum.

»Ich glaube, das war ein Ja«, sagte Ain und sein Griff um ihren Kopf wurde härter.

Die besitzergreifende Geste sandte eine weitere Woge der Lust durch sie hindurch, und Brodey spürte es.

»Oh ja. Das hat ihr gefallen«, sagte Brodey. Seine Finger gruben sich angenehm in ihre Hüften, während er sich zurückzog, bis nur noch die Spitze seines Schwanzes in ihr steckte. Dann schoss er wieder nach vorn, rammte sich tief in sie hinein, und seine Eier streiften durch die Bewegung ihre Klitoris.

Sie stöhnte erneut, was ein weiteres, tieferes Stöhnen von Ain auslöste.

»Scheiße, ja. Mach das noch einmal«, sagte er zu Brodey.

»Gern geschehen«, grunzte er und stieß wieder in sie, wobei nur seine Hände an ihren Hüften sie davon abhielten, mit dem Kopf in Ains Bauch zu rammen.

Elain gab es auf, einen klaren Gedanken zu fassen. Der angenehme Schmerz von Brodeys Schwanz, kombiniert mit Ains besitzergreifendem Griff um ihren Kopf, gab ihr den Rest. Ein weiterer Orgasmus baute sich in ihr auf. Sie stöhnte um Ains Schwanz herum und spürte, wie seine Eier in ihrer Hand hart wurden.

»Genau so«, brummte er. »Lass ihn dich gut ficken, Baby. Saug einfach an meinem Schwanz.«

Sie wollte und konnte ihm nicht widersprechen. Ihr Körper zuckte um Brodeys Schwanz, während der Orgasmus durch sie pulsierte. Sie würde am nächsten Morgen angenehme Schmerzen haben und jede Sekunde davon genießen.

Brodey schlug ihr erneut auf den Arsch, und verstärkte damit die Lust, die sie durchströmte, wodurch sie nur noch härter an Ains Schwanz saugte.

Seine Finger gruben sich in ihre Kopfhaut. »Nimm ihn tief in den Mund, Baby«, grunzte er, bevor sie spürte, wie sein Schwanz heiß und hart wurde und sich dann in ihren Mund ergoss.

Mit einem sanften Knurren des Vergnügens schluckte sie jeden Tropfen herunter und saugte gierig immer weiter, bis er sie schließlich mit einem sanften Lachen von seinem Schwanz zog, da sie sich weigerte, ihn loszulassen.

Aber sie hatte noch das Vergnügen von Brodeys hartem Fick. Kleinere Wellen der Lust strömten durch sie, während er mit jedem Stoß härter und schneller wurde. Sie versuchte zu helfen und schob ihren Körper rückwärts auf seinen Schwanz, doch Cail packte sie an den Haaren.

»Fuck, das ist sexy, Baby.« Sein Ton war tief und knurrend geworden, und er führte ihren Mund zurück zu seinem Schwanz, der vom Zusehen wieder hart geworden war.

Sie schlang ihre Arme um seine Hüften, um das Gleichgewicht zu halten, und legte dann ihre Lippen um sein hartes Teil. Sie musste nichts tun, außer sich von ihm in den Mund ficken zu lassen, während die Brüder ihren Körper zwischen sich hin und her bewegten.

Sie schloss ihre Augen und stöhnte auf, während sich schon wieder ein Orgasmus anbahnte. Es war wie ein heißer Kreislauf der Lust, in dem sie gefangen war und dem sie nicht entkommen konnte, selbst wenn sie gewollt hätte.

Ain griff unter sie und fand ihren Kitzler. Er strich mit seinen Lippen über ihre Schulter. Dann sagte er: »Komm für uns, Baby.« Er kniff ihren Kitzler und biss gleichzeitig zu.

Sie schrie, Schmerz und Vergnügen vermischten sich und raubten ihrem Körper jegliche Kraft. Ihre Nägel gruben sich in Cails Hintern, während sie versuchte, nicht auf seinen Schwanz zu beißen. Das reichte aus, um auch ihn zum Höhepunkt zu bringen. Jetzt bewegte Brodey sich noch schneller und schrie kurz danach auf, während sein Schwanz in ihr explodierte. Sie spürte, wie sein heißes Sperma sie füllte, dann brach er auf ihr zusammen.

Sie versuchte keuchend zu Atem zu kommen, wollte sich aber nicht bewegen, da sie sich zu gut fühlte.

Brodey war schließlich der Erste, der sich vorsichtig von ihr löste, bevor Cail und Ain ihr halfen, sich auf den Rücken zu rollen.

»Alles in Ordnung?«, fragte Ain mit besorgtem Gesichtsausdruck.

Sie starrte ihn einen Moment ungläubig an und brach dann in Gelächter aus.

Cail lächelte. »Ich glaube, das ist ein Ja.«

Sie kicherte, nickte und vergrub ihr Gesicht in Ains Schoß.

Als sie fast eingeschlafen war, drehte er sich mit ihr in seinen Armen in eine neue Position.

Dann küsste er ihre Stirn. »Schlaf gut, Baby.«

»Mmmm«, stöhnte sie leise, und schlief ein.

KAPITEL NEUN

*a*m nächsten Morgen erwachte Elain fast eine halbe Stunde, bevor der Wecker um halb fünf klingeln sollte. Wie erwartet hatte der Spaß am Abend ihr leichte Schmerzen und blaue Flecken beschert, doch sie beschwerte sich nicht im Geringsten. Nachdem sie schnell geduscht hatte, zog sie sich an und stellte eine Kanne Kaffee auf, während sie darauf wartete, dass die anderen aufwachten. Sie fand die Vorstellung, mehrere Tage ohne ihre Männer zu verbringen, nicht schön, freute sich aber darauf, Lina und ihre Bande kennenzulernen.

Und ihren Vater.

Jetzt, da der anfängliche Schock der jüngsten Enthüllungen ein wenig nachgelassen hatte, konnte sie nicht leugnen, dass sich so etwas wie Freude eingeschlichen hatte. Es war nicht nur eine Chance, neue Freunde und eine Ersatzfamilie zu bekommen, sondern auch das erste Mal in ihrem Leben, dass ihr Vater und ihre Mutter zusammen an denselben Ort waren.

Herrgott, ich bin ein Wrack.

Sie kämpfte gegen den Drang an, in Gelächter auszubrechen, da sonst jeder denken würde, sie sei verrückt geworden.

Vielleicht bin ich das ja.

Auf der ersten Etappe der Reise würde Elain mit Carla und Liam im Auto mitfahren. Zumindest bis sie Arcadia verlassen hatten, würden sowohl Elain als auch Liam versteckt auf dem Rücksitz bleiben. Kael und Zack wollten vorneweg fahren, gefolgt von Carla ein paar Minuten später und dann Lina und ihren Männern. Sie würden sich außerhalb von Arcadia treffen und zur Autobahn weiterfahren, sobald sie sicher waren, dass ihnen niemand gefolgt war.

Elain umarmte und küsste ihre Männer, bevor sie und Liam im Schutz der Dunkelheit nach draußen schlichen und auf den Rücksitz von Carlas Mietwagen kletterten. Alles lief nach Plan, und bald erreichten sie die I-75, sicher, dass ihnen niemand gefolgt war. Als sie am Ausgang von Dade City anhielten, um zu tanken und weil Lina auf Toilette gehen musste, dämmerte es gerade.

Als sie gerade wieder einsteigen wollte, schnappte Lina Elain am Arm. »Komm, fahr eine Weile mit uns. Bitte? Sonst zünde ich diese beiden Trottel wahrscheinlich vor lauter Wut an.«

»Hey«, protestierte Jan. »Was haben wir getan?«

»Ihr habt nichts getan«, schoss Lina zurück. »Es ist nur so, dass ihr Männer seid und meine Hormone verrücktspielen. Es ist nun mal eure Schuld, dass ich so groß wie ein Haus bin.«

Carla lächelte. »Schon gut, Schatz. Dein Vater und ich haben nichts dagegen.«

Elain entging der liebevolle Blick nicht, den Carla Liam zuwarf.

Als sie wieder unterwegs waren, konfrontierte Elain Lina. »Gib es zu.«

Lina lächelte. »Sie brauchen Zeit für sich. Im Auto kann man sich wunderbar näherkommen und unterhalten.«

»Gehört das zu deiner Visionen? Hast du etwas gesehen?«

Lina lachte. »Nein, das war einfach nur meine Intuition, außerdem brauche ich wirklich etwas weibliche Unterstützung gegen diese beiden.« Sie klopfte ihren beiden Männern über die Rückenlehnen auf die Schultern.

Rick, der fuhr, protestierte. »Hey! Das ist nicht fair. Was habe ich getan?«

»Du wurdest mit einem Penis geboren, das reicht schon«, schoss Lina zurück.

Elain lachte, wusste aber, dass Linas Schroffheit nur Spaß war. »Also, was erwartet mich in Maine?«, fragte Elain.

»Du wirst Lacey lieben«, sagte Lina. »Sie ist ein echter Schatz. Sie ist wie eine Großmutter.«

»Und sie macht unglaublich gutes Bananen-Nuss-Brot«, sagte Rick.

»Ja, das stimmt«, stimmte Lina zu. »Sie ist eine verdammt gute Köchin.«

»Ich glaube, ich habe bei unserem letzten Besuch drei Kilo zugenommen«, sagte Jan.

Elain nippte an ihrem Kaffee, um sich ein paar Minuten Zeit zu verschaffen. »Hast du in deinen Visionen gesehen, dass etwas zwischen meiner Mutter und meinem Vater passiert ist?«

Lina schüttelte den Kopf. »Noch nicht. Aber das heißt nicht, dass es nicht passieren wird.«

»Oh.«

Lina legte eine Hand auf Elains, und Elain spürte sofort eine Welle von zärtlicher Besorgnis von Lina. »Ich wünschte, ich könnte dir darauf eine Antwort geben.«

»Er ist auf jeden Fall scharf auf sie«, sagte Jan.

»Was?«, fragte Elain.

Rick nickte. »Soweit ich das mit meinen eigenen zwei männlichen Augen sehen kann«, sagte er mit einem Blick in den Rückspiegel zu Lina, »mag er sie wirklich.«

»Denkst du?«

»Elain, bitte mach dir keine Hoffnungen«, sagte Lina. »Lass der Natur ihren Lauf. Ich weiß, dass es natürlich ist, zu wollen, dass sie zusammenkommen, aber sei nicht enttäuscht, wenn es nicht passiert.«

»Wird Lacey mir etwas sagen können?«

Lina zuckte mit den Schultern. »Ich weiß es nicht. Wir müssen sie fragen, ob sie irgendwelche Visionen hatte. Wir werden zwei Tage fahren, also versuche, die Reise zu genießen.« Dann lächelte sie sie verschmitzt an. »Gib es zu, du warst eifersüchtig, als ich das erste Mal hereingekommen bin und Brodey umarmt habe, oder?«

Warum lügen? »Ja. Es war, als würde mich eine instinktive Welle der Eifersucht überfluten. Entschuldige.«

Lina lachte. »Kein Problem. Ich hätte wahrscheinlich genauso reagiert. Aber im Ernst, ist zwischen uns alles in Ordnung?«

Elain lächelte. »Auf jeden Fall. Ich habe zum ersten Mal, seit ich die Jungs kennengelernt habe, das Gefühl, eine Freundin gefunden zu haben, mit der ich über all das reden kann.«

»Ich weiß, was du meinst. Ich habe Freunde, aber ich kann mit niemandem über diese abgedrehten Sachen sprechen. Und ich habe tatsächlich ein paar Freunde verloren, als sie herausgefunden haben, dass ich sowohl mit Jan als auch mit Rick zusammen bin.«

Elain hatte noch nicht einmal so weit vorausgedacht. Nicht, dass sie so viele Freunde hätte, um die sie sich Sorgen machen müsste. Bekannte, klar. Kollegen? Viele.

Nun, ehemalige Kollegen.

Elain hatte nie damit gerechnet, einmal keinen Job zu haben. Sie war davon überzeugt gewesen, dass sie sich zu Tode langweilen und Ain anflehen würde, sie sofort wieder arbeiten gehen zu lassen.

Doch das hatte sie nicht getan.

Klar, sie würde ihre Männer in den nächsten Tagen vermissen, aber das Abenteuer, ihre Eltern und ihre neuen Freunde um sich zu haben und neue Leute kennenzulernen, überwog das.

Die Vorstellung, jetzt wieder arbeiten zu gehen, kam ihr fast fremd vor. Nicht, dass sie faul herumliegen wollte.

Kinder ...

Nein, sie musste jetzt nicht an Kinder denken. Sie musste versuchen, diesen ganzen Scheiß und die Hochzeit zu überstehen, bevor sie daran denken konnte, eine Familie zu gründen.

Während Lina und Elain sich angeregt unterhielten und von einem Gesprächsthema zum nächsten hüpften, schenkten sie Jan und Rick keinerlei Aufmerksamkeit und die beiden hätten genauso gut nicht im Auto sitzen können. Als sie für ihre nächste Toilettenpause anhielten, wusste Elain, dass sie und Lina wahrscheinlich Freunde fürs Leben sein würden.

Elain fühlte sich ein wenig schuldig, weil sie die Zeit nicht mit ihrer Mutter verbracht hatte, also ging sie zu ihrem Auto, als sie gerade mit Liam ausstieg. »Wie geht es euch?«, fragte Elain.

Carla lächelte. »Uns geht es gut, Schatz. Genieße deine Zeit mit Lina.« Elain entging nicht, wie Carla Liam ansah. »Dein Vater und ich unterhalten uns.«

Die nächste Etappe der Reise verbrachten Elain und Lina mit Kael und Zack, und Elain merkte schnell, dass sie beide Männer mochte. Am Ende des Tages hatten sie es bis nach Virginia geschafft, und nachdem sie sich auf einen Ort zum

Abendessen geeinigt hatten, suchten sie sich ein Hotel. Elain und ihre Eltern schliefen in einem Zimmer, und sie und ihre Mutter teilten sich ein Bett.

Als sie spät am Abend ihre Augen schloss und versuchte, einzuschlafen, hatte sie ein Lächeln auf dem Gesicht.

MARSTON WAR NERVÖS. Er hatte vorgehabt, näher an das Haus der Lyall heranzukommen, aber obwohl er sehr früh am Morgen ankam, schien er seine Gelegenheit verpasst zu haben. Er parkte auf der Straße vor ihrer Einfahrt und beobachtete mit einem Fernglas den Hof. Drei der Autos, die gestern dort gestanden hatten, waren jetzt weg. Und er wusste von seinen vorherigen Beobachtungen, dass zwei von ihnen den Drachen gehört hatten.

Verdammt.

Etwas war passiert, aber er war sich nicht sicher, was.

Er fuhr die Straße hinunter und parkte in der Nähe eines Supermarkts, an dem jeder, der von dem Haus der Lyalls kam, vorbeifahren musste, um nach Arcadia zu gelangen. Nachdem er mehrere Stunden lang niemanden gesehen hatte, fuhr er erneut am Grundstück der Lyalls vorbei. Die Autos waren immer noch weg.

Er wusste, dass sich Micah Donovan mit seinem neuen Gefährten dort oben versteckt hatte. Donovans Truck hatte sich seit mehreren Tagen nicht von der Stelle bewegt, an der er geparkt war. Und er war ein Wolf, mit dem er sich genauso wenig anlegen wollte wie mit den Lyalls.

Als einer der Lyalls das Haus verließ, um in der Stadt Besorgungen zu machen, folgte er ihm. Erst zum Futtermittelladen, dann zum Baumarkt und schließlich zu einem Lebensmittelgeschäft. Keine Spur von der Pardie-Bitch.

Später am Nachmittag fuhr ein anderer der Brüder, nach Arcadia und ging zu einem Geschäft für Klempnerbedarf. Er konnte die drei aus der Ferne nicht unterscheiden, hatte also keine Ahnung, welcher es war. Wieder nirgendwo eine Spur von ihrer Gefährtin.

Er hatte die starke Vermutung, dass sie das Grundstück mit den Drachen verlassen hatte, doch leider hatte er keine Ahnung, wohin sie gegangen waren.

Als er in sein Hotelzimmer zurückkehrte, wusste er, dass er seinen Plan sofort ändern musste, bevor Abernathy unruhig werden und nach Ergebnissen fragen konnte.

KAPITEL ZEHN

*A*m nächsten Tag machten sich Elain und die anderen früh auf den Weg. Sie kamen gut voran und hielten nur an, um etwas zu essen, zu tanken und um Toilettenpausen für Lina einzulegen. Als sie an diesem Abend zum Essen und Übernachten anhielten, rief Lina Lacey an, um ihr zu sagen, dass sie am nächsten Tag ankommen würden.

Sie standen am nächsten Morgen früh auf, aßen und fuhren so schnell wie möglich weiter, um keine Zeit zu verlieren. Elain spürte eine nervöse Vorfreude, die Seherin kennenzulernen. Lina hatte ihr erzählt, dass sie sie das letzte Mal vor fast einem Jahr besucht hatte, aber dass sie fast jede Woche telefonierten.

Elain war noch nie zuvor in Maine gewesen, und nachdem sie gehört hatte, wie ihre Männer darüber sprachen, war sie sich nicht sicher, was sie erwarten sollte. Das Clan-Gelände war eher ein kleines, ländliches Stadtgebiet als eine abgeschottete Festung. Das gesamte Gebiet war zwar nah an der Küste, aber auch stark bewaldet. Elain und Lina saßen für die letzte Etappe der Reise mit Carla und Liam im Auto.

»Es hat sich nicht viel geändert«, sagte Liam leise vom

Beifahrersitz aus, während er auf die vorbeiziehende Landschaft starrte.

»Wie lange ist es her, dass du hier warst?«, fragte Lina.

Er drehte sich um, und lächelte sie traurig an. »Es ist
schon zu viele Jahre her. Ich hatte früher mehrere Freunde in
diesem Clan. Aber ich würde es ihnen nicht verübeln, wenn
sie jetzt nichts mit mir zu tun haben wollten.«

Lina klopfte ihm auf die Schulter. »Lass dich überraschen. Ich würde nicht davon ausgehen.«

»Kennst du Lacey?«, fragte ihn Elain.

»Nicht so gut wie ihren eigenen Clan. Ich habe sie ein
paar Mal bei Zusammenkünften getroffen, aber ich bin mir
nicht sicher, ob sie sich an mich erinnern wird oder nicht.«

Lacey lebte an einem ländlichen Feldweg inmitten dichter
Bäume in einem alten Cottage aus Holz und Stein, vor dem
ein weißer Lattenzaun stand. Im Vorgarten standen üppig
bepflanzte Blumenbeete, die trotz des näherkommenden
Herbstes in prächtigen Farben blühten. Und auch auf der
vorderen Veranda standen große Töpfe mit Blumen und
Kräutern.

Als sie ihre Autos gerade geparkt hatten, öffnete sich die
Haustür und ein großer, struppiger schwarzer Hund sprang
aus der Tür und die Vordertreppe hinunter, gefolgt von einer
älteren Frau, von der Elain annahm, dass sie Lacey war. Als
sie ausstiegen, machte der Hund die Runde um die Neuankömmlinge, und wedelte wie wild mit seiner Rute, sodass
sein ganzes Hinterteil wackelte.

Lacey ging ihnen entgegen und umarmte zuerst Lina.
»Hallo, Schatz. Es ist so schön, dich wiederzusehen. Ich habe
dich vermisst.«

»Ich dich auch«, sagte Lina. »Wer ist das?« Sie griff nach
unten, um den Hund zu streicheln, der ihr fast bis zur Taille
reichte.

»Das ist Jasper. Er scheint mich adoptiert zu haben. Er ist vor ein paar Monaten abends nach einem Sturm bei mir aufgetaucht. Und weil sich niemand gemeldet hat, gehört er jetzt mir. Der Tierarzt glaubt, dass er wahrscheinlich ein Berner Sennenhund ist.«

»Ist er auch halb Elch?«, fragte Zack, während der Hund ihn am Schritt beschnupperte und einen großen Sabberfleck auf seinen Jeans hinterließ.

Lacey lachte. »Vielleicht. Er hat auf jeden Fall die Ange-wohnheit, sich den Mund an Menschen und Möbeln abzu-wischen.«

Lina packte Elain am Arm und zog sie neben sich. »Lacey, das ist Elain Pardie.«

Lacey lächelte. »Hallo, Schatz. Es ist schön, dich endlich kennenzulernen. Ich hatte gestern Abend ein nettes Telefonat mit Aindreas.« Sie öffnete ihre Arme und Elain umarmte sie.

Sofort spürte Elain, wie sie von einem warmen, freundli-chen und wohlwollenden Gefühl umhüllt wurde. »Danke«, sagte Elain und wollte sie nur ungern loslassen. »Das ist meine Mutter, Carla Taylor. Und mein Vater, Liam Pardie.«

Lacey umarmte Carla. »Wie schön, dich kennenzulernen. Ich schätze, das alles war ein ziemlicher Schock für dich.«

Carla lachte. »Das kann man so sagen.«

Liam trat vor. »Hallo, Lacey.«

Sie lächelte warm und nahm seine Hand in ihre. »Hallo Liam. Es ist sehr lange her. Wie geht es dir?«

»Mir geht es jetzt viel besser.« Er sah Elain und Carla an.

»Das kann ich mir vorstellen. Du warst so viele Jahre weg.«

»Habe ich das Richtige getan?«

Lacey zuckte mit den Schultern. »Das kann ich nicht sagen. Aber deine Tochter ist glücklich und gesund, und ihr alle werdet Frieden finden. Es war nicht nur deine Entscheidung. Maureen wusste, was getan werden musste, um Elain zu beschützen.« Sie zog ihn in ihre Arme. »Lass deine Vergangenheit ruhen und konzentriere dich auf die Gegenwart und das, was vor dir liegt. Oder sollte ich sagen, wer vor dir ist?« Dann trat sie zurück und sah sie alle an. »Ich habe Daniel und Callie angerufen. Sie werden bald hier sein. Sie freuen sich darauf, euch alle zu sehen und Elain und ihre Eltern kennenzulernen.«

Eltern. Das war ein Begriff, an den Elain sich noch gewöhnen musste, nachdem sie so viele Jahre nur eine Mutter gehabt hatte.

»Und ich hoffe, ihr seid alle hungrig«, sagte Lacey. »Ich habe etwas zu essen für euch vorbereitet.« Sie lächelte Elain an. »Es ist besser, wenn wir uns mit vollen Mägen unterhalten.«

DANIEL UND CALLIE BLACKESTONE schienen ein sehr nettes Paar zu sein. Callie wirkte wie eine normale Frau, nicht wie eine unsterbliche. Lina begrüßte sie beide mit innigen Umarmungen und stellte ihnen dann Elain vor.

Daniel, auch Blackie genannt, lächelte, während er Elains Hand schüttelte. »Kannst du Brodey bei der Stange halten? Ich weiß, wie anstrengend er sein kann.«

Elain lachte. »Im Moment geht es noch.«

Als sie Callie umarmte, spürte sie eine Welle der Freundlichkeit, die von etwas durchzogen war, dass sie nicht benennen konnte. Wie eine nervöse, klirrende Energie.

Das Gefühl verschwand sofort, als ihre Umarmung endete.

»Freut mich, dich kennenzulernen«, sagte Callie mit einem Lächeln.

»Ich habe schon viel von dir gehört.«

Callies Lächeln wurde breiter. »Du solltest nicht alles glauben, nur das meiste.«

Lacey hatte ein einfaches, aber köstliches Mittagessen vorbereitet, es gab Schinken, Kartoffelsalat und ihr berühmtes Bananen-Nuss-Brot. Elain fühlte sich bei der Seherin sofort zu Hause, und obwohl sie ihre Männer vermisste, konnte sie nicht anders, als sich inmitten ihrer neu gefundenen Familie zu entspannen.

Callie, Carla und Elain bestanden darauf, Lacey beim Aufräumen zu helfen, aber sie scheuchten Lina mit den Männern zurück ins Wohnzimmer. Es dauerte nicht lange. Nachdem die Küche gemacht war, trocknete Lacey ihre Hände an einem Geschirrtuch ab und griff nach einer Leine, die neben der Hintertür hing. »Lina, hast du Lust auf einen Spaziergang, Schatz?«

Sie hievte sich mit Ricks und Jans Hilfe von der Couch hoch. »Ja!« Dann watschelte sie zur Hintertür. »Gehen wir dorthin, wo ich glaube, dass wir hingehen?«

Lacey lächelte und befestigte die Leine an Jaspers Halsband. »Ja. Elain, ich möchte, dass du dich uns anschließt. Ich will nicht unhöflich sein«, sagte sie zu den anderen, »aber ich hoffe, ihr versteht alle, dass ich mit den beiden allein sprechen muss.«

»Kein Problem«, sagte Callie mit einem Lächeln. »Wir wollten sowieso gehen.«

Daniel nickte. »Ja, ich muss wieder an die Arbeit.« Sie verabschiedeten sich von allen und als Elain Callie umarmte, konnte sie das … seltsame, kribbelnde Gefühl nicht abschütteln, das von ihr auszugehen schien.

»Bereit, Mädels?«, fragte Lacey.

Linas Männer sahen sich nervös an. »Ähm, bist du sicher, dass das eine gute Idee ist?«, fragte Jan. »Wir wollen schließlich nicht, dass die Lyall-Männer uns umbringen, weil wir zugelassen haben, dass Elain etwas passiert.«

Lina stemmte ihre Faust gegen die Stelle, an der ihre Hüfte wahrscheinlich war, was bei ihrem riesigen Schwangerschaftsbauch schwer zu sehen war »Ehrlich? Glaubt ihr wirklich, dass sie mit uns nicht sicher ist?«

Jan schüttelte schnell den Kopf und trat einen Schritt zurück. »Nein, tut mir leid, Schönheit. Natürlich nicht.«

Lina schnaubte amüsiert und hakte sich dann bei Elain unter. »Komm schon, Schatz. Wir wollen dir etwas zeigen.«

Auf der Veranda nahm Lacey Elains anderen Arm. »Wir haben viel zu besprechen« Jasper ging voran und war definitiv begierig darauf, zu laufen. Der Weg führte durch Laceys Garten, der üppig mit spätsommerlichen Blumen und Kräutern blühte. Auf einem Block aus Pflasterstein stand eine Sonnenuhr, und hinter dem Garten wich der Weg einem kleinen Pfad durch den Wald.

»Ain und die Jungs haben gesagt, dass du mir sagen könntest, ob ich eine Gestaltwandlerin so wie sie bin«, sagte Elain.

Lacey nickte. »Ja, das kann ich.«

Elain versuchte, ihre leichte Verärgerung und die Nervosität zu unterdrücken. »Und bin ich es?«

»Bist du was, Schatz?«

»Bin ich ein Gestaltwandlerin wie meine Jungs?«

»Nein.«

Sie war so erleichtert, dass sie am liebsten in die Luft gesprungen wäre. »Gott sei Dank! Das wäre auch zu viel zusätzliche Verrücktheit gewesen, die ich im Moment nicht gebrauchen kann.«

»Oh, tut mir leid. Ich glaube, du hast mich missverstanden. Du *bist* eine Gestaltwandlerin, aber *nicht* so wie deine Männer.«

Elain blieb stehen. »Was?«

Sowohl Lina als auch Lacey drängten sie vorwärts. »Geh weiter, Süße«, scherzte Lina. »Wir sind noch nicht fertig mit den verrückten Neuigkeiten.«

»Aber … aber du hast gesagt, dass ich kein Gestaltwandlerin bin!« Elain wollte *unbedingt* an diesem kleinen Hoffnungszipfel festhalten.

Lacey lachte freundlich. »Es tut mir leid, Liebes. Ich habe mich einfach nur schlecht ausgedrückt. Du *bist* eine Gestaltwandlerin. Nur nicht so wie deine Männer.«

»Also, was bin ich dann? Willst du mir jetzt erzählen, dass ich ein Waschbär bin oder so?«

Lina kicherte. »Ich würde dafür bezahlen, um das zu sehen.«

»Du hilfst gerade nicht!«, schnaubte Elain.

Lacey tätschelte Elains Arm. »Beruhige dich, Elaine. Du bist ein Wolfswandler. Aber du bist nicht wie deine Männer, auch wenn ihr alle Alphas seid.«

Mit jedem weiteren Wort schwand Elaines Hoffnung auf ein einigermaßen normales Leben und leichte Panik stieg in ihr auf.

»Aber du bist weit mehr als deine Männer«, fuhr die alte Seherin fort. Während sie gingen, spürte Elain, wie der Weg hinabführte. Der Wald um sie herum hatte sich gelichtet, und sie konnte ganz deutlich kaltes, salziges Wasser in der Nähe riechen.

»Gibt es dafür eine Art Heilmittel?«, grummelte Elain. »Eine Möglichkeit, kein Wolf mehr zu sein?«

Lacey lächelte. »Nein, Schatz. Aber glaube mir, sobald du dich mit all dem intensiver beschäftigt hast, wirst du dein neues Leben nicht mehr hergeben wollen.«

»Kann ich es ihr sagen?«, fragte Lina.

Lacey lachte. »Wenn es sein muss, Lina.«

Lina drückte Elains Hand. »Weißt du noch, wie wir über meinen Anfang als Seherin geredet haben?«

»Ja?«

Lina grinste. »Rate mal! Willkommen in Club.«

Elain blieb abrupt stehen, sodass Lina und Lacey ebenfalls anhalten mussten. »Was zur Hölle?«

»Du bist auch eine Seherin, so wie ich«, sagte Lina. »Also, nicht genau wie ich. Bei mir kommt noch der ganze Göttinnen-Kram dazu, was ich aber schon vorher erfahren hatte. Du wurdest sozusagen in die Position geboren.«

»Aber … aber ich habe keine Visionen oder Träume oder was auch immer das ist, was du hast.«

Dann erinnerte sie sich an die Visionen, die sie von sich und ihren Männern und Kindern gehabt hatte, doch verdrängte es schnell wieder aus ihrem Kopf. Es gab auch so schon genug, womit sie klarkommen musste.

»Das muss auch nicht sein«, sagte Lacey. »Das wird kommen, wenn sich deine Kräfte entwickeln. Ist dir in letzter Zeit aufgefallen, dass du in der Lage zu sein scheinst, die Gefühle anderer Menschen zu lesen?«

Elain wollte gerade Nein sagen, hielt dann aber inne.

Damals im Restaurant, als Elain mit Kimberlie über Brodey gesprochen hatte, hatte sie die Traurigkeit der anderen Frau gespürt.

Und als sie Lina zum ersten Mal kennengelernt hatte, war es ihr so vorgekommen, als könnte sie ihre Gefühle spüren, und seitdem mehrmals.

Und eben vor dem Essen, als sie Lacey kennengelernt hatte, war das Gefühl dagewesen. Und auch bei ihren eigenen Männern und anderen …

Elain ließ die anderen beiden Frauen los und setzte sich mit dem Kopf in den Händen mitten auf den Weg.

»Scheiße!«, schrie sie aus voller Kehle. Jasper, der

anscheinend besorgt war, kam mit der Nase näher, wobei er wimmerte und mit der Rute wedelte.

Die beiden Frauen standen da und sahen schweigend zu, wie Elain einen kompletten Wutanfall hatte, der an die Trotzphase eines wild gewordenen Dreijährigen erinnerte. Dann hörte sie auf zu schreien und atmete langsam tief ein und wieder aus. Sie stieß ein heiseres Lachen aus, als Jasper sie mit der Pfote anstupste und wieder wimmerte. Sie streichelte ihn und als er ihre Wange leckte, lachte sie wieder.

»Fühlst du dich jetzt besser?«, fragte Lina.

»Nicht wirklich.« Elain streichelte Jasper noch einmal und stand dann auf. »Aber zumindest habe ich mich etwas abreagiert, das wollte ich schon lange mal machen.«

»Wäre es nicht toll, wenn du einen Baum zum Explodieren bringen könntest?«, fragte Lina mit einem verschmitzten Lächeln.

Elain nickte. »Ich muss zugeben, das klingt nach einer praktischen Fähigkeit.«

Wenige Minuten später erreichten sie einen felsigen Aussichtspunkt an der Küste. Elain hatte ihre Zweifel, ob es der alten oder der hochschwangeren Seherin gelingen würde, den steilen, felsigen Pfad zum Ufer hinabzusteigen, aber beide Frauen, die mit dem Pfad offenbar gut vertraut waren, gingen ohne Zögern voran. Lacey löste Jaspers Leine und er rannte ihnen voraus. Einmal auf dem Pfad, merkte Elain, dass es tückischer aussah, als es war und nach wenigen Minuten hatten sie den abgelegenen Strand erreicht. Jasper bellte glücklich, während er herumsprang, vor den Wellen davonlief und ihnen kleinere Stücke Treibholz brachte, die sie für ihn werfen konnten.

Elain starrte über das Wasser. »Das ist wunderschön.«

»Das dachte ich auch, als ich das erste Mal hier war«, sagte Lina. Sie griff erneut nach Elains Arm. »Komm mit. Wir gehen zum Denkfelsen.«

Lina grummelte ein wenig, als ihr klar wurde, dass sie Elaines Hilfe brauchte, um auf den großen, flachen Felsen zu klettern, aber als alle drei Frauen saßen und über das Wasser starrten, holte Elain tief Luft und schloss die Augen.

Um sie herum erfüllte das sanfte Geräusch der Wellen, die sich am Ufer brachen, die Luft. Das gelegentliche Krächzen einer Möwe, anscheinend eine Kreatur, die hier genauso allgegenwärtig war wie an den Stränden Floridas, durchdrang die Luft. Nach ein paar Minuten kletterte Jasper zu ihnen auf den Felsen und ließ sich zwischen Elain und Lacey nieder. Er legte seinen Kopf auf Laceys Bein und schlief sofort ein.

»Das ist schön«, flüsterte Elain. Zum ersten Mal, seit ihre Mutter vor wenigen Tagen in Florida angekommen war, spürte sie, wie ein Gefühl des Friedens und der Ruhe über sie kam.

So friedlich hatte sie sich nicht mehr gefühlt, seit dem Tag bevor sie mit Brodey und Cail zum Mittagessen gegangen war und als Nachtisch auf dem Parkplatz von ihnen vernascht worden war. Damit hatte ihr wilder Ritt ins Chaos begonnen.

»Du bist hier immer willkommen, Elain«, sagte Lacey. »Auch wenn ich nicht zu Hause bin, kannst du gerne hier-herkommen.«

»Also, was machen wir hier?«, fragte Elain. »Bitte sag mir nicht, dass wir Händchen halten und zusammen ›Kum Ba Yah My Lord‹ singen werden. Das ist wirklich nicht mein Ding.«

Lina kicherte. »Nein, ich steh eher auf Black Sabbath.«

»Das passt auf jeden Fall besser zu meinem derzeitigen Gefühlschaos, soviel ist sicher«, antwortete Elain.

Lacey lachte, dann wurde sie ernst. »Auch wenn mir Black Sabbath lieber wäre, muss ich euch enttäuschen. Wir sind hier, um zu reden.«

Das überraschte Elain. »Ich bin beeindruckt, Lady. Du siehst nicht aus wie ein Rocker-Girl.«

»Wenn man so lange wie ich lebt, hat man die alte Scheiße irgendwann satt«, seufzte Lacey. »Aber kommen wir zur Sache, meine Damen.«

Elain lachte. »Oh, aber ich wollte sehen, wie Lina einen Baum in die Luft sprengt.«

»Ich bin die ganze Woche hier«, warf Lina ein. »Jederzeit, Süße.«

Lacey schüttelte den Kopf. »Ihr zwei hättet Schwestern sein sollen.«

»Nein, dann würden wir uns wahrscheinlich hassen«, sagte Lina.

»Stimmt«, nickte Lacey. »Die Familie, die wir uns selbst aussuchen, ist manchmal viel besser als die, die für uns ausgewählt wurde.«

»Ich weiß immer noch nicht, was los ist«, sagte Elain. »Ich soll also eine Seherin ein? Was bedeutet das überhaupt?«

»Das Rad der Zeit steht niemals still«, erklärte Lacey. »Ich habe noch viele Jahre vor mir, aber ich werde nicht ewig leben. Wenn deine Kräfte gewachsen sind und du gelernt hast, sie einzusetzen, wirst du eines Tages für mich übernehmen.«

Elain starrte sie einen Moment lang an, dann lehnte sie sich wieder auf dem Felsen zurück und starrte in den Himmel. »Kann ich mich einfach umbringen und mich von meinem Elend befreien?«

»Uuuund wir haben die Bring-mich-einfach-um-Phase dieser Reise erreicht«, witzelte Lina.

»Nein, im Ernst«, sagte Elain. »Was soll ich mit dieser neuen Information anfangen?«

»Nichts«, sagte Lacey. »Du sollst erst mal nichts damit anfangen.«

Sie starrte die Frau einen Moment lang an. »Kannst du das wiederholen?«

»Wir sind heute nur hier, um dir zu sagen, was wir wissen. Wie Lina bestätigen kann, ist ihre Erfahrung als Seherin anders als meine. Ich war mit Bertholde, Linas Vorgängerin, befreundet, und auch sie hat ihre Fähigkeiten anders als ich erlebt. Und anders als Lina. Seher sind alle sehr unterschiedlich. Alles, was wir machen können, ist unseren Clans unseren Rat anzubieten. Lina hat eine entscheidende Rolle dabei gespielt, die Wölfe und Drachen zusammenzubringen. Die Prophezeiungen ihres Clans waren der Schlüssel, um uns dort hinzubringen, wo wir heute sind. Was wir tun müssen, ist, unsere Reihen zu schließen und uns vor denen zu schützen, die uns zerstören wollen.«

»Diese Hühnertypen?«, fragte Elain.

Lina lachte. »Cockatrice. Und ja, *diese* Typen.«

Die nächste Frage brannte Elain auf der Zunge und sie konnte nicht anders, als sie zu stellen. »Was hat es mit diesem Blutschwur auf sich? Glauben diese Arschlöcher wirklich, dass sie einen Anspruch auf mich haben?«

Lacey runzelte die Stirn. »Der Abernathy-Clan wird schon … seit Jahrhunderten gemieden. Sie waren früher für viel Unruhe zuständig, haben Clankriege begonnen und verloren. Bis sie schließlich keine neuen Alpha-Nachkommen mehr bekommen haben. Daraufhin haben sie sich abgeschottet und angefangen, extravagante Mitgifte und Blutschwüre für Kinder zu verlangen, wenn jemand von außerhalb sich mit einem ihrer Mitglieder paaren will.«

Elain setzte sich wieder auf und versuchte das gehörte zu

verarbeiten. »Das macht absolut keinen Sinn. Wie sollen sie dann ihre Eine oder ihren Einen finden?«

Lacey zuckte mit den Schultern. »Das ist ihnen wahrscheinlich egal. Rodolfo Abernathy regiert seinen Clan mit eiserner Faust. Es wird gesagt, dass er einen seiner eigenen Söhne und deren Sohn getötet hat, weil sie ihn enttäuscht haben. Er ist ein Alpha, einer der ganz wenigen, die in seinem Clan noch übrig sind.«

»Ihm ist nicht klar, dass ich auf keinen Fall mitspielen werde? Und was noch wichtiger ist, dass die Jungs das niemals zulassen würden? Soll dieser Ficker doch versuchen, mich in die Finger zu bekommen.«

»Oh, er würde nicht zögern, es mit einer Entführung zu versuchen.«

»Das ist illegal!«, sagte Elain.

»Leider sind Gesetze ihm egal«, antwortete Lacey.

»Er müsste mich erst töten. Dieser Typ lebt offensichtlich nicht in der Realität. Tut mir leid, ich bin zwar keine Anwältin, aber ich bin mir ziemlich sicher, dass Blutschwüre in diesem Land keine gesetzlich anerkannten Verträge sind.«

»Und deshalb haben Charles und Ellie getan, was sie konnten, um Gestaltwandlern zu helfen. Ich schätze, dass mindestens die Hälfte derer, denen sie geholfen haben, auf der Flucht vor den Abernathys waren. Rodolfo Abernathy interessiert sich nicht dafür, was richtig oder falsch ist, ihm geht es nur darum, dass sein Clan weiter bestehen kann und Alphas bekommt.«

»Und deshalb wurden Charles und Ellie getötet?«, fragte Elaine. »Weil sie Menschen geholfen haben, ihm zu entkommen?«

»Auch wenn es dafür keinen konkreten Beweis gibt, glaube ich, dass das eine Rolle gespielt hat. Inzwischen gibt es andere Gestaltwandler, die ihren Platz eingenommen haben. Aber über sie wird natürlich nicht offen gesprochen.«

»Ich habe Beweise«, grummelte Lina. »Ich habe gesehen, wie der Ficker sie umgebracht hat, da bin ich mir sicher. Fat Boy.«

»Oh Gott, Mr. Creepy?«, fragte Elain.

Lina nickte. »Yep, genau der. Und da es passiert ist, nachdem Liam sich mit ihnen getroffen hat, schätze ich, dass Mr. Creepy hinter dir her ist.«

»Ain schien ziemlich erpicht darauf, diese ganze Sache vor den Ältesten des Clans geheim zu halten«, sagte Elain. »Als hätte er Angst, dass der Clan mich tatsächlich ausliefern könnte.«

»Eines musst du wissen«, sagte Lacey. »Wir wollen keinen weiteren Clankrieg. Alles, was die Aufmerksamkeit von außerhalb auf unsere Angelegenheiten lenkt, bringt uns alle in Gefahr. Und Rodolfo Abernathy weiß das, aber er ist bereit, es zu riskieren.«

»Soll das heißen, dass sie nicht nur von diesen Ärschen bedroht wird, sondern auch von den Ärschen ihres eigenen Clans?«, fragte Lina ungläubig. »Ich kann mir nicht vorstellen, dass Ain und die Jungs das zulassen würden.«

»Nein. Aber der Clan würde dem Eid wahrscheinlich zustimmen, um den Frieden aufrechtzuerhalten.« Die alte Seherin lächelte verschmitzt. »Aber wer sagt, dass du dann nicht spurlos verschwinden könntest?«

Elain dachte einen Moment über Laceys Worte nach. »Und dann könnten sich die Abernathy-Arschlöcher nicht beschweren, dass ich nicht übergeben wurde.«

Lacey nickte.

»Also«, sagte Elain langsam, »willst du damit sagen, dass ich mir keine Sorgen machen sollte?«

»Oh, ich würde mir Sorgen machen«, sagte Lacey. »Sie

sind unberechenbare Arschlöcher. Aber was offiziell beschlossen wird, muss nicht dasselbe sein, wie das, was hinter den Kulissen vor sich geht.«

»Warum knöpft sich niemand Rodolfo vor, um diesem Bastard ein Ende zu bereiten?«, fragte Lina und zupfte an ihren Fingernägeln. »Ich melde mich gerne freiwillig.« Sie wedelte mit der Hand in der Luft.

»Vielleicht sollte das wirklich passieren«, sagte Lacey. »Ich habe seine Zukunft nicht gesehen. Ich habe schon lange nichts mehr von ihm gesehen.«

»Kennst du ihre Seherin?«, fragte Elain.

Lacey schüttelte den Kopf. »Sie haben schon seit über zweihundert Jahren keine Seherin mehr. Er hat die letzte getötet, weil sie es gewagt hat, ihm die Wahrheit zu sagen.«

»Getötet?«, fragten die beiden jüngeren Frauen gleichzeitig.

Elain spürte eine Welle der Traurigkeit von Lacey. »Ja«, sagte die ältere Frau leise. »Er konnte es nicht ertragen, die Wahrheit zu hören und hat sie als Bedrohung für seine Macht gesehen.« Ihre Augen glänzten, als wäre sie den Tränen nahe. »Sie war meine Cousine. Wir standen uns so nahe wie Schwestern. Es gibt zwar keinen konkreten Beweis dafür, dass er es war, aber aufgrund all der Dinge, die sie mir vor ihrem Tod erzählt hat, bin ich mir sicher, dass er seine Finger im Spiel hatte.«

Ihr Gesichtsausdruck verhärtete sich. »Einige der Leute, denen Charles und Ellie bei der Flucht geholfen haben, waren Abernathy-Seher. Sie sind zu anderen Clans gegangen. Ein paar sind sogar zu ganz anderen Arten übergewechselt. Sie hatten zu Recht solche Angst vor Rodolfo Abernathy, dass sie sich freiwillig von ihren Familien getrennt haben.«

Lina schnaubte. »Er klingt wie ein riesiges Arschloch.« Sie legte eine Hand an ihre Augen und streckte die andere vor sich aus, als würde sie eine Vision haben. »Ich sehe voraus, dass er als brennendes Fellknäuel gegrillt wird und dann explodiert, sollte er sich mit meiner neuen besten Freundin Elain oder ihrem Clan anlegen.«

Lacey lachte. »Du würdest wahrscheinlich von sehr vielen als Heldin gefeiert werden.«

»Meinst du?«, fragte Lina. »Wenn er so schlimm ist, wie du sagst, könnte ich mir schon vorstellen, gegen ein paar Regeln zu brechen, um den Ficker aus dem Weg zu räumen.«

»Und was ist mit diesem Code der Vorfahren, den Ain immer wieder erwähnt?«, fragte Elain. »Was zur Hölle ist das?«

Lacey zuckte mit den Schultern. »Das sind Richtlinien, an die sich die Wölfe halten. Ein Alpha regiert, schützt und kümmert sich um sein Rudel. Der Partner eines Alphas unterwirft sich seinem Alpha. Ein Alpha muss seinen Partner lieben, beschützen und alles in seiner Macht Stehende tun, um den Partner glücklich zu machen. Kein Wolf wird jemals den Partner eines anderen nehmen und so weiter. Es gibt noch ein paar mehr, aber das sind die wichtigsten.«

»Und was passiert«, fragte Elain, »wenn sich ein Wolf nicht an den Code hält?«

»Dann wird er von seinem Clan gemieden. Das klingt vielleicht nicht so übel, aber in alten Zeiten war das fast wie ein Todesurteil, da Wölfe sich zum Schutz und zum Überleben zusammenschließen mussten. Ein einsamer Wolf, der von anderen gemieden wird, konnte schnell getötet werden.«

»Und was würde heutzutage passieren?«, fragte Lina. »Wird man immer direkt zu Voicemail weitergeleitet, wenn man jemanden aus seinem Clan anruft?«

Lacey lächelte. »Nein, es ist komplizierter. Vergiss nicht, dass Wölfe und Gestaltwandler im Allgemeinen eine viel längere Lebensdauer haben als Menschen. Sie haben normalerweise komplexe soziale Netzwerke von Familie und Freunden. Alliierte. Plötzlich davon abgeschnitten zu sein, mag vielleicht erst mal nicht so schlimm klingen, aber für einen Wolf ist es alles.«

»Okay«, sagte Elain. »Ich bin schon mit den Jungs verpaart, also hat Abernathy keine Chance. Er ist am Arsch.« Sie grinste. »Dagegen kann er nichts tun.«

Lacey legte den Kopf schief. »Äh, nicht ganz. Der Code besagt auch, dass bestehende Blutschwüre eingehalten werden müssen. Und da Maureen zu unserem Clan gehört hat, muss er respektiert werden. Aus genau diesem Grund leistet niemand mehr Blutschwüre. Aber damals war es die einzige Möglichkeit, einen Clankrieg zu verhindern.«

»Ich möchte diesen Ficker unbedingt kalt machen«, sagte Lina mit einem Knurren und Elain grinste sie an.

WÄHREND SIE SICH WEITER UNTERHIELTEN, verlor Elain ihr Zeitgefühl. Endlich war sie mit gleich zwei Frauen zusammen, denen sie sich öffnen und sich von allem, was sie in den letzten Wochen durchgemacht hatte, entlasten konnte. Gleichzeitig taten Lina und Lacey ihr Bestes, um ihr so viel Wissen wie möglich darüber zu vermitteln, was es bedeutete, eine Seherin zu sein. Sie versuchten sogar, Baba Yaga zu kontaktieren, aber die Frau war anscheinend nicht zu Hause, sehr zu Linas Verärgerung.

»Genau wie diese Frau«, schimpfte Lina. »Ständig erscheint sie vor mir, wenn es mir überhaupt nicht passt, aber wenn ich mit ihr sprechen will, ist sie nicht zu Hause. Sie braucht ein verdammtes Handy.«

»Oh«, sagte Lacey, »sie hasst diese Teile.«

»Was ist mit Callie?«, fragte Elain. »Hast du nicht gesagt, dass sie ihre Schwester ist?«

Lacey schüttelte den Kopf. »Sie hat auch nicht mehr Einfluss auf ihre Schwester als wir.«

»Stimmt etwas nicht mit Callie?«, fragte Elain.

Lina runzelte die Stirn, aber Lacey schien zu wissen, wovon sie sprach. »Ich habe neulich mit Daniel gesprochen, und das sollte übrigens unter uns dreien bleiben. Er hat erzählt, dass sie jede Nacht Albträume hat, sich aber am nächsten Morgen nie daran erinnern kann.« Sie richtete ihren Blick auf Elain. »Was hattest du für ein Gefühl?«

Elain zuckte mit den Schultern. »Sie war freundlich. Hübsch. Aber es kam mir vor, als wäre da noch etwas … Seltsames. Eine Art Zittern oder Kribbeln, wie wenn man zu viel Kaffee getrunken hat. Es ist schwer zu erklären.«

Lacey sah Lina an. »Hast du das auch gespürt?«

Lina runzelte die Stirn. »Nein, aber ich mache mir Sorgen.«

»Das solltest du nicht. Was auch immer es ist, wenn es einen Einfluss auf zukünftige Ereignisse hat, wird es zur richtigen Zeit ans Tageslicht kommen. Unser Clan braucht sich darüber keine Sorgen zu machen.«

Die Sonne hatte schon einen ziemlich großen Teil des Himmels überquert, als sie ihr Gespräch schließlich beendeten, und Lina war mehrere Male hinter einem großen Felsbrocken verschwunden, um »für kleine Mädchen« zu gehen, wie sie es nannte.

Während sie zum Pfad zurückgingen und Jasper hinter ihnen herumsprang, fragte Elain: »Also, was soll ich meinen Jungs erzählen?«

»Ich verstehe die Frage nicht«, sagte Lacey.

»Sie werden alles über diese … *Dinge* wissen wollen«, sagte Elain. »Was soll ich ihnen sagen?«

»So viel oder so wenig, wie du möchtest. Es gibt keinen Grund, irgendetwas davon vor deinen Gefährten zu verheimlichen.«

»Also muss ich einfach warten, bis ich Visionen habe oder mir Dinge erscheinen?«

Lacey lächelte. »Ja, viel mehr bleibt dir nicht übrig.«

»Was ist mit dem Verwandeln? Ich weiß nicht einmal, wie ich es beim ersten Mal gemacht habe. Es ist einfach passiert. Falls es überhaupt passiert ist. Ich bin mir immer noch nicht sicher, ob es wirklich so war, weil mich niemand dabei gesehen hat.«

»Was sagt dir dein Bauchgefühl?«

Sie dachte einen Moment darüber nach. »Ich weiß nicht, es könnte schon sein, dass ich mich verwandelt habe.«

»Keine Sorge. Du wirst es herausfinden, wenn du bereit bist.« Sie lächelte. »Vielleicht solltest du dich noch mal von Brodey jagen lassen. Er ist von den dreien am ehesten mit seiner Wolfsnatur im Einklang.«

Elain hatte noch eine weitere Frage, die sie sich aufsparte, bis sie die Spitze des Felsvorsprungs erreicht hatten und Lacey Jaspers Leine wieder an seinem Halsband befestigt hatte. »Meine Mom und mein Dad«, sagte sie leise. »Hat einer von euch etwas über sie gesehen? Wisst ihr etwas über … ihre Zukunft?«

Lina und Lacey sahen sich kurz an. »Nein«, sagte Lina. »Aber wenn ich etwas sehe, sage ich es dir sofort, das verspreche ich.«

»Auch wenn es etwas Schlechtes ist?«, fragte Elain.

Lina umarmte sie. »Auch dann, das verspreche ich dir.«

Lacey nickte. »Ich auch.«

Als die drei Frauen zurück zum Haus kehrten, schien Liam der Einzige zu sein, der nicht vor Sorge und Anspannung wahnsinnig geworden war. Linas Männer und Elains

Mutter hatten alle die gleichen erleichterten Gesichtsausdrücke, als Lina, Lacey und Elain zur Tür hereinkamen. Lacey ließ Jasper von seiner Leine und nachdem er kurz etwas getrunken hatte, breitete er sich sofort auf dem Küchenboden aus und schlief ein.

»Ich weiß, wie er sich fühlt«, sagte Elain. »Mein Kopf dreht sich.«

Carla umarmte sie. »Alles okay?«

Sie nickte. »Den Umständen entsprechend. Ich habe das Gefühl, dass uns ein paar verrückte Dinge erwarten.«

»Das ist eine Untertreibung«, gluckste Lina, während sie sich schwerfällig auf die Couch fallen ließ. »Aber keine Sorge. Wir sind für dich da.«

Lacey bestand darauf, dass sie zum Abendessen blieben, und nachdem das Geschirr wieder abgespült war, sah sie auf die Uhr. »Ich will dich wirklich nicht loswerden, aber ich schlage vor, dass du in dein Hotel zurückkehrst und dich ausruhst, damit du morgen früh aufstehen kannst.«

»Warum?«, fragte Elain.

Lacey lächelte. »Weil Jockos Flugzeug gegen sieben Uhr morgens ankommt, und wenn du nicht mehr hier bist, wenn er zurückkommt, kann er nichts dagegen tun, oder?«

Lina lächelte. »Du hast ihn auf eine wilde Verfolgungsjagd geschickt, oder?«

»Wer, ich?«, fragte Lacey mit gespielter Unschuld. »Ich habe ihm nur vorgeschlagen, sich ein paar Tage freizunehmen und in den Urlaub zu fahren. Ich habe ihm nicht gesagt, warum, und er hat nicht gefragt. Er kennt mich lange genug, um zu wissen, dass meine Ratschläge sein Leben auf lange Sicht vereinfachen, und er hat gelernt, mich nicht zu hinterfragen.«

»Du schlauer Fuchs«, sagte Zack lachend.

»Wohl eher ein schlauer Wolf, Zachary«, korrigierte

Lacey ihn spielerisch. »Glaube mir, ich habe in meinem langen Leben schon das ein oder andere gelernt. Jocko auch.« Dann wurde sie wieder sachlich. »Ich meine es erst. Fahrt morgen früh los. Rodolfo und seine Männer werden morgen erfahren, dass du hier bist, aber solange ihr früh abreist, wird es keine Probleme geben.«

Jan und Rick halfen Lina auf und von der Couch. »Dann schlage ich vor, dass wir losgehen«, sagte sie. Sie alle umarmten Lacey und verabschiedeten sich, bevor sie sich in ihre Autos drängten.

ALS SIE KURZE Zeit später am Hotel angekommen waren, trat Elain nach draußen, um mit Ain zu telefonieren.

»Wie war es mit Lacey?«

Sie hörte den nervösen Unterton in seiner Stimme.

»Mir geht's gut. Außer bei Vollmond.«

»Warum? Was passiert dann?«

»Anscheinend verwandle ich mich dann in einen rosa Dachs.«

Am anderen Ende wurde es für einen Moment still. Dann redete er wieder. »Okay, sehr witzig. Was hat sie gesagt?«

Elain kicherte. »Komm schon, du hast mir für einen Moment geglaubt.«

»Ja, vielleicht. Aber was hat sie jetzt gesagt?«

Elain seufzte. »Ich bin ein Gestaltwandler. Ein Alpha-Wolfswandler. Aber das ist nicht alles.«

»Kannst du dich auch in einen Hasen verwandeln?«

Sie kicherte. »Sehr lustig.« Dann holte sie tief Luft. »Ich bin anscheinend auch eine Seherin.«

Es entstand ein langer Moment der Stille am anderen Ende, bis sie schließlich auf ihr Handy schaute, um sich zu vergewissern, dass der Anruf nicht unterbrochen worden war.

»Was?«, fragte er schließlich.

»Ja. Lina wusste es anscheinend schon, als sie mich kennengelernt hat, aber sie hat es mir erst gesagt, als wir bei Lacey waren.« Sie schloss die Augen. »Ich vermisse euch, Jungs. Ich möchte nach Hause kommen«, sagte sie leise.

»Wir vermissen dich auch, Schatz. Fahrt ihr morgen los?«

»Ganz früh, ja.«

»Brodey reißt mir gleich den Arm ab. Rede mit ihm. Ich liebe dich.«

Sie lächelte wieder. »Ich liebe dich auch.«

Sofort erklang Brodeys Stimme. »Baby? Geht es dir gut? Was ist das mit dem Hasen?«

»Mir geht's gut. Er hat nur einen Witz gemacht. Ihr hattet recht, ich bin ein Alpha-Wolf.«

»Ähm … wow.«

»Ja. Und ich bin eine Seherin.«

»Du bist eine Seherin? Kein Scheiß?«

»Kein Scheiß.«

Sie konnte sein Lächeln durch das Telefon fast hören. »Kannst du sehen, was ich jetzt denke?«

»Brodey, eine blinde Kumquat könnte sehen, was du denkst. Du bist geil.«

Daraufhin winselte er. »Ich vermisse dich, Baby. Du bist schon viel zu lange weg.«

»Das ist erst die dritte Nacht, du wirst es überleben.«

»Komm mit dem nächsten Flieger nach Hause. So könntest du in ein paar Stunden hier sein.«

Es war verlockend. »Nein, ich will diese Zeit wirklich gerne mit den anderen haben. Das musst du verstehen.«

Er schnaubte. »Oookay, wie du meinst.«

»Sei nicht beleidigt, davon bekommst du nur Falten.«

Das entlockte ihm schließlich ein kleines Kichern. »Pass auf dich auf, Schatz. Ich liebe dich.«

»Das werde ich. Und ich liebe dich auch. Jetzt lass Cail ans Telefon.«

Er meldete sich sofort am anderen Ende. »Du bist also eine Seherin, die sich in ein Häschen verwandeln kann?«

Jetzt musste sie lachen. »Komm schon, genug mit dem Hasen-Zeug.«

»Oh, aber so ein kleiner flauschiger Schwanz würde so süß an dir aussehen.«

»Willst du meine Geschichte jetzt hören oder nicht?«

Er kicherte. »Ja, bitte.«

Also erzählte sie ihm kurz, was sie erfahren hatte. Als er wieder sprach, klang sein Ton ernst.

»Ihr fahrt morgen früh los, oder?«

»Ja.«

»Das ist gut. Ich bin froh, dass Lacey auf unserer Seite ist. Ich weiß, dass sie nicht allzu viel tun kann, aber es hört sich so an, als hätte sie das mit Jocko gut im Griff.«

»Ja, ich glaube schon. Aber jetzt muss ich erst mal ins Bett gehen. Ich liebe dich.«

»Ich liebe dich auch, Baby.«

Sie legte auf und kehrte ins Zimmer zurück. Als sie hereinkam, sahen ihre Mutter und ihr Vater beide von dem kleinen Tisch auf.

»Ist alles in Ordnung?«, fragte Elain sie. Sie sahen irgendwie ... schuldbewusst aus.

Ihre Mutter nickte, nachdem sie Liam ein Lächeln zugeworfen hatte. »Alles in Ordnung, Schatz.«

Elain entging das Lächeln auf dem Gesicht ihres Vaters nicht.

Hmm. Wäre es unfair, wenn ich versuchen würde, ihre Gedanken zu lesen?

Sie beschloss kurzerhand, es einfach auszuprobieren und ging zu ihnen hinüber. Sie legte ihre Hände auf ihre Schultern und gab zuerst ihrer Mutter, dann Liam ein Küsschen auf die Wange. »Ich gehe ins Bett.« Während sie ein T-Shirt und eine kurze Hose zum Schlafen aus ihrer Tasche holte, versuchte sie, ihr Grinsen zu unterdrücken und sobald sie im Badezimmer war, musste sie auch den Drang zu kichern unterdrücken.

Wenn ihre neu entdeckten Fähigkeiten richtig lagen, vermutete sie, dass ihre Mutter und ihr Vater mehr als nur ein bisschen aneinander interessiert waren. Aber ganz sicher konnte sie es nicht sagen.

KAPITEL ELF

Am nächsten Morgen waren sie alle schon eine Stunde vor Sonnenaufgang wach und bereit, aufzubrechen. Sie hatten beschlossen, mit dem Essen zu warten, bis sie Maine hinter sich gelassen hatten. Zack reihte sich hinter Linas und Carlas Auto ein, dann warf er einen Blick auf die Tankanzeige und sagte: »Wir müssen tanken, sonst könnte uns der Sprit vor dem nächsten geplanten Stopp ausgehen.«

»Lass uns zu dem Supermarkt am Stadtrand gehen, da ist auch eine Tankstelle«, schlug Kael vor. »Ich müsste auch noch einmal auf Toilette, bevor wir auf die Autobahn fahren.«

Zack hielt an und schrieb Lina eine SMS, dass sie anhalten und tanken würden. »Könnt ihr mir bitte einen Kaffee bringen?«, fragte er Kael.

»Klar«, sagte er. »Willst du auch etwas essen?«

»Ja, ein paar Muffins oder so.«

»Okay.« Dann ging Kael hinein.

Sɪᴇ sᴀʜ ᴠᴇʀᴢᴡᴇɪғᴇʟᴛ vom Waldrand aus zu. Obwohl sie die ganze Nacht gerannt war, hatte sie es noch nicht geschafft, sie abzuhängen. Ihre Verfolger würden sie bald einholen. So erschöpft sie auch war und obwohl es bald hell werden würde, musste sie ihnen entkommen. Doch sie war am Ende ihrer Kräfte, also schaute sie sich jedes Fahrzeug, das auf den Parkplatz einbog, genau an. Das wäre ihre einzige Chance, zu entkommen. Sie sah zu, wie ein Auto mit einem Florida-Nummernschild und zwei Männern darin parkte. Ein Mann stieg aus und begann zu tanken, während der andere hineinging.

In diesem Moment hörte sie in der Ferne einen Wolf heulen und zuckte zusammen.

Sie kamen näher.

Voller Verzweiflung betete sie um eine Gelegenheit. Dann kehrte der zweite Mann zurück und öffnete die hintere Beifahrertür des Autos. Er legte seine Einkäufe hinein und ging, ohne die Tür zu schließen, um die Fahrerseite herum, wo der andere Mann immer noch tankte.

Sie rannte los und raste so schnell sie konnte über den Asphalt des Parkplatzes. Dann sprang sie in die offene Tür auf den Boden hinter dem Sitz, der glücklicherweise leer war. Als sie den Sitz über sich abtastete, bekam sie eine Jacke zu greifen und zog sie über sich. Dann rollte sie sich zu einer Kugel zusammen und betete, dass sie sie nicht rauswerfen würden, wenn sie sie entdeckten.

Oder dass sie sie nicht entdecken würden, bis sie weit genug von ihren Verfolgern weg war.

Sie brauchte ihre gesamte Konzentration, um nicht zusammenzuzucken, als sie hörte, wie die Hintertür geschlossen wurde. Dann hörte sie den beiden Männern zu, die sich vor dem Auto unterhielten. Einen Augenblick später stiegen beide ein, das Auto sprang an und sie fuhren los.

Am liebsten hätte sie vor Erleichterung geschluchzt. Sie wusste nicht, was diese beiden Männer waren, denn einer roch wie ein Gestaltwandler, doch es war keine Rasse, mit der sie vertraut war. Außerdem mussten sie mit freundlichen Wölfen zusammen gewesen sein, da die Jacke, mit der sie sich versteckte, danach roch.

Nach ein paar Minuten schloss sie die Augen und versuchte, ein Nickerchen zu machen, der erste richtige Schlaf, den sie seit über drei Tagen bekommen würde.

~

NACH UNGEFÄHR ZEHN Kilometern holten sie Lina und die anderen ein. Zack gab Gas und reihte sich schließlich hinter Liams Auto ein.

Kael rümpfte die Nase. »Du musst dich mal waschen.«

»Was zur Hölle? Wir haben heute Morgen geduscht.«

»Du riechst wie ein nasser Hund.«

Zack verdrehte die Augen. »Hör auf mit den Wolfswitzen, okay? Sie sind quasi unsere Familie. Komm darüber hinweg.«

»Nein, das meine ich nicht.« Er sah sich um und zuckte dann mit den Schultern. »Vielleicht hängt der Geruch von Laceys Hund von gestern noch an deiner Jacke. Ich rieche immer noch etwas.«

»Ja, okay, du riechst auch nicht immer nach Rosenblüten, Kumpel.«

Mittags entschied Lina, dass sie anhalten müssten, da sie sonst einen der Männer zum Mittagessen braten würde, also steuerten sie ein Restaurant an, das ein Mittagsbuffet anbot und neben dem sie tanken konnten. Als sie alle Platz genommen hatten, starrte Lina Zack und Kael von der anderen Seite des Tisches an.

»Was?«, fragte Zack.

Dann sah sie Elain an, die rechts neben ihr saß. »Riechst du das?«

»Siehst du?«, sagte Kael und schlug Zack auf die Schulter. »Ich habe es dir doch gesagt.«

Elain runzelte die Stirn, schüttelte aber den Kopf. »Was riechen?«

Lina sah Zack und Kael an. »Irgendetwas stimmt hier nicht.« Ihre Augen verengten sich. »Was ist los?«

Zack verdrehte die Augen. »Okay, ich habe es verstanden, ich habe gestern zu lange mit Jasper gespielt. Hab's verstanden, ich stinke nach ihm. Ich werde mich umziehen und die Jacke ausziehen.«

»Nein, das ist es nicht.« Bevor er reagieren konnte, griff sie über den Tisch, ergriff seine Hand und starrte ihn an. Einen Moment später ließ sie seine Hand wieder los.

»Ja«, sagte sie kryptisch.

»Ja, *was*?« Zack verlor schnell die Geduld und hasste lange Autofahrten, aber wegen Linas Flugangst hatten sie keine andere Wahl.

Lina legte sich mit einem verschmitzten, geheimnisvollen Lächeln eine Serviette in den Schoß. »Wie auch immer.«

Er hatte keine Zeit, sie weiterzufragen, da die Kellnerin in diesem Moment erschien, um ihre Getränkebestellungen entgegenzunehmen. Danach meldete Rick sich freiwillig, um Lina einen Teller mit Essen zu holen, damit sie nicht aufstehen und zum Buffet rüber watscheln musste.

Zack stand ebenfalls auf, umrundete den Tisch und kam zu Lina herüber. »Du bist manchmal unerträglich. Das weißt du, oder?«

Sie lächelte. »Ja.«

Er verdrehte die Augen, dann ging er ebenfalls zum Buffet.

~

ELAIN MUSTERTE DIE BEIDEN MÄNNER. Irgendetwas stimmte nicht, aber sie war sich nicht sicher, was. Sie konnte nicht sagen, ob sie wegen der Reise nur alles intensiver wahrnahm oder ob es wegen ihrer neu entdeckten Fähigkeiten war, ihrer neu entdeckten Seherkräfte. Während alle anderen zum Buffet gingen, hielt sie sich zurück.

»Was ist los?«, fragte sie Lina.

Linas Lächeln verschwand. »Ich weiß es nicht, aber ich glaube, dass unser Leben gerade viel komplizierter geworden ist.«

»Weil es nicht schon kompliziert genug ist?«

»Ich weiß.«

»Also, worum ging es? Mit Zack?«

Lina sprach mit gesenkter Stimme weiter. »Lass dir nichts anmerken, aber wir haben einen blinden Passagier.«

Elain wurde sofort nervöser. »Was?«

Lina nickte. »Ich möchte nicht, dass die Männer es jetzt schon wissen. Aber ich habe ›Ja‹ gesagt, weil sie bleiben darf. Denn das werden sie sich selbst bald fragen.«

»Sie?«

Lina lächelte. »Sie heißt Mai, aber erzähl den anderen nichts. Sie wird sich zeigen, wenn sie bereit dazu ist. Sie braucht unsere Hilfe, um nach Florida zu gelangen.«

Elain nickte. »Oookaaay.« Sie ließ Lina zurück und ging zum Buffet. Dabei bemerkte sie, dass Liam – *Dad*, korrigierte sie sich – mit ihrer Mutter sprach. Ihre Mutter lächelte über etwas, das er sagte.

Es gab Elain ein gutes Gefühl auf eine Weise, die sie nicht verstand und nicht erklären konnte. Zum ersten Mal schien es, als ob ihre Mutter glücklich wäre, ohne Sorgenfalten im Gesicht.

Ihr Geheimnis, das sie so lange für sich behalten hatte, war endlich von ihren Schultern genommen worden. Und nicht nur das, sie hatte jetzt auch jemanden, mit dem sie darüber reden konnte.

Das Lächeln ihrer Mutter reichte Elain sogar aus, um ihr zu verzeihen, dass sie Liam während der Autofahrt all ihre peinlichen Kindheitsgeschichten erzählt hatte.

Wie zum Beispiel, dass sie mit vier Jahren versucht hatte, ihre Barbie-Puppen in der Toilette zu waschen.

Als Elain zur Toilette ging, hatte sie die Unterhaltung mit Lina vergessen, doch als sie unterwegs aus einem der Fenster blickte, sah sie, wie sich auf dem Rücksitz von Zacks und Kaels Wagen etwas bewegte. Es sah aus wie ein Hund, aber sie konnte es nicht genau sagen. Ihr erster Impuls war es, zu den anderen zurückkehren, um es ihnen zu sagen, doch dann hielt sie inne und erinnerte sich an Linas Bitte, nichts zu sagen.

Wie ätzend ist es bitte, niemandem etwas sagen zu dürfen?

Elain ging weiter ins Badezimmer und versuchte, sich keine Sorgen zu machen.

Eine Stunde später machten sie sich endlich wieder auf den Weg, mit vollen Bäuchen, vollen Benzintanks und leeren Blasen. Diesmal fuhren Zack und Kael voraus, und Elain hatte erneut das Fahrzeug gewechselt, um etwas Zeit mit Liam und Carla zu verbringen. Lina wollte auch bei ihnen mitfahren, also hatten die beiden Frauen sich auf die Rück-bank von Carlas Auto gequetscht.

Lina hatte darauf bestanden, mit Elain hinten zu sitzen, obwohl Liam ihr den Beifahrersitz angeboten hatte. Sie beugte sich mit einem Lächeln zu Elain. »Es wird nicht mehr lange dauern«, sagte sie.

»Was wird nicht mehr lange dauern?«

Lina deutete mit dem Kopf zu Zack und Kaels Auto.

Tatsächlich blinkte das Auto der Männer eine Stunde später vor ihnen und bog ab.

»Uuund, los geht's«, flüsterte Lina Elain mit einem Grinsen zu.

MAI WUSSTE, dass sie bereits in Massachusetts waren, weil sie den Männern zugehört hatte. Sie spürte die Erleichterung im ganzen Körper und musste sich zusammenreißen, um nicht zu weinen. Doch dann machte sich ein neues Problem bemerkbar.

Sie musste pinkeln.

Wirklich, wirklich dringend.

Okay, dann mal los.

Die Männer, Kael und Zack, wie sie vom Zuhören erfahren hatte, lachten gerade über irgendetwas und unterhielten sich. Sie war sich immer noch nicht sicher, was für Kreaturen sie waren, aber sie hatte erfahren, dass sie ein Paar waren. Zack saß am Steuer.

Sie streckte ihre Schnauze unter der Jacke hervor, doch ihr wurde schnell klar, dass keiner der Männer sie bemerkte. Also setzte sie sich auf und steckte ihren Kopf zwischen die Vordersitze.

Kael entdeckte sie zuerst. Er stieß einen erschrockenen Schrei aus, wodurch Zack sich ebenfalls erschreckte. Dann drehte Zack sich um, sah sie und stieß wieder einen Schrei aus, wobei er gleichzeitig über ihre Fahrspur scherte.

Sie zuckte zusammen, doch er hatte das Auto schnell wieder auf die richtige Spur gebracht.

»Was zum Teufel ist das?«, schrie Zack.

Sie wollte lachen. *Ich bin ein Wer, kein Was.*

Kael schüttelte den Kopf. »Das ist eine Art Hund.«

Kojote, genau genommen, aber egal. Sie wollte nicht kleinlich sein, schließlich hatten sie ihr das Leben gerettet. Und zwar im wahrsten Sinne des Wortes. Also durften sie sie nennen, wie sie wollten, solange sie sie nicht rausschmissen.

Zack hielt auf dem Seitenstreifen an, und als Mai aus dem Heckfenster sah, merkte sie, dass zwei weitere Autos ebenfalls anhielten. *Das müssen die anderen sein, von denen sie ständig reden.*

Zack und Kael stiegen aus dem Auto und waren sofort von den anderen umringt. Sie standen vor dem Auto und unterhielten sich über sie, während sie ihre Nase gegen das hintere Beifahrerfenster drückte und wimmerte.

Kommt schon, Leute. Ich muss sooooo dringend pinkeln! Jemand muss mich rauslassen!

Dann öffnete eine der Frauen die Hintertür und lachte dabei; sie sah hochschwanger aus.

Mai überwand ihren Stolz, sprang heraus, ging schnell in die Hocke und entleerte ihre Blase mit einem erleichterten Seufzer im Gras neben der Straße. Dann, bevor sie sie aus dem Auto aussperren konnten, sprang sie wieder hinein und setzte sich auf den Sitz.

Ich werde sie mit großen Kulleraugen anschauen, das funktioniert immer.

Zack und Kael sahen immer noch fassungslos aus. »Wo zum Teufel kam das her?«, sagte Zack.

Kael lachte. »Weiß nicht. Aber zumindest wissen wir jetzt, dass du nicht nach Hund riechst.«

Zack schlug ihm auf die Schulter.

Eine andere Frau beugte sich vor und streckte vorsichtig ihre Hand aus. Sie roch definitiv wie ein freundlicher Wolf. Mai winselte und leckte ihre Hand.

Die Frau tastete um Mais Hals herum. »Kein Halsband, Lina«, sagte sie zu der Schwangeren. »Sieht ganz so aus, als hättet ihr jetzt einen Hund.«

Lina lächelte die beiden Männer an. »Seht ihr? Hab ich euch doch gesagt.«

»Was hast du uns gesagt?«, fragte Zack und klang verärgert.

»Ja, ihr könnt sie behalten. Vorher im Restaurant habe ich ›Ja‹ gesagt.« Lina sah Mai an und zwinkerte ihr zu.

Verdammt!

Was auch immer Lina war, sie wusste, dass Mai mehr war, als nur ein Hund.

Oh Scheiße. Mit der Rute wedeln.

Mai wedelte mit der Rute, was bei vielen Leuten ein Lächeln hervorrief.

Gut. Das hat funktioniert.

Nachdem sie sich ein paar Minuten unterhalten hatten, ging ein anderer Mann, der ebenfalls nach einem freundlichen Wolf roch, zu seinem Auto und kehrte mit einigen Käsestangen und einer Flasche Wasser zurück. Er öffnete die Packung der Käsestangen und bot sie ihr an.

Mit einem leisen Wimmern verschlang sie sie dankbar. Er zog sie an die Kante des Sitzes, damit er mit seiner Hand Wasser aus der Flasche hineinlaufen und sie trinken lassen konnte. Nachdem sie fertig war, setzte sie sich auf und leckte ihm über die Wange.

Hoffentlich ist die ältere Dame bei dir nicht eifersüchtig, aber danke!

Lina streckte die Hand aus und streichelte ihren Kopf. »Ich finde, wir sollten sie Mai nennen.«

Mai wusste, dass sich ihre Augen weiteten. Es erschreckte sie so sehr, dass sie beinahe auf der Stelle umgekippt wäre, aber es gelang ihr, sitzen zu bleiben.

»Warum?«, sagte Zack. »Ich finde, sie sieht eher aus wie eine Gigi.« Er streckte die Hand aus und streichelte sie, zunächst unsicher, doch als ihm klar wurde, dass sie nicht beißen würde, mit voller Hingabe. Sie leckte seine Hand und brachte ihn damit zum Lachen.

Alter, ich bin auf keinen Fall eine Gigi.

»Weil sie wie eine ›Mai‹ aussieht«, sagte Lina. »Das bedeutet ›Kojote‹.«

Wow. Du bekommst Bonuspunkte, Lady.

»Stimmt«, sagte Kael. »Sie sieht irgendwie aus wie ein Kojote, oder?

Aber woher wissen wir, dass sie ein Mädchen ist?«

»Willst du sie befühlen?«, fragte Lina mit bissigem Ton.

Mai schnaubte amüsiert. *Diese Frau gefällt mir wirklich.*

Kael musterte Mai. »Wenn du sagst, dass sie ein Mädchen ist, dann ist die das wohl.«

»Vertrau mir.« Lina blickte die Straße hinauf. »Da vorn ist eine Ausfahrt, lasst uns anhalten, ich brauche noch eine Pinkelpause.« Sie streichelte ihren Bauch. »Dann können wir etwas zu essen für sie für die Heimfahrt besorgen.« Sie hielt Mais Kopf in ihren Händen und sah ihr in die Augen. »Du bleibst bei uns, damit wir dir helfen können«, flüsterte sie. »Oder?«

Verblüfft nickte Mai.

Lina tätschelte ihren Kopf und drückte sie sanft zurück, damit sie die Tür schließen konnte. »Na dann, los geht's!«, erklärte Lina, während sie zu einem der anderen Autos zurückwatschelte. Wenige Augenblicke später steuerten sie auf die Ausfahrt zu.

Nach einer Stunde waren sie wieder auf der Autobahn.

Mai trug jetzt ein rosafarbenes Halsband mit Strasssteinen und hatte eine passende Leine dazu bekommen. Es war etwas zu glitzernd für ihren Geschmack, aber sie konnte damit leben.

Zumindest bin ich keine Gigi.

Die Männer hatten ihr Essen und ein Wassernapf gekauft, Wasser in Flaschen und hochwertiges Dosen- und Trockenfutter für Hunde, das zwar nicht so gut war wie menschliches Essen, aber sehr viel besser schmeckte als das verfaulte, zerfledderte Fleisch der toten Tiere, die sie am Straßenrand gefunden und von dem sie sich die letzte Woche ernährt hatte.

Mai verstand Linas Witz nicht, dass Callie neidisch auf das Halsband sein würde, während Zack es ihr um den Hals schnallte, aber anscheinend fanden es alle lustig, denn sie lachten sich halb tot.

Voller Erleichterung und endlich mal wieder mit einem vollen Bauch, ließ sich Mai auf der Rückbank nieder, schloss die Augen und fiel in einen tiefen, traumlosen Schlaf.

IRGENDWANN IN DEN frühen Morgenstunden hielten sie in einem Hotel in Virginia südlich von Richmond an. Kael befestigte die Leine an ihrem Halsband und führte sie über den Parkplatz zu einer Rasenfläche, damit sie ihr Geschäft erledigen konnte. Sie achtete darauf, sich wie ein perfekter Hund zu benehmen, zog nicht an der Leine und stand geduldig da, während er ihr Häufen mit einer Plastiktüte einsammelte.

Perfekt. Endlich bin ich gleich von zwei Kerlen umgeben, die alles für mich tun, aber sie sind schwul und ich bin ihr Hund.

Sie stand sogar geduldig in der Badewanne, während sie sie mit Hundeshampoo einseiften, das nach Orangen duftete.

Wenn sie ehrlich war, fühlte es sich verdammt gut an, sich ihre schmerzenden Muskeln im warmen Wasser massieren zu lassen.

Sie setzte sich gehorsam auf den gefliesten Badezimmerboden, während Zack ihr mit dem Föhn das Fell trocknete. Als er fertig war, sah sie zwar aus wie ein Pudel, war dafür aber sauber und roch zitronig frisch.

Es war fast vier Uhr morgens, als die Männer erschöpft in eines der Betten kletterten. Sie war sich nicht sicher, was sie tun sollte, also rollte sie sich auf dem Teppichboden zusammen, doch Kael sah sie an und deutete dann auf das andere Bett.

»Mach es dir gemütlich, Mai. Du kannst auf dem Bett schlafen. Ich habe zwar keine Ahnung, woher du kommst, aber du bist ein gutes Mädchen.«

Seine Stimme klang so zärtlich und liebevoll, dass sie sich vor Überraschung fast verwandelt hätte und am liebsten in Tränen ausgebrochen wäre.

Sie ging zu ihrem Bett hinüber und stellte ihre Vorderpfoten auf die Matratze, um ihm das Gesicht zu lecken. Dann drehte sie sich um, sprang auf das andere Bett, rollte sich zusammen und schlief ein.

Daran könnte ich mich gewöhnen.

Sie wusste nicht, was sie in ein paar Monaten tun würde, wenn sie ihr Geheimnis nicht länger verbergen konnte, aber zumindest würde sie die nächsten paar Monate friedlich leben können.

MAI WACHTE SPÄT am nächsten Morgen auf, da jemand an ihre Zimmertür klopfte. Zack und Kael, die auch noch geschlafen hatten, rührten sich. Schließlich stand Zack auf und öffnete die Tür, begrüßte Lina und ließ sie herein.

Sie ging sofort zu Mais Bett hinüber, setzte sich und streichelte sanft ihren Kopf. »Guten Morgen, Mai.«

Ich wünschte, ich könnte mit dir sprechen. Wer auch immer du bist.

Sie blickte auf Linas prallen Bauch und verspürte einen traurigen Anflug von Neid. Jan und Rick, die anderen beiden Männer, von denen sie herausgefunden hatte, dass sie Linas Gefährten waren, konnten es mit Sicherheit kaum abwarten, dass sie ihr Kind bekam. Sie wahren wahrscheinlich unsterblich in sie verliebt.

Und wer wird uns lieben?

Doch über diese Frage würde sie später nachdenken können, sobald sie in Florida und in Sicherheit war. Im Moment war sie sich immer noch nicht sicher, wie sie ihre wahre Identität preisgeben sollte, aber wahrscheinlich würde sie es zuerst Lina erzählen.

Lina bot an, mit Mai spazieren zu gehen, während die Männer duschten. Nachdem Mai ihr Geschäft erledigt, und Lina es aufgesammelt hatte, sah Lina sie an. »Ich verspreche dir, dass wir dir helfen werden, was auch immer es ist. Ich meine es ernst. Okay? Und wir *können* dir helfen.«

Mai schluckte schwer, nickte aber.

Ich weiß nicht, ob mir irgendjemand helfen kann, aber du wirst es vielleicht bereuen, mir dieses Versprechen gegeben zu haben. Aber keine Sorge, ich werde nicht darauf bestehen, falls du es dir doch anders überlegst.

Zurück im Zimmer kamen die Männer gerade aus der Dusche. Keiner verhielt sich Lina gegenüber verklemmt, und sie war es anscheinend gewohnt, sie nackt zu sehen, denn sie reagierte überhaupt nicht. Lina öffnete eine Dose Hundefutter und stellte ihr frisches Wasser daneben. Nach dem Essen rollte sich Mai auf dem Bett zusammen und wartete auf weitere Befehle.

Anscheinend wollten sie vor dem Auschecken frühstücken und dann zu ihr zurückkommen.

Bevor sie den Raum verließen, schaltete Lina den Fernseher ein.

»Warum machst du den an?«, fragte Zack.

»Damit ihr nicht langweilig wird, was denn sonst.« Dann drehte Lina sich um und zwinkerte ihr zu. Mai zwinkerte zurück und wedelte mit der Rute.

SPÄT AM ABEND überquerten sie nördlich von Jacksonville die Staatsgrenze von Georgia nach Florida. Sie nahmen die I-10 nach Westen zur I-75 und fuhren so weiter nach Süden. Kurz vor Tagesanbruch fuhren sie von der Interstate ab und Mai wurde klar, dass sie »zu Hause« waren. Oder was vorübergehend ihr Zuhause sein würde.

Sie ließen sie ohne Leine aus dem Auto und sie hielt erschrocken inne. Das Haus war riesig und so, wie es aussah, höchstwahrscheinlich erst vor ein paar Jahren gebaut worden. Sie konnte kurz ihr Geschäft erledigen, dann wurde sie von ihren neuen Freunden begrüßt, wobei sie automatisch vor Freude mit der Rute wedelte. Das Haus sah wunderschön aus. Gemütlich, nicht nobel, aber geschmackvoll eingerichtet.

Lina zeigte ihren drei menschlichen Gästen ihre Zimmer. Sie hatte durch Zuhören herausgefunden, dass Carla und Liam Elains Eltern waren, dass sie aber nicht verheiratet waren. Und Elain schien sehr gut mit ihnen befreundet zu sein.

Zack stellte Mais Futter- und Wassernapf in der Küche auf den Boden, gab ihr etwas trockenes Hundefutter und ging dann mit Kael in einen anderen Teil des Hauses.

Lina ließ ihre beiden Männer vor sich nach oben gehen. Sie wartete, bis sie mit Mai allein in der Küche war, öffnete dann den Kühlschrank, holte Aufschnitt, Käse und Brot heraus und machte damit ein Sandwich, das sie in Mais Futternapf legte.

»Du musst dieses andere Zeug satthaben. Ich werde dir heimlich geben, was ich kann, wenn niemand in der Nähe ist, damit dein Geheimnis nicht auffliegt, okay?«

Mai hätte wieder am liebsten geweint, doch stattdessen wimmerte sie dankbar und leckte Linas Hand. Lina schenkte ihr ein freundliches Lächeln und tätschelte ihr den Kopf. »Wenn du nach draußen musst, komm am besten nach oben und belle an meiner Tür, um mich aufzuwecken.« Dann ging sie nach oben.

Mai überlegte, sich zum Essen zu verwandeln, entschied sich dann aber dagegen. Sie wollte das Risiko nicht eingehen. Also nahm sie das Sandwich mit dem Maul aus der Schüssel und verschlang es in ein paar Bissen. Dann ging sie zur Couch hinüber, wo sie sich zusammenrollte und einschlief.

NACHDEM ALLE GESCHLAFEN und zum Abendessen wieder aufgestanden waren, fand Mai heraus, dass dies nicht die letzte Station auf ihrer Reise war, obwohl die meisten von ihnen hier zu Hause waren. Sie würden noch weiter nach Arcadia fahren, wo Elain mit ihren Gefährten lebte.

Die Glückliche.

Da Lina Mai immer wieder heimlich etwas zuflüsterte, wusste sie jetzt, wer Carla und Liam waren. Ironischerweise befand sie sich in einer sehr ähnlichen Situation wie Elain, nur dass sie ganz genau wusste, in welcher Gefahr sie sich befand.

Arschloch. Warum hatte sie Paul überhaupt jemals vertraut?

Ach, stimmt ja, weil er gut aussehend und reich war und ihr gesagt hatte, dass er sie liebte, obwohl sie genau gewusst hatte, dass es gelogen war.

Ich bin gerade mal einundzwanzig, meine Familie ist tot, und jetzt werde ich auch noch von einem Arschlochwolf verfolgt.

Und zwar im wahrsten Sinne des Wortes.

So hatte sie sich ihr Leben *nicht* vorgestellt.

Nach dem Abendessen, kurz vor Sonnenuntergang, stiegen alle wieder in ihre Autos und machten sich auf den Weg nach Süden. Sie setzte sich auf und sah zu, wie die unbekannte Landschaft an dem Auto vorbeizog. Sie waren jetzt auf dem Weg zu Elains Haus in Arcadia, wo sie schon von anderen Wölfen erwartet wurden.

Zum ersten Mal, seit ihre Tortur vor ein paar Wochen begonnen hatte, fühlte sie sich wirklich sicher. Als ob sie vielleicht wirklich einen Ausweg aus diesem ganzen Chaos finden könnte.

Als sie vom Highway abbogen und eine lange Auffahrt hinunterfuhren, schnupperte Mai um sich.

Vieh.

Sie bogen auf eine Einfahrt, die zu einem großen, einstöckigen Haus im Ranch-Stil führte. Drei Männer, die alle drei identisch aussahen, standen bereits auf der Veranda.

Elain sprang aus dem Auto, in dem sie saß, und rannte in ihre einladenden Arme.

Mai sah dem freudigen Wiedersehen mit wehmütigem Herzen zu.

Genau das wollte sie auch, jemanden, der sie liebte.

Dann öffnete Kael die Hintertür des Autos und sie sprang heraus, schnupperte herum und rannte dann zum Zaun, um ihr Geschäft zu erledigen. Danach hielt sie sich dicht an Linas Seite und ging mit den anderen hinein.

MICAH DÖSTE im Bett neben Jim, der zusammengerollt in seinen Armen lag. Sie hatten das Haus an diesem Tag größtenteils für sich allein und hatten es ausgenutzt, um einander zu vernaschen, schließlich würden Elain und die anderen bald zurückkehren.

Er war sich zunächst nicht sicher, was ihn geweckt hatte. Er hatte die Augen aufgerissen und lag nun mit gespitzten Ohren und in voller Alarmbereitschaft da.

Etwas stimmt nicht.

Er setzte sich auf, dann schwang er sich aus dem Bett, wobei Jim sich kaum rührte. In diesem Moment hörte er alle hereinkommen und wusste, was ihn geweckt hatte.

Ein verwandelter Kojote.

Mit einem tiefen Knurren stieß er die Schlafzimmertür auf und rannte hinaus ins Wohnzimmer.

MAI SASS DA und starrte Elains drei Adonisse an.

Wie viel Glück kann eine Frau nur haben.

Dann öffnete sich irgendwo im Flur eine Tür. Sie hatte kaum Zeit, das bedrohliche Knurren eines Wolfs zu registrieren, als der nackte Mann schon in der Tür erschien und sie wütend anstarrte.

Als er sie entdeckte, sprang sie panisch hoch, ließ ein

verängstigtes Kreischen von sich und stürzte auf die nächst-gelegene offene Tür zu, die sie sah. Doch sobald alle schrien und der nackte Mann hinter ihr herrannte, wurde Mai klar, dass sie sich in eine Sackgasse gebracht hatte, indem sie durch ein riesiges Schlafzimmer und in ein Badezimmer gestürmt war. Sie entdeckte ein Fenster, doch in diesem Moment griff der Mann sie an und sie schrie auf, während sie über die Fliesen gezerrt wurde.

Er packte sie mit beiden Händen fest am Hals, knurrte angsteinflößend und schrie dann: »Wer bist du?«

MICAH ENTDECKTE den verwandelten Kojoten sofort. Sie entdeckte ihn ebenfalls und rannte zu einem der Schlaf-zimmer davon, schaffte es aber nicht, ihm zu entkommen. Bevor sie zum Fenster springen konnte, warf er sich auf sie und packte sie am Hals. »Wer bist du?«

Mit einer Geschwindigkeit, die ihn erschreckte, hielt er plötzlich eine nackte junge Frau fest. Sie kratzte an seinen Fingern. »Bitte tu mir nicht weh!«, röchelte sie und schnappte nach Luft.

Ain, Brodey und Cail kamen zuerst hineingestürmt, dicht gefolgt von den Drachenmännern. Micah ließ nicht locker und blieb auf ihr, obwohl sie mit aller Kraft versuchte, ihn loszuwerden.

Plötzlich hörte sie auf, sich zu wehren und legte ihre Hände schützend um ihren offensichtlich gerundeten Bauch. »Bitte, tu mir nicht weh«, bettelte sie erneut, und Tränen liefen ihr über die Wangen.

In diesem Moment traf ihn eine Welle der Emotionen und ein allzu bekanntes Gefühl übernahm die Kontrolle über seinen Geist. Er hatte keine Zeit, darüber nachzudenken, was es bedeutete. Es war, als wäre in ihm ein Schalter umgelegt worden und in seinem Kopf hallte plötzlich nur noch ein Wort.

Gefährtin.

Er schüttelte die Lyall-Brüder ab, packte die Frau und zog sie schützend in seine Arme. Jim, der offenbar von dem Krawall geweckt worden war, erschien hinter allen anderen in der Tür.

»Was zur Hölle ist hier los?«, fragte er und drängte sich an den anderen vorbei zu Micah.

Micah kämpfte gegen die Wucht seiner Emotionen an, die drohten, ihn zu ertränken. Die Wut auf den Eindringling war seinem unbändigen Beschützerinstinkt gewichen – für sie.

Liebe.

Verdammte Scheiße.

Das Mädchen, das jetzt schluchzend in seinen Armen lag, hatte aufgehört, sich gegen ihn zu wehren, sobald er ihren Hals losgelassen hatte. Er legte eine Hand auf die Wölbung ihres Bauches, auf ihre Hände. »Du bist schwanger«, sagte er verblüfft.

Jim fiel neben ihnen auf die Knie und die Welt schrumpfte, bis es schien, als ob nur noch sie drei existierten.

Jim sah Micah mit schockiertem Gesicht an. »Wer ist sie?«, fragte er.

Micah hatte seine Position auf dem Boden geändert, damit er sie in seinen Armen wiegen konnte. Er strich ihr das zerzauste blonde Haar aus ihrem Gesicht. »Sie gehört zu uns«, flüsterte er. Er sah Jim an. »Unsere Gefährtin.«

Jim nickte und streckte nun auch die Hand aus, um ihre Wange zu streicheln und ihre Tränen wegzuwischen. Micah wusste, dass sein Gefährte es auch fühlen konnte. Sie wussten beide, dass diese Frau für sie bestimmt war, wer auch immer sie war. Micah hatte genauso starke Gefühle für sie wie für Jim. *Bitte lass sie nicht vergeben sein!*

Jim schnappte sich ein großes Handtuch und deckte das Mädchen damit zu. Sie blickte ihnen ins Gesicht, ihre braunen Augen waren rot vom Weinen. Sie war nicht markiert, das konnte Micah instinktiv erkennen. Aber hatte sie einen Partner? Ehemann?

Er spürte auch, wie traurig sie war.

Wie allein.

Die Göttin hat wirklich einen seltsamen Sinn für Humor.

Er umfasste ihren Nacken zärtlich und starrte ihr tief in die braunen Augen.

Nach einem Augenblick verstummte ihr Schluchzen, und sie starrte zu ihnen hoch.

»Du hast sonst niemanden, oder?«, fragte er.

Sie schüttelte den Kopf.

»Gepaart?«

Sie schüttelte wieder den Kopf.

Dann berührte Micah ihre Stirn mit seiner Stirn. Die Details würde er später klären. Im Moment wusste er nur eines. »Du gehörst zu uns«, flüsterte er.

Sie wimmerte leise, nickte aber.

Jim lehnte sich nun ebenfalls vor, sodass seine Stirn auch ihre berührte. Er schlang seine Arme um sie beide. »Unsere Gefährtin«, wiederholte er.

Sie nickte. »Eure Gefährtin«, flüsterte sie.

KÖNNTE mein Leben noch mehr aus den Fugen geraten?

Mai wusste nicht einmal, wer diese beiden Typen waren, nur dass der eine, der ihr gerade noch an den Hals gesprungen war, ein Wolf war und der andere ein Mensch, und dass die beiden ein Paar waren.

Außerdem spürte sie eine Anziehungskraft, die sie in dieser Intensität noch nie gespürt hatte. Nicht im Geringsten vergleichbar mit der lauen sexuellen Anziehungskraft, die sie am Anfang für Paul empfunden hatte.

Der Wolf stand auf, hob sie mühelos in seine Arme und trug sie aus dem Badezimmer, während der andere Mann dicht neben ihr blieb. Sie warf ihre Arme um den Hals des Wolfs und vergrub ihren Kopf an seiner Brust, weil sie Angst hatte, ihn loszulassen, jetzt, wo sie seinen Beschützerinstinkt und seine unbändige Zuneigung spüren konnte.

Sie kehrten ins Wohnzimmer zurück und er setzte sich auf die Couch, wobei er sie weiterhin in den Armen hielt. Lina erschien mit einem Bademantel, den sie ihr anbot.

»Darf ich euch Mai vorstellen?«, sagte Lina. »Mai, der Mann, der dich hält, ist Micah, ein Wolfswandler und Cousin der Lyalls. Der andere Mann ist sein Gefährte Jim.«

Mai errötete, während die beiden Männer ihr in den Bademantel halfen. Jim griff hinter sie und löste das Halsband von ihrem Hals, während sich alle um sie versammelten und begannen, Fragen durcheinanderzurufen, sodass Mai ganz schwindelig wurde.

Mitten in das Stimmengewirr nahm Lina Mais Hand und hob ihre andere, um alle um sie herum zum Schweigen zu bringen. »Ich weiß schon von Anfang an, dass sie eine Gestaltwandlerin ist, aber sie musste sich zum richtigen Zeitpunkt offenbaren.«

Mit ihrer freien Hand griff Mai nach Jims anderer Hand und hielt ihn fest.

Lina lächelte sie an. »Über all das können wir morgen reden. Für heute reicht es, und ja, es war Schicksal, dass ihr drei euch begegnet.«

»Gefährtin«, sagte Micah noch einmal. Dann sah er Jim an. »Unsere Gefährtin.«

Jim nickte. »Unsere.«

Mai lehnte ihren Kopf an Micahs Schulter und brach in Tränen aus. Sie schluchzte gegen ihn, heulte vor Erleichterung und Angst und einer ganzen Menge weiterer Emotionen, die sie nicht einmal benennen konnte.

Micah küsste ihre Schläfe. »Ist schon okay«, beruhigte er sie sanft. »Wir werden dich zu nichts zwingen. Wenn du uns nicht willst … ist das okay.«

Sie ließ Linas Hand los, ergriff seinen Arm und zog beide Hände der Männer auf ihren Bauch. »Ich möchte euch wirklich. Ich habe keine Ahnung, warum, aber ich will euch von ganzem Herzen. Und … und …« Sie konnte nicht zu Ende sprechen.

Mit der Hilfe von Jan und Rick ließ sich Lina vorsichtig neben der Couch auf die Knie nieder, wo sie mit den dreien flüstern konnte. »Ist schon okay«, sagte Lina zu Mai. »Ich bin eine Seherin. Das hier sollte passieren.« Sie legte ihre Hand auf Mais Bauch. »Alles, was zählt, ist die Familie, die ihr euch aussucht, nicht die, in die ihr geboren wurdet. Es war Schicksal, dass ihr euch begegnet, euch paart und eine Familie werdet.«

Micah drückte Mais Hand. »Sein Verlust ist unser Gewinn. Du gehörst jetzt zu uns, und da du nicht mit ihm verpaart oder von ihm markiert worden bist, gehört dieses Baby jetzt auch zu uns, so sehe ich das zumindest. Der Code unserer Vorfahren besagt nur, zu wem das Kind gehört, wenn die Mutter vorher markiert wurde und die Eltern verpaart sind.«

Mai brach erneut in Tränen aus. Das war zu viel für sie. Sie konnte zwar nicht behaupten, dass alles zu verstehen, aber es überwältigte sie trotzdem.

Lina küsste sie auf die Stirn. »Herzlichen Glückwunsch Mai. Willkommen in unserer Familie. Jungs, warum bringt ihr sie nicht in euer Schlafzimmer, damit sie sich etwas beruhigen kann, und damit ihr euch *richtig* vorstellen könnt. Elain und ich werden ihr ein paar Klamotten zum Anziehen bringen, und morgen können wir dann mit ihr einkaufen gehen. Außerdem werden wir ihr etwas Richtiges zum Abendessen bringen. Ich glaube nicht, dass sie noch Hundefutter essen will.«

Mai klammerte sich an Micah, während er sie durch den Flur trug, aus dem er ein paar Minuten zuvor gekommen war. Jim folgte ihnen und schloss die Schlafzimmertür hinter ihnen. Dann legte Micah sie sanft auf ihr Bett und die Männer setzten sich rechts und links neben sie, während sie weinte.

Vor nicht einmal zehn Minuten hatte sie Angst gehabt, dieser Mann könnte sie umbringen.

Und jetzt?

Nur wenige Minuten später konnte sie sich ein Leben ohne diese beiden Männer nicht vorstellen, und sie kannte noch nicht einmal ihre Nachnamen.

Göttin, hilf mir, das alles zu verstehen.

NACHDEM DIE DREI GEGANGEN WAREN, breitete sich Schweigen im Wohnzimmer aus. Elain räusperte sich. »Also, Leute, ich glaube, wir haben ein neues Level an Wahnsinn erreicht, selbst für uns.«

Ein nervöses Lachen ging durch die Gruppe und Lina stellte sich mit Ricks und Jans Hilfe schwerfällig auf die Beine. »Das kannst du laut sagen. Da ich keinen Alkohol trinken sollte, nehme ich eine Tasse heißen Tee, aber Elain, möchtest du für mich trinken?«

»Amen, Schwester!« Die beiden Frauen gingen in die Küche.

»Wartet auf mich«, sagte Carla. »Ich könnte auch ein Glas vertragen.« Sie ging mit Liam hinter den beiden her.

»Hey«, sagte Zack. »Vergesst uns nicht. Wir haben gerade unseren Hund an ein paar Wölfe verloren, das klingt schon verrückt, wenn ich es nur ausspreche.«

»Kojote«, korrigierte Lina ihn über ihre Schulter. »Und vergiss nicht, Jim ist ein Mensch.«

»Das sind doch nur Details.« Doch obwohl er offenbar scherzte, konnte man ihm die Enttäuschung ansehen.

»Was ist los?«, fragte Kael ihn und legte einen Arm um seine Schultern.

»Ich habe mich einfach gefreut, einen Hund zu haben.«

Brodey klopfte Ain auf den Rücken. »Wir wissen, wo das nächste Tierheim ist, stimmt's, Bruder? Wir können es euch zeigen, oder?«

Ain funkelte Brodey an, nickte aber.

Daraufhin prustete Cail los. »Hey, Prime, das hast du dir verdient für den ganzen Stress, den wir deinetwegen hatten.«

Dann gingen sie alle in die Küche. Lina ließ sich auf einen der Stühle fallen, während Elain anfing, Wasser für ihren Tee zu kochen und Zack die Rolle des Barkeepers übernahm. Nachdem alle etwas getrunken hatten, hob Lina ihre dampfende Tasse, um einen Toast zu sprechen.

»Auf die Liebe. So abgefuckt und verrückt sie auch ist, bleibt sie trotzdem das Beste, was einem passieren kann.«

»Das kannst du laut sagen«, stimmte Elain zu.

Micah und Jim ließen Mai Zeit, sich auszuweinen, hielten sie fest und trösteten sie. Irgendwann klopfte Lina leise an der

Tür, und sie und Elain brachten einen Stapel Kleidung, ein paar Pflegeprodukte und ein Tablett mit Essen herein. Micah nickte ihnen dankend zu. Dann gingen die beiden Frauen wieder schweigend und schlossen leise die Tür hinter sich.

»Fangen wir ganz von vorn an«, sagte Micah, nachdem er das Tablett für sie geholt und sie zum Essen gebracht hatte. »Wie heißt du und woher kommst du?«

Also begann Mai zu erzählen, und je länger sie redete, desto wütender wurde Micah.

Mai Gallatin war erst vor ein paar Monaten einundzwanzig geworden. Ihre Eltern und ihre zwei älteren Brüder waren vor vier Jahren bei einem Autounfall in Montana ums Leben gekommen, bei dem sie nur knapp überlebt hatte. Durch ihre Arztrechnungen nach dem Unfall, den Schulden aus dem Nachlass ihrer Eltern und dem schlechten Umgang mit dem Rest des Geldes durch einen ihrer Onkel, der zu ihrem Vormund ernannt worden war, war sie jetzt pleite. Sie hatte beschlossen, Montana zu verlassen, um in Connecticut mit einer ihrer Cousinen mütterlicherseits einen Neustart zu wagen. Sie war ein Mensch und wusste nichts von Gestaltwandlern.

»Es war einfach mein Pech, dass ich Paul getroffen habe«, sagte sie. »Als wir uns kennengelernt haben, wusste er, dass ich ein Gestaltwandler bin, und ich habe sofort gespürt, dass er auch einer war. Er hatte Geld. Ich war einsam, dumm und leichtgläubig, also bin ich auf seine Masche hereingefallen. Ich dachte, dass er mein Gefährte war oder so etwas«, sagte sie schniefend. »Aber so wie mein Leben aussah, war ich bereit dazu, meinen gesunden Menschenverstand und die Wahrheit zu ignorieren. Vor drei Monaten blieb dann meine Periode aus, obwohl wir vorsichtig gewesen waren.«

Sie schüttelte den Kopf. »Ich hatte Angst, es ihm zu

sagen, aber irgendwann konnte ich es nicht mehr für mich behalten. Ich wusste, dass er nicht mein Gefährte war, und ich wollte ihn nicht heiraten. Ich wollte nur sehen, ob er ein Teil des Lebens dieses Kindes sein wollte. Aber er verlangte eine Abtreibung, also habe ich Nein gesagt.«

»Wie lange bist du schon auf der Flucht vor ihm?«, fragte Micah.

Sie schniefte. »Seit zwei Wochen. Er hat gesagt, dass er mich umbringen wird, wenn ich das Kind nicht abtreibe, und dass seine Familie keine ›Straßenköter‹ haben wollen. Ich konnte nicht zum Haus meiner Cousine zurückkehren, weil er wusste, wo sie wohnte, also bin ich weggerannt. Ich musste mich verwandeln, weil er mich immer wieder fast erwischt hätte. Mein Ziel war es, bis nach Maine zu kommen, da mir die Wölfe dort vielleicht geholfen hätten. Aber dort hat er mich auch gefunden. Ich war so, so müde.« Sie schniefte. »Dann habe ich Zack und Kael beim Tanken gesehen, sie hatten ein Nummernschild aus Florida an ihrem Auto. Meine Hoffnung war es, mit ihnen weit genug von Paul wegzukommen, sodass er mich nicht mehr finden konnte.«

Jim streichelte ihren Arm, wandte sich dann aber an Micah. »Glaubst du vielleicht, dass du und ich deshalb zusammengebracht wurden?«

Micah nickte. »Ja, der Gedanke ist mir auch schon gekommen.« Als sie sie fragend ansah, lächelte er. »Jim und ich sind eigentlich hetero.«

»Aber … aber ihr seid Gefährten.«

Er lachte. »Ja, ich weiß, das Universum macht manchmal seltsame und mysteriöse Sachen.«

Ein ängstlicher Ausdruck huschte über ihr Gesicht. »Werdet ihr mich zu einer Abtreibung zwingen?«, flüsterte sie. »Weil es nicht euer Baby ist?«

Sofort stieg Wut in ihm auf. Nicht auf sie, sondern auf

den Mann, der sie in diese Lage gebracht hatte. Er griff zärtlich nach ihrem Kinn und küsste sie innig, wartete, bis sie sich endlich in seinen Armen entspannte, den Kuss erwiderte, und ein leises Wimmern der Begierde von sich gab.

»Beantwortet das deine Frage?«, fragte er schließlich. »Du bist unsere Gefährtin, und wir würden dich niemals zu etwas zwingen, was du nicht willst. Wenn du das Baby bekommen möchtest, dann ist dieses Baby unser Baby. Das steht außer Frage. Verstehst du?«

Sie nickte und warf dann ihre Arme um sie beide. »Ich habe keine Ahnung, warum ich mich so fühle.«

Jim kicherte. »Glaub mir, Schatz, du solltest deine Gefühle am besten nicht infrage stellen. Das Leben wird viel einfacher, wenn du es einfach zulässt. Wir mussten das auf die harte Tour lernen.«

Für Mai klang das nach einem sehr guten Rat. Es war viel einfacher, es einfach zuzulassen und die Gefühle von Liebe und Sicherheit zu genießen, die sie umhüllten. Ihr ganzes Leben lang hatte man ihr gesagt, dass man es einfach wusste, wenn man seinen Gefährten gefunden hatte, und *jetzt* verstand sie, was alle damit gemeint hatten.

Micah stieg aus dem Bett, hob sie hoch und trug sie in ihr Badezimmer. Jim folgte ihr mit den Sachen, die die Frauen für sie gebracht hatten. Ein Rasierer und Rasierschaum, eine Bürste, ein Kamm, Shampoo und Spülung, Duschgel und eine neue Zahnbürste. Jim zog sich schnell aus, dann halfen die Männer ihr vorsichtig aus dem Bademantel und in die Dusche.

Während sie unter dem warmen Wasser stand, stützte Jim sie von vorn. Mit einer Zärtlichkeit, die sie nie für möglich gehalten hätte, entwirrte Micah vorsichtig ihr Haar mit seinen Händen und der Spülung, bis er den Kamm hindurch bekommen konnte. Dann shampoonierte er ihr Haar, massierte ihre Kopfhaut, wodurch sie fast einschlief. Nachdem das Shampoo ausgespült war, gab er wieder etwas Spülung in ihr Haar.

Sie rasierte sich und war froh, ihren Busch endlich so kürzen zu können, wie es ihr gefiel. Langsam begann sie, sich wieder etwas menschlich zu fühlen.

Wenn sie sich in mich verlieben konnten, als ich noch wie ein räudiges Monster ausgesehen habe, sollten sie jetzt Hals über Kopf in mich verliebt sein.

Sie ließen sich Zeit und seiften langsam ihren ganzen Körper von vorn und hinten ein, ließen aber ihre intimsten Bereiche aus.

Dafür liebte sie sie. Sie wollte erst mal sicher in einem bequemen Bett schlafen, bevor sie überhaupt daran denken konnte, wieder Sex zu haben, obwohl ihr Körper ihr jetzt schon ganz andere Signale schickte.

In diesem Moment trat das Baby zum ersten Mal in ihrem Bauch.

Sie schnappte nach Luft, wodurch beide Männer sofort besorgt waren.

»Geht es dir gut?«, fragte Jim. »Haben wir dir wehgetan?«

Sie lachte und nahm ihre Hände und legte sie auf ihren Bauch. Nach ein paar Sekunden trat das Baby erneut. »Es ist das erste Mal, dass sie getreten hat. Als ob sie spüren kann, dass wir jetzt in Sicherheit sind.«

»Es ist ein Mädchen?«, fragte Micah mit einem leicht ehrfürchtigen Ton, der ihr Herz mit hoffnungsvoller Freude erfüllte.

Mai zuckte mit den Schultern. »Ich … ich weiß es nicht,

aber wenn ich an mein Kind denke, ist es immer eine ›sie‹.« Jetzt war nicht der richtige Zeitpunkt, um von ihren Träumen zu erzählen.

Micah fiel vor ihr auf die Knie und küsste ihren Bauch, dann schlang er seine Arme um sie und Jim, der hinter ihr stand.

»Unsere Gefährtin«, flüsterte er, seine Wange an ihre Haut gepresst. »Ihr beide gehört jetzt zu uns.«

Nicht, dass Micah Jim nicht liebte, denn er würde für seinen Gefährten sterben. Aber er konnte nicht leugnen, dass ein Teil von ihm traurig gewesen war, niemals eigene Welpen zu bekommen, als er sich mit Jim gepaart hatte. Es war vorher nie seine oberste Priorität gewesen, aber er war immer davon ausgegangen, dass er irgendwann Welpen bekommen würden, sobald er seine Gefährtin gefunden hätte.

Doch mit einem Mann als Partner war das auf biologische Art nicht möglich. Und natürlich waren Adoption oder Leihmutterschaft eine Option, aber als Gestaltwandler hatte man deutlich weniger Auswahl.

Das Ganze ergab keinen Sinn. Warum hatte die Göttin so gehandelt? Er hatte noch nie davon gehört, dass ein Wolf einen zweiten Gefährten findet, obwohl der erste noch am Leben war.

Und sie war ein Kojote.

Er stand auf und küsste sie zärtlich, da er sie nicht erschrecken wollte. Sie schlang ihre Arme um ihn und küsste ihn zurück.

Dann löste sie ihren Kuss und sah ihm in die Augen. »Markiere mich«, flüsterte sie. »Bitte.«

Sie musste nicht zweimal fragen. Er drehte sie zu Jim um

und sie schlang ihre Arme um seinen Hals und küsste ihn. Micah streichelte ihren Rücken, ihre Schultern und drückte seinen Körper an ihren. Das mit der Paarung konnten sie auch später erledigen. Er war sich nicht einmal sicher, ob er es tun sollte, aus Angst, das Baby zu verletzen. Aber er würde seine Gefährtin markieren.

Er fuhr mit seinen Lippen über ihre rechte Schulter, leckte ihre Haut und genoss ihren süßen Geschmack. Als er mit seinen Zähnen über ihre Haut strich, zitterte sie und stöhnte leise.

»Unterwerfe dich, Gefährtin«, sagte er leise.

»Ist es dir wirklich egal, dass ich ein Kojote bin und kein Wolf?«, fragte sie zögernd.

»Es wäre mir sogar scheißegal, wenn du ein nackter rosa Leguan wärst.« Er knabberte an ihrem Nacken. »Unterwirfst du dich, Gefährtin?«

Sie legte ihren Kopf mit geschlossenen Augen an Jims Brust. »Ja«, flüsterte sie. »Bitte.«

Micah schloss die Augen und biss fest zu. Während sie aufschrie, schlang er seine Arme um ihre Taille, aber sie drückte sich gegen seinen Körper und machte es ihm schwer, seinen Schwanz unter Kontrolle zu halten, der offenbar ein Eigenleben führte. Sie zitterte, während er an der Wunde leckte, die sie nun als ihre Gefährtin markierte, sie beruhigte und ihr Sicherheit gab.

Als er sie wieder zu sich drehte, bemerkte er, dass Jims Schwanz genauso hart war wie sein eigener, und dass seine Augen dunkel und eindringlich vor Leidenschaft funkelten.

Wenigstens können Jim und ich uns gegenseitig das Hirn rausficken.

Sie griff nach Micahs Kopf und küsste ihn. In ihr wuchs eine unbändige Leidenschaft und das Bedürfnis nach Ruhe und Schlaf rückte plötzlich in den Hintergrund. Der Wunsch, dass ihre Gefährten ihr den Verstand rausfickten, war jetzt stärker als alles andere. »Bitte«, bettelte sie sanft. »Bitte nimm mich.«

Er schluckte schwer. Sein Instinkt wollte sie auf der Stelle ficken. »Ich will dir nicht wehtun.«

Sie rieb sich gegen ihn und das köstliche Gefühl ihrer seidigen Haut ließ seine Standhaftigkeit beinahe bröckeln. »Ihr zwei werdet mir nicht wehtun.« »Aber vielleicht dem Baby«, sagte Jim, der offensichtlich dasselbe dachte wie Micah.

»Ihr werdet ihr nicht wehtun. Bitte?«

Micah warf Jim einen kurzen Blick zu, und Jim nickte.

Daraufhin stellte Micah die Dusche aus, schnappte sich ein Handtuch und trocknete mit Jims Hilfe zärtlich ihren Körper ab. Jim stand hinter ihr, während Micah vor ihr kniete, langsam seine Hände zwischen ihre Beine gleiten ließ und ihre Schamlippen mit seinen Daumen auseinanderschob, wodurch ihre Klitoris freigelegt wurde.

Sanft glitt er mit seiner Zunge darüber, was sie leise aufschreien ließe, einen unverkennbaren Klang von Lust und Verlangen.

Seine Zunge bewegte sich geschickt auf und ab, bis ihr Körper zitterte und sie einen Freudenschrei ausstieß. Seine Lippen waren benetzt von ihrem Saft, doch er hörte nicht auf, bis sie gekommen war und seinen Kopf zur Seite schob.

»Ich glaube, wir sollten sie ins Schlafzimmer bringen«, sagte Micah.

Das ließ Jim sich nicht zweimal sagen, hob sie hoch, trug sie ins Schlafzimmer und legte sie vorsichtig auf ihr Bett. Dann kroch er zwischen ihre Beine und vergrub dort seine Zunge, während Micah sich neben sie ausstreckte und sie küsste. Sie würden ihre Gefährtin beanspruchen, aber davor würden sie dafür sorgen, dass sie wirklich bereit für sie war.

Er wollte ihr auf keinen Fall wehtun oder zu überstürzt vorgehen.

Sie schmeckte süß, ihre Zunge strich gierig gegen seine, während er ihren Mund erkundete. Jim brauchte nicht lange, um sie erneut zum Kommen zu bringen, und während ihre Schreie in seinem Mund gedämpft wurden, pochte Micahs Schwanz vor Verlangen.

Ohne sprechen zu müssen, kam Jim zwischen ihren Beinen hervor und streckte sich auf der anderen Seite neben ihr aus. Micah sah ihn an, und als sich ihre Blicke trafen, spürte er eine Woge der Liebe, wie er sie nie zuvor zwischen ihnen gespürt hatte. Ja, mit ihr waren sie vollständig. Micah küsste ihn und stöhnte beim Geschmack ihrer Säfte an seinen Lippen.

Er setzte sich auf und stellte sich zwischen ihre Beine, während Jim anfing, sie zu küssen. Mit einem leisen Knurren sagte Micah: »Wenn es sich auch nur ein bisschen unangenehm anfühlt, sag es.«

Sie nickte, hörte aber nicht auf, Jim zu küssen.

Zitternd vor Verlangen nach ihr, brachte er seinen Schwanz vorsichtig an ihre Muschi und zwang sich, sich langsam zu bewegen. Sie fühlte sich unglaublich eng an, und ihre nasse Muschi nahm seinen Schwanz gierig in Empfang, während er ganz in sie eindrang. Nachdem er einen Moment innegehalten hatte, sodass sie sich an das Gefühl gewöhnen konnte, begann er langsam, sich zu bewegen.

»Oh, verdammt«, flüsterte er. »Du bist so eng, Baby!«

Sie löste ihren Mund gerade lange genug von Jims, um nach Luft zu schnappen: »Du kannst schneller machen!«

Beide Männer lachten. Micah wollte es jedoch nicht riskieren und bewegte sich weiterhin langsam, obwohl seine Eier schon schmerzhaft wurden. Doch er wollte es auf keinen Fall riskieren, sie zu verletzen. Erst als er wusste, dass er sich nicht länger zurückhalten konnte, machte er einige kurze, schnelle Stöße und gab dann ein lautes Stöhnen von sich, während er sich in sie entlud.

Zitternd wartete er eine Minute, um zu Atem zu kommen, dann zog er sich vorsichtig zurück. Er küsste die Wölbung ihres Bauches. »Geht es dir gut?«

Jim beendete den Kuss, sodass sie wieder reden konnte. »Ja!« Sie sah zu Jim auf. »Du bist dran. Bitte!«

Während Jim seine Position änderte, drückte Micah sie an sich, griff zwischen ihre Beine und streichelte ihre Klitoris mit seinem Finger. Sie stöhnte und wackelte mit ihren Hüften gegen Jim, um ihn dazu zu bringen, seinen Schwanz ganz in sie gleiten zu lassen.

»Fuck, das ist heiß«, flüsterte Micah. Dann sah er ihr in die Augen. »Glaubst du, dass du ein Problem damit hättest, uns beim Ficken zu sehen?«

Sie grinste. »Ganz im Gegenteil.«

Jim lachte. »Ich glaube, die Göttin hat uns mit der perfekten Frau gesegnet, Micah.«

Micah lächelte. »Ja, das kannst du laut sagen.« Er küsste sie, wobei seine Hand schneller wurde. Sie stöhnte wieder auf, schlang ihr Arm um seinen Hals und griff mit den Fingern in sein Haar.

Jim war etwas mutiger als Micah und fickte sie härter, was ihr ein lustvolles Stöhnen entlockte. Durch Jims Schwanz in ihr und Micahs Fingern an ihrer Klitoris kam sie schnell wieder.

»Ja!« Jim schnappte nach Luft und sein Körper wurde für einen Moment starr.

Micah kannte dieses Zeichen gut, Jim war gerade in ihr gekommen.

Er hielt die Augen geschlossen und atmete tief durch.

»Oh Gott, ich kann gar nicht in Worte fassen, wie gut sich das angefühlt hat.«

Micah streichelte ihre Wange und brachte sie dazu, ihm in die Augen zu sehen. »Du gehörst für immer uns. Verstanden?«

Mit weit aufgerissenen Augen nickte sie.

Micah lächelte. »Mach dich auf ein Leben gefasst, in dem du nach Strich und Faden verwöhnt wirst, Baby.«

Vorsichtig zog Jim sich zurück und kroch das Bett hinauf, um sich neben sie zu legen und einen Arm um ihre Taille zu schlingen. »Ja«, wiederholte er, während er ihre Schulter küsste. »Wir haben ein unglaubliches Talent zum Verwöhnen und wir werden es ununterbrochen bei dir anzuwenden, Schatz.«

»Ich liebe euch zwei. Ich kann nicht glauben, dass das alles passiert ist, aber ich liebe euch beide so sehr.«

Micahs Herz fühlte sich leichter an, als jemals zuvor in seinem Leben. »Wir lieben dich auch, Schatz. Unsere Gefährtin. Für immer.«

NACHDEM SIE EINGESCHLAFEN WAR, träumte Mai. Es war nicht das erste Mal, dass sie diesen Traum hatte. Doch leider half es nicht zu wissen, dass es nur ein Traum war.

In dem Traum wurde ihr Baby, ein kleines Mädchen, geboren. Und während alle anderen um sie herum glücklich waren, schrie sie. Nicht wegen der Geburtsschmerzen, sondern weil mit ihrem Baby etwas Schreckliches nicht stimmte und niemand sonst es sehen konnte. Niemand stand an ihrer Seite, um sie zu trösten, außer das medizinische Personal, was ihr Befehle gab.

Wie all die anderen Male zuvor riss sie sich aus dem

Schlaf, kurz nachdem das Baby herausgekommen war und der Arzt es gerade hochhalten wollte, damit sie es sehen konnte.

Sie schnappte nach Luft und wartete, bis sich ihr Puls etwas beruhigt hatte. Die Männer schliefen noch immer neben ihr und hatten von ihrem Albtraum offenbar nichts mitbekommen.

Genau in diesen Moment trat das Baby wieder und Mai legte ihre Handfläche auf ihren Bauch.

Bitte, Göttin, beschütze mein Baby. Mach, dass sie gesund und munter geboren wird.

KAPITEL ZWÖLF

$\mathcal{A}$m nächsten Morgen waren Elain, Lina und Carla bereits aufgestanden und bereiteten gerade das Frühstück vor, als Mai aus dem Schlafzimmer kam. Micah und Jim schwebten schützend dicht hinter ihr. Unter dem Bademantel hatte sie sich ein T-Shirt angezogen. Anfangs war sie sich nicht sicher, wie die anderen auf sie reagieren würden, aber alle hießen sie herzlich willkommen.

Jim und Micah zwangen sie, sich hinzusetzen und bestanden darauf, einen Teller mit Essen für sie vorzubereiten.

Lina lachte. »Leute, ich habe Neuigkeiten für euch. Ich weiß, dass sie eure Gefährtin ist und dass ihr sie nicht aus den Augen lassen wollt, aber Elain, Mom und ich gehen nach dem Frühstück mit ihr einkaufen.«

Micah runzelte die Stirn. »Wir kommen mit.«

Lina richtete den Pfannenwender in ihrer Hand auf ihn. »Nein, werdet ihr nicht. Haltet eure Wölfe in Zaum. Oder soll ich euch daran erinnern, dass ich es gewohnt bin, mich mit Drachen anzulegen? Sie braucht Zeit unter Mädels und sie braucht neue Kleidung. Ihr bekommt sie heute Abend zurück.«

»Ich würde mich nicht mit ihr anlegen, Micah«, sagte Jan, während er in die Küche kam, Lina einen Kuss auf die Wange gab und sich dann eine Tasse Kaffee einschenkte. »Sie ist ein zäher Brocken. Und im Moment kommen die Hormone noch dazu.«

Mai wollte auch nicht widersprechen, aber sie hatte ein Problem. »Ich habe kein Geld«, sagte sie leise. »Ich habe nicht mal mehr meinen Führerschein oder Ausweis.« Am liebsten wäre sie in Tränen ausgebrochen. Aber das wollte sie nicht, nicht vor allen anderen.

»Ich gebe dir meine Kreditkarte«, sagte Micah.

Elain schüttelte den Kopf. »Wir wollen euer Geld nicht, Jungs. Wir wollen für sie bezahlen.« Sie ging hinüber und umarmte Mai von hinten. »Wir laden dich ein. Ohne Wenn und Aber. Ain wird heute mit unserer Anwältin sprechen, um herauszufinden, wie wir dir einen neuen Ausweis besorgen können. Sie ist auch eine Gestaltwandlerin, mach dir also keine Sorge. Du bist jetzt Teil unserer Familie.«

Das gab Mai den Rest. Sie drückte Elains Arm und ließ ihre Tränen ungehindert fließen. »Danke schön. Ich weiß nicht, wie ich euch allen dafür danken soll, dass ihr mich gerettet habt. Ich wünschte, ich könnte Paul Abernathy einfach sagen, dass er sich selbst ficken kann.«

Augenblicklich wurde es still in der Küche und Mai spürte, dass sie etwas Falsches gesagt hatte. »Was ist los?«

»Redest du vom Abernathy-Clan?«, fragte Micah.

»Ja.«

Jetzt mischte Lina sich ein. »Ist Pauls Großvater Rodolfo Abernathy?«

»Urgroßvater«, sagte Mai.

Lina kniff die Augen zusammen. »Scheiße.«

»Was«, fauchte Micah. »Das hast du nicht vorhergesehen?«

»Leck mich«, zischte Lina zurück und drückte dann Mais Hand. »Der Urenkel von Rodolfo Abernathy ist der leibliche Vater deines Babys?«

Mai nickte. »Warum?«

Elain seufzte. »Das ist eine lange Geschichte. Aber sagen wir mal, dass die Abernathys uns schon auf ihrer Abschussliste haben.«

»Tut mir leid«, sagte Mai nervös.

»Nein, mach dir keine Sorgen«, versicherte ihr Elain. »Ernsthaft.« Sie lächelte sie an. »Lina wird es dem Arsch sowieso zeigen, sobald sie kann.«

»Wie bitte?«, fragte Ain mit einem Stirnrunzeln.

Elain lächelte und warf ihm einen Kuss zu. »Erklär ich dir später.«

Sein Blick verdunkelte sich, doch er beließ es dabei.

Sie stopften Mai mit Frühstück voll, bis sie dachte, sie würde platzen. Dann, nachdem sie allein geduscht und sich mit Linas Kleidern angezogen hatte, die ihr etwa eine Nummer zu groß waren, quetschten sich die Frauen in Elains Auto und fuhren los. Lina saß vorn neben Elain und Carla hinten mit Mai.

»Wohin gehen wir?«, fragte Mai. Jim hatte ihr sein Handy gegeben, bis sie ihr ein eigenes besorgen konnten, was Micah noch diesen Nachmittag tun wollte.

»Nach Port Charlotte«, sagte Elain. »Es ist eine etwas längere Fahrt, aber dort gibt es ein Einkaufszentrum.«

Lina lächelte. »Ich habe mehrere Kreditkarten dabei und werde nicht zögern, sie zu benutzen.«

»Amen, Schwester!«, sagte Elain mit einem Kichern und die beiden schlugen ein.

Alle im Auto lachten. Während der Fahrt merkte Mai, wie wohl sie sich bei den Frauen fühlte, und gleichzeitig vermisste sie ihre eigene Mutter dadurch noch mehr. Als sie am Einkaufszentrum in eine Parklücke einbogen, meldete sich Mai zu Wort. »Ich möchte nur noch einmal sagen, wie sehr ich das zu schätzen weiß. Es ist das erste Mal seit Jahren, dass ich mich nicht allein fühle oder mir Sorgen mache, was als Nächstes passieren wird.«

Carla umarmte sie. »Es ist alles in Ordnung. Wir sind alle für dich da.«

Lina kicherte. »Ja, und da meine Fähigkeiten als Brandstifterin nicht mehr so willkürlich sind wie früher, kann ich dich damit gezielt unterstützen, Schwester.«

Mai war sich nicht sicher, was das genau bedeutete, lächelte aber trotzdem dankbar.

MICAH SAH ÄNGSTLICH DABEI ZU, wie die Frauen in Elains Auto davonfuhren. Ain stellte sich hinter ihn und legte ihm eine Hand auf die Schulter. »Es wird schon alles gut gehen. Vertrau mir, Kumpel, du willst dich nicht mit ihnen anlegen.«

»Was ist, wenn dieser Typ auftaucht und nach Elain sucht? Oder wenn Paul Abernathy kommt, um sich Mai zu schnappen? Wir stehen ohnehin schon auf der Abschussliste der Abernathys.«

Brodey schnaubte. »Alter, ernsthaft? Lina ist bei ihnen.«

Das brachte Zack zum Lachen. »Ihre Hormone spielen verrückt und sie ist in Einkaufslaune. Mir würde jeder Idiot leidtun, der es jetzt versucht, sich mit ihr anzulegen. Er wird seine schockgefrorenen Eier vom Boden kratzen können.«

»Das stimmt«, kicherte Rick. »Jetzt brauchen wir nur noch Callie, dann sind diese Frauen eine unschlagbare Truppe, mit der sich niemand anlegen sollte.«

»Außerdem«, sagte Ain, »haben wir andere Angelegenheiten, um die wir uns kümmern müssen. Mai hat mir ihre persönlichen Informationen gegeben, damit wir ihren Ausweis beantragen können. Liam, du, Jim und ich sollten zu unserer Anwältin gehen, um herauszufinden, was wir machen können. Sie hat heute Morgen noch einen freien Termin für uns. Vielleicht hat sie Kontakte, mit denen wir an gefälschte Ausweise für Mai und Liam herankommen können. Sie sollten mit falschem Namen sein, damit sie nicht nachverfolgt werden können. Die Familie dieses Typen hat viele Kontakte bis ganz nach oben. Ein Privatdetektiv würde nicht lange brauchen, um Mai mit einem richtigen Ausweis zu finden.«

»Tja«, sagte Brodey zu Micah, »anscheinend hat die Göttin dich und Jim deshalb zusammengebracht.«

»Genau das habe ich auch gerade gedacht. Trotzdem macht es keinen Sinn. Jim ist mein Gefährte. Warum haben wir jetzt plötzlich noch eine Gefährtin? Habt ihr schon mal von so einem Fall gehört?«

Cail zuckte mit den Schultern. »Nein. Aber stellt ihr das wirklich infrage?«

»Nein«, sagten Micah und Jim gleichzeitig. Dann lächelten sie sich an.

»Ein kleines Problem gibt es noch«, sagte Ain. »Ihr könnt nicht mit ihr nach Maine zurückgehen. Nicht, solange dieser Typ hinter ihr her ist. Ich muss Jocko anrufen und mit ihm über all das reden. Vielleicht hat er eine Idee, wie wir das anstellen sollen. Hoffentlich ist er nicht sauer, weil Elain nur so kurz dort war, ohne dass wir sie allen vorgestellt haben.«

»Ganz einfach«, sagte Micah. »Wir gehen einfach nicht nach Maine.«

»Nein, nichts da einfach«, sagte Ain. »Du bist noch nicht einmal mit Jim nach Maine gegangen. Du kannst die Clan-Regeln nicht einfach so ignorieren.«

Micah runzelte die Stirn. »Natürlich kann ich das.« Dann verwandelte seine Stimme sich in ein leises Knurren. »Versuch doch, mich aufzuhalten.«

Sofort mischte Brodey sich ein, um die Situation zu entschärfen. »Mach die Situation nicht unnötig schwer, bevor Ain überhaupt mit Jocko gesprochen hat. Sie könnten euch genauso gut sagen, dass es wegen der gegebenen Umstände in Ordnung ist.«

»Ich werde ihre Sicherheit nicht aufs Spiel setzen«, sagte Micah.

»Ja, und wenn wir alle nach Maine gehen und euch hier allein lassen, seid ihr genauso verwundbar«, sagte Ain. »Wie auch immer, lasst uns eine Sache nach der anderen erledigen. Zieht euch alle an, damit wir in die Stadt fahren können.«

Nach einem einstündigen Einkaufsbummel im ersten Geschäft hatte Mai schon das meiste für eine neue Garderobe zusammen. Die Frauen hatten sie dazu gezwungen, nicht vor teureren Preisschildern zurückzuschrecken, und jetzt brachten sie die erste Ladung voller Tüten zum Auto und luden sie in den Kofferraum, bevor sie weiter shoppen wollten.

Mai entging nicht, dass sie auf dem Parkplatz alle wachsam schienen und dicht beieinanderstanden.

Als sie wenig später im Restaurantbereich des Kaufhauses eine Pause einlegten, um etwas zu essen, sagte Mai etwas dazu. »Ihr macht euch alle Sorgen, dass Paul mich finden könnte, oder?«

Lina legte eine Hand auf ihre. »Ich werde nicht lügen und

dir sagen, dass alles in Ordnung ist. Sagen wir einfach, wir sind bereits auf dem Radar der Abernathys und wollen kein Risiko eingehen. Ich habe noch nicht alle Details vorhergesehen, da meine Visionen leider nicht auf Abruf funktionieren. Aber nein, der Ärger ist noch nicht vorbei.«

Dann schenkte sie ihr ein strahlendes Lächeln. »Mach dir keine Sorge. Wenn der Arsch auftaucht, bringe ich ihn um. Heute sollte sich keiner mit uns anlegen. Also lasst uns unseren Einkauf genießen.«

Mai rieb sich mit der Hand über den Bauch. »Ich habe Angst«, gab sie zu. »Ich war noch nicht einmal beim Arzt.«

»Wir werden mit Ain reden, wenn wir zurück sind«, sagte Elain. »Dann können wir sehen, ob es einen Arzt gibt, zu dem wir dich bringen können. Bitte, mach dir keine Sorgen. Du bist jetzt Teil unserer Familie.«

»Ja«, wiederholte Lina. »Und wenn wir hier keinen finden, bringen wir dich zu meiner Ärztin. Sie ist auch eine Gestaltwandlerin und lebt oben in Tampa. Ich bin sicher, sie würde dich gerne als Patientin aufnehmen.«

MARSTON SETZTE sich etwas abseits und hob seinen Blick gelegentlich von seiner Zeitung, um sich zu vergewissern, dass die Frauen noch dort saßen.

Verflucht.

Diese Drachenfrau war bei ihnen. Sie war gefährlich, und sie würde ihn identifizieren können. Also musste er vorsichtig sein, aber das hier war seine erste Chance, Elain Pardie in die Finger zu bekommen, ohne dass ihre Männer in der Nähe waren. Wenn er nur einen Weg finden konnte, sie allein abzufangen, auch nur für ein paar Minuten, würde er eine Chance haben.

Er beobachtete sie und folgte ihnen vorsichtig, als sie den Restaurantbereich des Kaufhauses verließen. Anscheinend hatten sie vor, noch weiter einzukaufen. Sie gingen in einen Laden, wo er sie leicht und diskret aus sicherer Entfernung im Auge behalten konnte.

ELAINS NERVEN LAGEN BLANK. Nicht, dass dieses Gefühl neu für sie gewesen wäre, wenn man bedachte, was sie in letzter Zeit durchgemacht hatte, aber diesmal fühlte es sich anders an.

So, als würden sie beobachtet werden.

Lina bemerkte ihr Verhalten sofort. »Was ist los?«, fragte sie leise.

Elain sah sich um und schüttelte den Kopf. »Ich bin wahrscheinlich nur paranoid.«

MARSTON HATTE KEINE CHANCE, sich ihnen zu nähern oder die Pardie-Bitch allein zu erwischen. Er wusste, dass ihm die Zeit davonlief.

Er hatte bereits drei Anrufe von Rodolfo ignoriert.

Dann begannen die Textnachrichten.

Wo zur Hölle bist du?

ER SCHRIEB IHM ZURÜCK.

Ich habe die Pardie-Frau gefunden, aber sie ist mit der Drachenfrau und zwei anderen zusammen. Eine davon ist ein schwangerer Kojote.

ER HASSTE KOJOTEN. Allein von ihrem Gestank lief es ihm eiskalt den Rücken hinunter.

Was? Schick mir ein Foto!

VERWIRRT STARRTE Marston einen Moment auf die Nachricht, seufzte dann und wartete, bis die Frauen nahe genug waren, um sie fotografieren zu können und alle auf ein Foto zu bekommen, was er an Rodolfo schickte.

Innerhalb einer Minute schrieb Rodolfo ihm zurück.

Geh irgendwo hin und ruf mich an. Sofort.

FRUSTRIERT ANTWORTETE MARSTON.

Aber dann verpasse ich vielleicht meine einzige Gelegenheit, die Pardie-Frau allein zu erwischen.

RODOLFO MUSSTE sein Handy in der Hand gehalten haben, denn er antwortete sofort.

Das ist mir egal. Ich muss mit dir reden. Sofort!

MARSTON LAS den Text ein zweites Mal. *Also gut. Wenn er will, dass ich jetzt gehe, kann er mich nicht dafür bestrafen, dass ich sie nicht erwischt habe.* Er kehrte zu seinem Auto zurück und rief an.

»Ist dir klar, dass ich meinen Job nicht machen kann, wenn du mich so abziehst?«

Rodolfo klang tatsächlich erfreut. »Das ist mir jetzt egal. Wie lange ist dieser Kojote schon bei ihnen?«

»Ich hab sie heute zum ersten Mal gesehen. Sie sind alle zurückgekommen, von wo auch immer sie waren. Ihre Autos waren wieder da, als ich heute Morgen zu dem Haus gegangen bin. Sie war bei ihnen, also muss sie mit ihnen gekommen sein. Ich habe sie vorher noch nie gesehen.«

»Ausgezeichnet. Du kannst vorerst aufhören, sie zu verfolgen.«

»Was? Hast du den Verstand verloren?«

»Widersprich mir nicht. Ich muss jetzt telefonieren. Ich kann die Pardie-Frau vielleicht nicht so bekommen, wie ich wollte, aber das hier ist noch besser. Jetzt kann ich ihren eigenen Rat benutzen, um sie zu zwingen, sie und den Kojoten auszuliefern.«

»Warum willst du den Kojoten?«

»Das geht dich nichts an!«, brüllte Rodolfo durch das Telefon, sodass Marston es von seinem Ohr weghalten musste. »Setz dich in dein Hotelzimmer und warte auf weitere Anweisungen von mir.« Dann legte er auf.

»Verdammter Bastard«, fluchte Marston und warf sein Handy auf den Beifahrersitz. »Für wen zum Teufel hält er sich?«

KAPITEL DREIZEHN

aniel und Callie tauchten kurz vor sieben bei Jocko auf. Er lächelte und ließ sie herein. Daniel lief das Wasser im Mund zusammen, als ihm die köstlichen Aromen von Schmorbraten entgegenströmten.

»Fühlt euch wie zu Hause«, sagte Jocko und winkte sie ins Wohnzimmer. »Wir werden in ein paar Minuten essen, aber ich möchte zuerst mit euch reden. Ich bin gleich wieder da.«

Sie ließen sich in seinem gemütlichen Wohnzimmer nieder. »Was glaubst du, worüber er reden will?«, fragte Callie Daniel nervös. »Glaubst du, er ist sauer, weil wir ihm nichts gesagt haben, als Lina und Elain hier waren?«

Er zuckte mit den Schultern. »Ich weiß es nicht, Schatz. Aber ich bin sicher, wir werden es gleich erfahren.« Innerlich lächelte er. Callie hatte am Anfang Schwierigkeiten gehabt, sich an das Leben als Mensch zu gewöhnen.

Na ja, so menschlich wie sie eben sein konnte, wenn man bedachte, dass sie eine Unsterbliche war wie ihre Schwestern Baba Yaga und Brighde. Bei ihrer Paarung hatte sie sich ihm unterworfen und ihn als ihren Meister anerkannt.

An diesen Teil des Lebens hatte sie sich bisher problemlos angepasst.

Er legte einen Arm um ihre Schulter, während sie es sich auf der Couch bequem machten. Dann gab er ihr einen Kuss auf die Stirn und sagte: »Was auch immer es ist, es wird schon alles gut werden. Entspann dich.«

Jocko kehrte ein paar Augenblicke später zurück und setzte sich ihnen gegenüber auf einen Stuhl. »Also, du weißt, dass ich in die Jahre gekommen bin, Daniel. Ich werde nicht jünger. Keiner von uns wird das. In manchen Rudeln wird die Führung durch Blutsverwandte übernommen, aber wie du weißt, machen wir es schon seit ein paar hundert Jahren nicht mehr so. Ich möchte dich zu meinem Nachfolger im Clan-Rat ernennen.«

Daniel blinzelte verblüfft. »*Mich?* Warum?«

»Keine falsche Bescheidenheit, du weißt ganz genau warum. Zum einen ist es wegen der Situation mit den Drachen. Du bist quasi mit ihnen verwandt. Und wegen diesen verdammten Cockatrice, die immer noch auf Kriegsfuß mit uns sind. Wir wissen beide, dass sie jederzeit wieder auftauchen könnten, genau wie Lacey und Lina es uns vorausgesagt haben. Außerdem sind da noch die verdammten Abernathys. Unter den wenigen Blutsverwandten, die ich noch habe, gibt es keine einzige Person, die ich als Vorsitzenden des Clanrats haben möchte. Vor allem nicht in einer Zeit wie dieser.«

Jocko nickte Callie zu. »Du hast eine gute Gefährtin, Daniel. Eine starke Frau. Wir brauchen im Rat alle Unterstützung, die wir bekommen können. Ich weiß, dass einige der anderen Mitglieder in den nächsten Wochen jüngere Nachfolger aussuchen werden, um sie zu ersetzen. Lacey hat uns gesagt, dass die Zeit knapp wird, und wir wollen so viel Zeit wie möglich haben, damit die neue Führung unsere Plätze einnehmen kann. Die Drachen tun dasselbe. Dies hier ist ein Krieg, der zwar aus der Vergangenheit kommt, den aber nur die Jugend führen kann.«

Es war eine große Verantwortung. Der Clan-Rat hatten fünf Mitglieder und viele Vertreter auf der ganzen Welt verstreut, die ihnen Bericht erstatteten. Im Gegensatz zum Abernathy-Clan hatten sie nicht nur eine Person an der Spitze, um zu verhindern, dass der Größenwahnsinn oder die Verbissenheit eines Einzelnen den Clan in den Abgrund stürzen kann.

So wie es Rodolfo Abernathy bei seinem Clan tat.

»Wow«, sagte Daniel. »Ich fühle mich geehrt.«

Jocko winkte nur ab. »Hör auf mit diesem Mist. Willst du oder willst du nicht? Ich brauche so schnell wie möglich eine Antwort. Wenn ich ehrlich bin, habe ich niemand anderen im Sinn, den ich sonst fragen könnte.«

Er sah Callie an. »Was denkst du?«

»Ich finde, du solltest es tun.« Dann grinste sie. »Heißt das, dass ich so viele Cockatrice in die Luft jagen darf, wie ich will?«

Daniel lächelte. »Ah, mein bösartiger kleiner Schatz. Was soll ich nur mit dir machen?«

»Mir würden da ein paar Dinge einfallen.«

»Mir auch«, unterbrach Jocko, »aber können wir zur Sache zurückkommen, bevor ihr beide wie zwei wild gewordene Kaninchen in meinem Wohnzimmer loslegt?«

Daniel nickte. »Natürlich, und ja, ich werde es tun.«

Jocko klatschte in die Hände. »Ausgezeichnet!« Dann hievte er sich von seinem Stuhl. »Jetzt lasst uns essen. Ich bin am Verhungern.«

~

Das Abendessen schmeckte wie immer köstlich. Jockos zwei große Leidenschaften waren die Stammbaumforschung und das Kochen. Kein Gast verließ jemals hungrig sein Haus. »Der Rat trifft sich morgen früh«, sagte Jocko. »Dann werde ich ihnen meine Entscheidung mitteilen. Erwarte also einen Anruf.«

»Wow, das geht aber … schnell«, antwortete Daniel.

»Ich habe doch gesagt, wir wollen so schnell wie möglich neue Leute nominieren. Jede Verzögerung könnte uns teuer zu stehen kommen. Du weißt wahrscheinlich, wovon ich spreche, oder?«

Daniel nickte. »Ja. Ich weiß, was du meinst.«

»Gut!«

Callie stieß ein nervöses Lachen aus. »Ich hatte Angst, du würdest uns anschreien.«

»Weswegen?«

»Weil wir uns mit Lina und Elain getroffen haben, während du weg warst.«

Er lächelte. »Ich habe nichts gesagt, aber ich habe schon vermutet, dass Lacey etwas im Schilde führt. Es kommt nicht oft vor, dass sie mir rät, meine Tasche zu packen und die Stadt zu verlassen, aber wenn sie es tut, höre ich auf sie.« Er lachte und zwinkerte ihr zu. »Wenn ich nicht hier war, kann ich auch für nichts verantwortlich gemacht werden, oder?«

Dann stieß er einen Seufzer aus. »Aber Rodolfo Abernathy sitzt mir im Nacken und will sich mit mir treffen. Ich habe das Gefühl, dass ich genau weiß, worum es bei diesem Treffen gehen wird. Erst einmal wird er verlangen, dass wir ihm Elain Pardie ausliefern. Und da ihr die Lyall-Brüder genauso gut kenne wie ich, wisst ihr natürlich, dass sie das niemals zulassen würden. Zu Recht.«

Sein Gesichtsausdruck wurde noch ernster. »Aber lasst uns nicht weiter um den heißen Brei herumreden, okay, Daniel?« Er deutete mit dem Kopf zu Callie. »Deine Gefährtin ist eine sehr mächtige Frau und Lina ist eine Göttin. Anscheinend ist Elain Pardie eine Seherin und eine Alpha-Gestaltwandlerin. Ich glaube nicht, dass all das ein Zufall ist.«

Er schüttelte den Kopf. »Wir brauchen eine Ratssitzung, um über die bevorstehenden Herausforderungen zu sprechen. Es gibt keinen Weg daran vorbei. Und es wird so kommen, wie es kommen muss. Ich kann mir nicht vorstellen, dass Rodolfo Abernathy sich einfach mit einem Scheck und einem freundlichen Händedruck zufriedengeben wird, nachdem er all die Jahre darauf gewartet hat, diesen Eid einzulösen. Er wird Elain wollen oder Blutrache fordern. Aber das Schicksal geht in eigenwilligen Bahnen und wir müssen abwarten, bis wir unsere nächsten Schritte planen können.«

Dann beugte er sich auf seinem Stuhl vor. »Ich würde dir niemals sagen, dass du einen Blutschwur offen missachten sollst. Dafür ist das Risiko für einen Clankrieg viel zu groß. Aber das heißt noch lange nicht, dass Elain nach einer Forderung und einem Beschluss nicht einfach ... verschwinden kann. Kannst du mir folgen, Junge?« Er warf Callie einen Blick zu, bevor er Daniel mit einer hochgezogenen Augenbraue ansah.

Daniel nickte langsam. »Ich denke schon.«

»Das ist sehr wahrscheinlich Abernathys letztes Gefecht.« Er kratzte sich am Kinn. »Als ich den verdammten Bastard das letzte Mal in Brüssel gesehen habe, habe ich ihm gesagt, dass ich ihm seine verdammte Nase abscheiden werde, sollte er in unserem Clan herumschnüffeln.« Er lächelte Daniel an. »Du musst also nicht das Gefühl haben, bei ihm höflich oder diplomatisch sein zu müssen. Das Arschloch versteht nur rohe Gewalt.«

Sein Gesichtsausdruck wurde geradezu grimmig. »Ich habe gestern mit Andel Wattersson gesprochen, und er hat mir erzählt, dass irgendwo in Neuengland, hier in der Nähe, ein neues Nest von Cockatrice aufgespürt wurde. Er ist sich nicht sicher, wo genau es ist, aber sie arbeiten daran. Er hat Lina noch nichts davon erzählt, weil er sich Sorgen um ihren Zustand macht und weiß, dass wir uns zuerst um dieses Problem kümmern müssen. Aber das wird nach dem ganzen Mist hier deine nächste Aufgabe sein. Wir werden deine Führung brauchen. Nach dem Gespräch mit Andel habe ich dann Ortega Montalvo angerufen.«

»Wen?«, fragte Daniel.

Jocko lächelte. »Ein alter Freund von mir, der mir sehr nahesteht. Sein Jaguar-Clan lebt in Bolivien.«

In Daniels und Callies Kopf machte es gleichzeitig klick. »Aha«, sagten sie.

Jocko nickte. »Er hat Liam all die Jahre Zuflucht geboten. Ich habe ihn angerufen, um mich bei ihm zu bedanken.« Dann verwandelte sein Lächeln sich in ein verschmitztes Grinsen. »Ich nehme an, du erinnerst dich nicht mehr an die Geschichte von einer Versammlung letztes Jahrhundert, oder, Daniel? Von einem gewissen Wolf, der Ärger mit den Jaguaren hatte?«

Daniel zog seine Augenbrauen hoch. »Oh, *fuck*, das hatte ich total vergessen!«

Jocko kicherte vor Freude. »Er hat mich gebeten, ihn über Rodolfo auf dem Laufenden zu halten, und diesen Gefallen habe ich ihm natürlich sehr gerne getan. Liam war ihm über die Jahre sehr hilfreich, und er will Rodolfo das Leben so schwer wie möglich machen.« Jocko schlug sich auf den Oberschenkel. »Und jetzt rate mal, Ortega kommt in ein paar Tagen für einen längeren Besuch hierher nach Maine. Er will sich mit den Drachen darüber unterhalten, wie sie zusammen einen Cockatrice fangen und vernichten könnten, der einem seiner Cousins vor ein paar Jahren in

Brasilien das Leben schwer gemacht hat. Ist das nicht etwas?«

»Das ist es«, stimmte Daniel zu.

Doch Jockos gute Laune verflog wieder. »Du brauchst einen starken Magen und Eier aus Stahl für das, was dir bevorsteht. Du wirst zum Vorsitzenden des Rates ernannt. Bist du bereit dafür?«

Er sah Callie an, die lächelte. Dann wandte er sich wieder Jocko zu. »Ja, das bin ich.«

Daniel musste nicht lange auf den Anruf warten. Jocko klingelte ihn am nächsten Morgen um 6:18 Uhr aus dem Bett.

»Ich hab dich doch nicht geweckt, oder, Junge?«

Daniel schielte auf die Uhr. »Verdammte Scheiße, du hast vielleicht gesagt, dass du dich heute Morgen mit dem Rat treffen wirst, aber ich bin nicht davon ausgegangene, dass das noch vor Sonnenaufgang passieren würde.«

Jockos Lachen schallte durchs Telefon. »Ich habe gestern Abend alle angerufen. Wir haben uns alle einstimmig entschieden, dich mit sofortiger Wirkung als neues Ratsoberhaupt einzusetzen. Glückwunsch.«

Diese Worte rissen den letzten Rest Schlaf aus Daniels Körper und er richtete sich auf. Callie murmelte ihm von der anderen Seite des Bettes etwas zu und drehte sich um.

»Was?«, fragte Daniel Jocko.

»Du bist das neue Ratsoberhaupt, wir haben es gestern Abend beschlossen. Ich wollte dich nur noch etwas schlafen lassen, bevor ich es dir sage. Wir treffen uns heute Morgen um neun bei mir. Äh, und lass deine Gefährtin zu Hause. Ich weiß, dass sie Kräfte hat, aber das hier ist eine besondere Situation. Nichts für ungut.«

»Kein Problem.« Er blickte zu Callie hinüber, die wieder eingeschlafen war.

Es würde ihr zwar nicht gefallen, aber sie würde es verstehen. »Ich werde da sein.«

»Gut. Bis dann.« Dann hörte Daniel nur noch ein Freizeichen am anderen Ende.

Er legte ebenfalls auf und entschied sich dagegen, weiterzuschlafen.

DANIEL SAH sich die Gesichter der Leute an, die sich in Jockos Wohnzimmer versammelt hatten. »Also, worum geht es hier wirklich?«, fragte er. »Was hast du mir gestern verschwiegen? Ich erinnere mich genau, dass du das Wort ›Herausforderungen‹ im Plural verwendet hast.«

Insgesamt waren vier Männer und eine Frau anwesend, und sie alle schienen nicht gerade glücklich darüber, dort zu sein. Jockos normalerweise freundliches Auftreten war verschwunden. »Es ist ernst. Wir mussten uns sicher sein, dass du an Bord bist, bevor wir dir alles erzählen konnten.« Er sah die anderen Ratsmitglieder an, die allesamt älter als zweihundert waren, dann fuhr er fort. »Als Vorsitzender des Rates ist es deine Aufgabe, sich darum zu kümmern.«

»Um was zu kümmern?«

»Es gibt noch ein Problem mit Rodolfo Abernathy. Er hat mich gestern Morgen angerufen, bevor ich mich mit dir getroffen habe, und mich nicht nur wegen Elain Pardie angebrüllt, sondern auch wegen irgendeinem Kojotenmädchen.«

Daniel zog eine Augenbraue hoch. »Mädchen?«

»Na ja, sie ist einundzwanzig, könnte aber genauso gut noch ein Kind sein.«

»Soweit ich weiß, verstehen wir uns gut mit Kojoten, aber

sie sind nicht unser Clan. Zumindest dachte ich, dass wir uns gut mit Kojoten verstehen, oder hast du mir noch etwas verschwiegen?«

»Nein, das stimmt schon. Aber Rodolfos Urenkel Paul Abernathy hat sie geschwängert. Und jetzt verlangt Rodolfo, dass wir sie ausliefern.«

Daniel dachte für einen Moment, er hätte sich verhört. »Warte mal. Wir?«

Jocko nickte. »Ich komme gleich dazu, warum es unsere Angelegenheit ist. Er weiß jetzt mit Sicherheit, dass Elain Pardie mit den Lyalls verpaart ist, weil er jemanden da unten hat, der sie ausspioniert. Er fordert eine Anhörung vor dem Rat.«

»Und ich gehe mal davon aus, das ist schlecht?«

»Jep.«

»Aber ich verstehe nicht, warum das Mädchen wegge-gangen ist, wenn sie doch mit diesem Deppen verpaart war. Und warum müssen ›wir‹ sie ausliefern?«

»Wie gesagt, dazu komme ich gleich. Sie war nicht mit dem Typen verpaart. Er hat sie auch nicht markiert. Aber jetzt ist sie es. Und zwar nicht mit dem Vater ihres Welpen.«

Die Geschichte verwirrte Daniel immer mehr. »Sag mir nicht, dass sie auch mit den Lyall-Brüdern verpaart ist?«

Jocko schüttelte den Kopf. »Nein. Micah Donavan hat sie beansprucht. Du weißt, wer er ist. Ich habe diese Informa-tionen von Lacey.«

Okay, noch verwirrender. »Hä? Der ist doch schon verpaart. Der hat doch diesen Typen markiert, oder?« Dieser amüsante Tratsch über Micahs Paarung mit einem Mann hatte sich schneller im ganzen Clan verbreitet als ein Lauffeuer in der Prärie.

»Ganz genau. Wird dir jetzt klar, wo es kompliziert wird?«

Doch Daniel hatte das Gefühl, etwas übersehen zu haben, da ihm überhaupt nichts klar wurde. »Können wir bitte noch mal von vorn anfangen?«

Jocko lächelte schief. »Es ist genauso kompliziert, wie es sich anhört. Micah Donavan und sein Gefährte, ein Mensch, waren beide heterosexuelle Männer. Dann hat Micah ihn beansprucht. Anscheinend war das Mädchen verwandelt und hatte sich in einem der Autos versteckt, als Lina und die anderen hier weggefahren sind, um nach Florida zurückzukehren. Als sie zu den Lyalls zurückkehrten, hat Micah sofort gemerkt, dass sie verwandelt war und ist auf sie losgegangen, nur um dann festzustellen, dass sie auch seine Gefährtin ist.«

Daniel saß einen Moment lang da und versuchte, das Gehörte zu begreifen. »Also hat er sie beansprucht? Was ist mit dem Code? Er würde niemals gegen den Code verstoßen.«

»Stimmt, aber sie war weder markiert noch beansprucht, also konnte er es tun.«

»Aber ... er hatte doch schon einen Gefährten?«

»Ja.«

»Und ... sie ist schwanger von Paul Abernathy?«

Jocko nickte. »Er wollte sie dazu bringen, eine Abtreibung vornehmen zu lassen. Sie waren nicht wirklich ein Paar. Er hat sie nur, äh, zum Vögeln benutzt.«

Daniel rieb sich die Stirn. »Scheiße. Ist es noch zu früh, um mit dem Trinken anzufangen?«

Jocko hievte sich aus seinem Stuhl und ging in die Küche. »Ich habe etwas Scotch, den ich für genau so einen Anlass aufgehoben habe.«

»Um darauf anzustoßen, dass du deinen Posten an einen armen Trottel abgegeben hast, der sich jetzt um diesen ganzen Scheiß kümmern muss?«

Jocko drehte sich um. »Nö. Um auf den Anfang vom Ende der Abernathys anzustoßen.«

~

DANIEL FREUTE sich nicht auf die Telefonate, die ihm bevorstanden. Er musste sich an das Protokoll halten und zuerst Mark Telford kontaktieren, dann Aindreas Lyall.

Bei Jocko hatte er noch einige andere Dinge erfahren, von denen er wünschte, er hätte sie nicht gehört. Jetzt war er auf dem Heimweg und hatte das schreckliche Gefühl, ein Opferlamm zu sein, schon fast wieder überwunden. Jocko und die anderen Ratsmitglieder hatten ihm erklärt, dass sie Nachwuchs brauchten. Frisches, unerschrockenes Blut.

Jemand, dem selbst etwas an der Situation lag. Er war sowohl mit Lina und ihrer Crew als auch mit den Lyalls befreundet. Und seine Eltern waren von den Cockatrice getötet worden.

Jocko hatte ihm nichts vorgemacht, und der Rat war schlau genug, um nicht einen komplett neuen Rat zu ernennen, bevor sie ein Ratsoberhaupt nominiert hatten, das ein persönliches und tiefes Interesse an der Sache hatte. Sie erwarteten von ihm, dass er alles in seiner Macht Stehende tun würde, um sich gegen die Abernathys zur Wehr zu setzten, anstatt des Friedens Willens klein beizugeben.

Sie waren alle in die Jahre gekommen und nicht in der Lage, eine Schlacht zu führen. Sie hatten im Laufe der Jahre alle ihre Opfer gebracht, einige von ihnen hatten sogar mit dem Blut ihrer Familienmitglieder bezahlt.

Daniel fuhr mit seinem Truck in die Einfahrt und blieb dann einen Moment lang sitzen. An seinem ersten Tag als Vorsitzender des Clanrats hatte er nicht nur von all diesem Chaos erfahren, sondern war auch beauftragt worden, sich zu überlegen, mit wem er die verbleibenden Positionen im Rat besetzen wollte. Leute, die er kannte, und die seine Ansichten teilten.

Leute, denen er vertraute.

Leute, die nicht davor zurückschreckten, sich zur Wehr zu setzten und zu kämpfen.

Er ging hinein, wo Callie in der Küche stand und mit dem Rezept von Lacey ein Bananenbrot backte. Sie hielt ihm ihre Wange hin, sodass er sie küssen konnte und runzelte dann die Stirn. »Was ist los?«, fragte sie.

»Eigentlich darf ich dir nichts davon erzählen.«

Sie zog eine Augenbraue hoch. »Ach, wirklich?«

Er lächelte und gab ihr noch einen Kuss auf die Wange. »Beruhige dich, Liebling. Natürlich erzähle ich es dir.« Dann wurde sein Gesichtsausdruck ernst. »Du darfst es aber *niemandem* weitersagen, Haustier.«

Sie machte große Augen. »Ist das eine Prime-Befehl?«

Er antwortete nicht, sondern schob nur einen Finger unter ihr Halsband, das sie immer um ihren Hals trug, und zog sanft daran.

Mehr musste er nicht sagen, seine Forderung war klar. Sie richtete ihren Blick nach unten. »Ja, Sir«, sagte sie kleinlaut.

»Braves Mädchen.« Er ließ ihr Halsband los und küsste sie, diesmal auf die Lippen. Danach erzählte er ihr alles, während sie weiter in der Schüssel rührte. Als er fertig war, hatte sie den Teig vergessen und starrte ihn ungläubig an.

»Ist es das, wovor Lacey und Lina uns gewarnt haben?«

Er lehnte sich gegen die Theke, die Arme vor der Brust verschränkt. »Ich glaube schon.«

»Du siehst ziemlich angepisst aus.«

»Das bin ich auch. Ich freue mich nicht darauf, diese Anrufe zu machen.«

»Sie werden es verstehen, da bin ich mir sicher. Sie

wissen alles über die Cockatrice. Und soweit ich weiß, wissen sie auch, was Rodolfo Abernathy für einen Ruf hat.«

»Ja, aber wenn mich jemand anrufen und mir sagen würde, dass jemand meine Gefährtin fordert, würde ich wahrscheinlich am liebsten durchs Telefon greifen und ihm die Eier abreißen. Und ich muss diesen Anruf gleich zweimal machen.«

»Lass mich diesem Kerl in den Arsch treten. Bitte, Sir? Ich bräuchte nur eine Minute.«

Er gluckste. »Nein, Haustier. So gerne ich dich auch auf ihn loslassen würde, es würde sie nur anstacheln, sich gegen uns als Clan zu stellen. Außerdem könnten sie Unterstützung von anderen bekommen, wenn wir die Angreifer sind.«

Sie sah ihn ungläubig an. »Wer, der bei klarem Verstand ist, würde jemals Rodolfo Abernathy unterstützen? Das Netteste, was ich je über ihn gehört habe, ist, dass er so verrückt wie ein tollwütiges Eichhörnchen ist!«

»Denk mal darüber nach«, sagte er. »Der Hauptgrund, weshalb wir den Frieden zwischen uns und anderen Clans bewahren konnten, ist, weil wir uns an die zwei wichtigsten Regeln des Codes unserer Vorfahren gehalten haben. Und das gilt nicht nur für andere Wolfclans, sondern auch für andere Getaltwandlerrassen. Und zwar, dass die Gefährten und der Nachwuchs eines anderen tabu sind. Was würde es jetzt für einen Eindruck machen, wenn wir plötzlich bei diesen Regeln ein Auge zudrücken? Es würde das Vertrauen, das andere in uns haben, plötzlich zerstören«

Ihr Ausdruck wurde sehr ernst. »Oh.«

Er nickte. »Ja, oh.« Dann stieß er sich von der Theke ab. »Ich bin in meinem Büro. Bitte störe mich nicht. Ich komme raus, wenn ich fertig bin.« Er küsste sie noch einmal auf den Mund.

»Jawohl.«

An der Küchentür drehte er sich um. »Oh, und noch was.«

»Ja?«

Er lächelte. »Ich werde wahrscheinlich später Lust haben, etwas Frust abzulassen, wenn ich fertig bin. Sorg also dafür, dass das Spielzimmer fertig ist.«

Sie grinste. »Jawohl, Sir.«

DANIEL SASS an seinem Schreibtisch und holte tief Luft, während er auf sein Handy starrte.

Reiß dich zusammen, Dummkopf. Du hast diesen Gig angenommen, also ruf verdammt noch mal an.

Er schnappte sich sein Handy und öffnete Mark Telfords Kontakt. Jocko hatte ihm während ihres Treffens diese und ein paar andere Nummern gegeben, die er jetzt alle in seinen Kontakten unter der Überschrift VS gruppiert hatte.

Verfickte Scheiße.

Denn so fühlte es sich jetzt an, nachdem er den Job angenommen hatte.

Wie eine einzige verfickte Scheiße.

Er hatte Mark Telford ein paar Mal getroffen, aber sie waren keine engen Freunde oder so etwas. Es klingelte ein paar Mal, bevor Mark abnahm.

»Hallo?« Die Stimme klang vorsichtig, zurückhaltend.

»Hallo Mark. Hier ist Daniel Blackestone. Ich rufe dich vom Clangelände in Maine aus an.«

Sofort spürte Daniel eine Veränderung in Marks Ton, er wurde freundlicher und offener. »Oh! Hallo Blackie! Hey, wie geht es dir?«

»Um ehrlich zu sein, ich hatte schon bessere Tage.«

»Warum das denn?«

Er fing mit dem einfachen Teil an und erzählte ihm, dass er jetzt nicht nur im Rat, sondern Vorsitzender des Rates war.

»Glückwunsch. Ich habe mich schon gefragt, ob Jocko jemals in Rente gehen wird.«

»Ja. Was das angeht. Seinetwegen sitze ich jetzt richtig in der Scheiße.«

Marks Tonfall wurde wieder zurückhaltend, was Daniel erwartet hatte. »Was? Das klingt nicht nach Jocko.«

»Aber er ist nicht der Einzige, der mich in die Scheiße geritten hat.« Daniel holte tief Luft. »Erzähl mir von den Lyalls und Elain Pardie. Und wenn du schon dabei bist, erzähl mir von Micah Donovan und seinem Gefährten.«

»Du meinst Jim? Er ist ein netter Kerl. Micah ist verrückt nach ihm.« Er lachte. »Ich hätte gedacht, dass dieser Clan-Tratsch euch inzwischen erreicht hat.«

»Ich rede nicht von Jim. Ich meine Micahs anderen Gefährten. Der Kojote. Das Mädchen, wegen der Rodolfo Abernathy mir schon bald im Nacken sitzen wird. Nachdem er mir die Eier abgerissen hat, weil Elain Pardie trotz des Blutschwurs, den sein Clan mit ihren Vorfahren hatte, mit den Lyalls verpaart wurde.«

Augenblicklich wurde es still am anderen Ende der Leitung. Dann erklang ein langer, tiefer Seufzer. »*Scheiße.*«

»Das habe ich in den letzten Stunden auch oft gesagt. Ich werde dir erzählen, was ich gehört habe, und du korrigierst mich, wenn etwas falsch ist, okay?«

In Marks Tonfall schwang nun Resignation mit. Er wusste, dass er Daniel nichts vormachen konnte. »Okay.«

Nachdem sie über alles gesprochen hatte, konnte Daniel an Marks Tonfall hören, dass sie Verbündete waren. »Was soll ich deiner Meinung nach tun?«, fragte Mark.

»Nichts. Zumindest noch nicht. Ich habe dich nur angerufen, damit du im Bilde bist. Als Nächstes werde ich Ain anrufen. Ich wollte nicht, dass du überrumpelt wirst, weil er dir plötzlich an die Kehle springt, weil er denkt, dass du ihn verraten hast. Und ja, ich werde ihm sagen, dass ich es nicht von dir, sondern von anderen Quellen herausgefunden haben.«

Mark lachte ihm ins Ohr. »Ich würde gerne hören, wie diese Gespräch verläuft. Er wird dir auf jeden Fall sagen, dass du ihn kreuzweise kannst.«

»Ja, so einfach ist es leider nicht. Ich will, dass du, Ain und seine Brüder, ihre Gefährtin und Micah und seine Gefährten hierherkommen, damit wir eine Anhörung vor dem Rat abhalten können.« Dann verfiel er in den Ton des Alpha-Anführers, der keinen Widerstand duldete. »*Sofort.*«

Mark verstummte für einen Moment. »Scheiße«, sagte er.

»Yep. Ganz genau. Ich will kein Arsch sein und meine neue Macht ausnutzen, aber ich werde auch nicht zulassen, dass ihr mich wie einen verdammten Idioten aussehen lasst. Wir müssen zusammenarbeiten. Wir wissen beide ganz genau, dass wir Abernathys Willen auf keinen Fall nachgeben könne, aber wir müssen ihm, zumindest vorn herum, die Eier kraulen und in den Arsch kriechen. Zum Wohle aller Clans. Sonst wird das hier sofort in einem Blutbad enden, verstehst du?«

Endlich lachte Mark wieder. »*Fick mich in den Arsch.* Jocko hat den richtigen Mann für diesen Job ausgesucht.«

»Nein danke, ist nicht mein Ding, aber ich weiß das Kompliment zu schätzen. Lass es dir gut gehen.«

Daniel lächelte, als er am anderen Ende der Leitung über Marks Gelächter hinweg auflegte. Er wusste jetzt, dass er sich auf Marks Unterstützung verlassen konnte.

Hmm. Ich glaube, ich werde ihn ganz oben auf meine Liste potenzieller Ratsmitglieder setzen.

Er starrte einen Moment auf sein Handy. Dieser Anruf

war einfacher gewesen, als er erwartet hatte. Bestenfalls hatte er eine zurückhaltende Akzeptanz erwartet, keine hilfreiche Unterstützung und Freude über seinen Aufstieg zum Oberhaupt des Clanrats.

Wenn ihn jemand wegen seiner engen Freunde angerufen hätte und ihm gesagt hätte, dass da draußen ein Arschloch herumlief, das versuchte, ihnen nicht nur die Liebe ihres Lebens wegzunehmen, nach der sie über ein Jahrhundert gesucht hatten, sondern auch die Gefährtin ihres engen Freundes und Cousins, hätte er wahrscheinlich nicht ganz so entgegenkommend reagiert.

Aber zum Glück konnte er gut reden, das behauptete Callie zumindest immer.

Genaugenommen sagte sie immer, dass er gut mit seiner Zunge war. Fast das Gleiche.

Also gut, dann mal los. Er rief Ain Lyall an und es klingelte zweimal, bevor Ain abnahm. Er klang nicht zurückhaltend.

Noch nicht.

»Hallo, Blackie«, sagte Ain. »Was geht?«

»In den letzten vierundzwanzig Stunden ist viel passiert. Hast du ein paar Minuten?«

»Äh … klar.«

Wieder begann Daniel mit dem einfachen Teil und erzählte ihm, dass er zum Vorsitzenden des Clanrats in Maine ernannt worden war. Dann erzählte er ihm von den Cockatrice.

»Lina und ihre Jungs sind hier. Soll ich ihnen das alles erzählen?«

»Ja, aber das ist nicht der einzige Grund, warum ich angerufen habe.«

Jetzt klang Ain vorsichtig. »Ach ja?«

»Ja. Ich glaube, du weißt, warum ich anrufe.«

Er konnte Ain am anderen Ende abgehackt ausatmen hören. »Abernathy.«

»Jep. Ich habe Mark schon angerufen und ihn informiert. Und nein, er hat dich nicht verraten. Ich auch nicht. Jocko hat es von Abernathy persönlich erfahren. Aber Elain ist nicht der einzige Grund für Abernathys Wut. Es geht auch um euren Gast, das Kojoten-Mädchen.«

Eine kurze Stille entstand. »Wie zum Teufel hat er von Mai erfahren?«

»Das frage ich mich auch. Anscheinend hat er jemanden, der euch ausspioniert. Du weißt genauso gut wie ich, dass wir zu all dem eine Anhörung im Rat abhalten müssen, damit er seine Forderungen äußern kann.«

Ains Ton wurde tief und knurrend. »Wir werden Elain auf keinen Fall ausliefern. Oder Mai.«

»Beruhige dich, Ain. Wir beide stehen auf der gleichen Seite. Aber ich habe Mark gerade auch schon gesagt, dass wir Abernathy zumindest vorn herum die Eier kraulen müssen. Er wird natürlich ein verdammtes Theater machen und sich benehmen, als hätte er seine Tage, aber es muss zumindest für alle anderen so aussehen, als hätten wir ihm eine faire Chance gegeben, damit er nicht vor allen herumjammern kann. Wenn ich irgendetwas zu seinen Gunsten entscheiden muss, dann weißt du ganz genau, dass wir es so hindrehen werden, dass es ihm nichts bringt.«

Daniel hätte den letzten Teil zu niemandem außer Ain Lyall gesagt. Er hatte sich bereits entschieden, aber Jocko nicht gesagt, dass er Callie bitten würde, die Dinge in Ordnung zu bringen, falls er sich gegen Ain entscheiden müsste.

Jetzt hatte er den Verdacht, dass Jocko ihn *genau* deshalb ernannt hatte. »Du weißt, wer meine Gefährtin ist«, sagte Blackie. »Glaubst du *wirklich*, dass ich zuschauen würde, wie dieses verfickte Wiesel sein Ding macht? Aber wir müssen eine gute Show abliefern.«

Wieder schwieg Ain für einen Moment, doch als er weiterredete, klang er offener. »Bist du *sicher*, dass ich auf deine Unterstützung zählen kann?«

»Äh, ich bitte dich. Ich bin in diesem ganzen Chaos nicht dein Feind. Du bist alt genug, um zu wissen, wie Clanpolitik funktioniert. Das hier ist der Anfang vom wahren Ende für Rodolfo Abernathy und seiner Bande aus verdammten Fickern. Und wir werden nicht zulassen, dass er uns auf dem Weg nach draußen mit Scheiße bewirft. *Capisce?*«

Ain seufzte. »Ich weiß, dass du recht hast. Ich hasse es einfach, das machen zu müssen.«

»Ich auch, aber Abernathy will eine Show. Also werden wir ihm nicht nur eine Show geben, sondern daraus Cirque du fucking Soleil machen.« Er hielt inne. »Kann ich auf dich und deine Brüder zählen? Ich schwöre beim Code unserer Vorfahren, dass ich dir dabei den Rücken stärken werde, aber du musst mir als Ratsvorsitzenden vertrauen, dass ich die Dinge auf meine Art tue.«

»Wahrscheinlich muss ich Brod, Cail und Elain erst mal bequatschen oder einen Erlass aussprechen, aber ja. Ich vertraue dir.« Sein Ton wurde dunkler. »Und trotzdem, wenn du uns verarschen solltest, wirst du nie wieder irgendwo sicher sein.«

»Mach dir keine Sorge. Es wird klappen. Ihr müsst in einer Woche hierherkommen. Nächsten Freitag ist Vollmond, und ich werde den gesamten Rat einberufen, um die Forderungen des Scheißkerls anzuhören. Als Nächstes muss ich den hoheitlichen Ficker selbst anrufen.«

Endlich erklang ein Lachen von Ain. »Wie hat Jocko es geschafft, dich zu diesem Job zu überreden?«

»Er hat mich bequatscht und mir von dem ganzen Scheiß erst hinterher erzählt. Wir sehen uns nächsten Freitag.«

»Können wir Lina und die Jungs mitbringen?«

Daniel musste nicht überlegen. »Auf jeden Fall, ich würde euch sogar dringend dazu raten.« Dann wurde sein Ton grimmig. »Je nachdem, wie die Ratssitzung ausgeht, brauchen wir vielleicht ihre Hilfe. Wir müssen diesen Schwachsinn mit Abernathy aus dem Weg räumen, damit wir uns darauf konzentrieren können, das Nest der Cockatrice zu finden.«

Daniel verabschiedete sich von Ain und lehnte sich in seinem Stuhl zurück. Er hatte Abernathys Nummer. Leider war es der schwierigste der drei Anrufe. Er wusste, dass sein Puls verrücktspielen würde, bis er wieder aufgelegt hatte.

Augen zu und durch.

Beim fünften Klingeln meldete sich ein Mann. »Ja?«

Die fehlenden Manieren machte Daniel kurz sauer. »Rodolfo Abernathy.«

»Warte kurz.«

Nach einem Moment meldete sich ein älter klingender Mann. »Hallo? Rodolfo Abernathy.«

»Daniel Blackestone. Sie haben meinen Anruf erwartet.«

Abernathys Tonfall war zwar nicht gerade freundlich, aber Daniel würde ihn zumindest noch ein paar Minuten tolerieren können. »Ah, wird auch Zeit. Wann bekomme ich diese beiden Frauen zurück?«

»Das Wichtigste zuerst. Wir werden nächsten Freitag um 12 Uhr hier auf unserem Gelände in Maine ein Clantreffen abhalten.« Was er als Nächstes sagen wollte, war zwar riskant, aber als Vorsitzender des Rates wusste er, dass er etwas Spielraum hatte. »Seien Sie pünktlich und bereiten Sie sich darauf vor, Ihre Behauptungen und Beweise vorzulegen, oder alle Ansprüche aus der Vergangenheit werden mit sofortiger Wirkung aufgehoben.«

»Was?«, stotterte der ältere Mann.

Daniel ließ ihn etwa zehn Sekunden lang toben, bevor er ihn wieder mit ruhigem Ton unterbrach. Allein durch den Klang der Stimme des Typen lief es ihm eiskalt den Rücken hinunter. »Sie kennen unsere Regeln, Abernathy. Wenn Sie möchten, dass Ihre Forderungen gehört werden, müssen Sie sie zusammen mit allen relevanten Beweisen persönlich bei unserem Clantreffen vorlegen. Wenn Sie nicht erscheinen, wird die Angelegenheit verfallen. Es ist ihre einzige Option. Wir legen die Bedingungen für eine Anhörung fest. Das wissen Sie.«

Ein Moment herrschte Stille am anderen Ende. »Du hast keine Ahnung, mit wem du dich anlegst, Welpe«, sagte der Mann in einem knurrenden Ton.

Daniel lachte. »Alter, du hast keine Ahnung, mit wem du dich anlegst.« Dann legte Daniel auf.

Das hat sich gut angefühlt.

Nachdem er sich kurz gesammelt hatte, rief er Jocko und die Ratsmitglieder an, um sie alle zu informieren. Dann stand er auf und streckte sich.

»Oh, Schatz«, rief er. »Ist das Spielzimmer fertig?«

»Ja, Sir«, hörte er Callie am anderen Ende des Hauses antworten.

Lächelnd ging er zur Bürotür. »Braves Mädchen.«

KAPITEL VIERZEHN

*A*in legte auf und starrte über die Weide hinaus. Er hatte gerade einen kaputten Stacheldraht an einem der Zäune repariert, als ihn Blackies Anruf erreicht hatte. Auf die Reise nach Maine freute er sich überhaupt nicht, egal, wie viele Zusicherungen Blackie ihm gegeben hatte.

Wenigstens weiß ich, dass er ein Mann seines Wortes ist.

Schade, dass er nicht dasselbe über Abernathy sagen konnte. Er rief Mark an.

»Ich habe dich nicht verraten, das schwöre ich«, sagte sein Freund, sobald er abgenommen hatte.

Ain lächelte. »Ich weiß. Blackie hat es mir gesagt. Dieser Scheißkerl Abernathy gibt einfach nicht auf, oder?«

»Nein man. Ich würde gerne genau wissen, wer sein Spion ist«, sagte Mark mit mehr als nur einem kleinen Knurren im Ton. »Den würde ich liebend gerne auf einer Totenbahre aus der Stadt tragen.«

»Beruhige dich. Ich glaube nicht, dass es ein Einheimischer war. Ich glaube, es war der Typ, den Elain ein paar Mal gesehen hat. Derselbe, den Lina Fat Boy nennt. Lina glaubt, dass er auch derjenige ist, der Bertholde draußen im Yellowstone getötet hat.«

»Oh. Also, wann fahren wir los?«

»So bald wie möglich. Ich werde dich auf dem Laufenden halten, aber wahrscheinlich in den nächsten ein oder zwei Tagen. Ich möchte die Möglichkeit haben, einen Plan vorzubereiten, während wir dort sind. Außerdem würde ich gerne Wally, Doug und Oscar einbeziehen, wenn sie es einrichten können.«

»Kein Problem. Ich glaube, das ist eine gute Idee.«

»Wenn Abernathy denkt, dass er einfach reinspaziert und Elain und Mai mitnehmen kann, wird er sich wundern.« Ain hatte Schwierigkeiten, das Knurren in seiner Stimme zu kontrollieren.

»Genau das denkt er, weil er nicht versteht, wie ein engmaschiges Rudel funktioniert. Oder ein eng verbundener Clan. Er war so lange auf sich allein gestellt, dass er sich für unbesiegbar hält.«

»Er hat unrecht.«

»Das wissen wir beide. Wie Blackie gesagt hat, wir müssen eine Show abziehen, bevor wir dem ganzen ein Ende setzen.«

Nachdem Ain das Gespräch beendet hatte, musste er den Zaun noch zu Ende reparieren, bevor er etwas anderes tun konnte. Eine Stunde später fuhr er zur großen Scheune, wo er Brodey sah.

Brodey runzelte die Stirn. »Was ist los?«

»Wir haben ein Problem.«

Brodey legte den Kopf schief und sein Gesichtsausdruck verdunkelte sich. »Du musst mir schon etwas mehr geben, Bruder.«

Ain seufzte. »Ich will es nur einmal sagen. Wir müssen

uns alle im Haus versammeln. Und ich meine alle. Sind die Frauen schon zu Hause?« Elain, Lina und Carla waren an diesem Morgen wieder mit Mai weggefahren. Diesmal nur nach Arcadia, wo sie sich alle ihre Haare und Nägel machen lassen wollten.

»Falls nicht, sollten sie bald wieder hier sein. Das hört sich nicht gut an.«

»Ist es auch nicht. Lass uns gehen.«

Die Frauen waren bereits zurück und Cail saß in seinem Büro und erledigte den Papierkram für die Ranch. Als Ain und Brodey eintraten, spürte er sofort, dass es ein Problem gab. »Was ist los?«

»Weiß nicht«, sagte Brodey. »Ain wollte es mir nicht sagen.«

Ain funkelte Brodey an, sagte aber nichts. »Wir müssen uns alle versammeln, um zu reden. In fünf Minuten im Esszimmer.«

»Alle?«

Ain nickte. »Einschließlich Lina und ihre Jungs. Und Micah und Carla und … alle.«

Cail erhob sich und sein Gesichtsausdruck war jetzt genauso düster. »Oookay.«

Es dauerte etwas länger als fünf Minuten, um alle zu versammeln, aber nachdem sie ein paar zusätzliche Stühle aus der Küche ins Esszimmer geschleppt hatten, saßen sie schließlich alle zusammen. Ain blickte in die Runde und zählte schnell durch. Brodey und Cail. Elain, Carla und Liam. Lina, Rick, Jan, Kael und Zack. Micah, Jim und Mai.

Seine Familie.

Sein Rudel.

Wie konnte es sein, dass er sich noch vor ein paar Monaten gefragt hatte, ob sie jemals ihre Eine finden würden, und jetzt hatten sie nicht nur eine Gefährtin, sondern auch eine ganz neue Großfamilie?

Ain holte tief Luft. »Bitte lasst mich die ganze Geschichte erzählen, bevor jemand anfängt, Fragen zu stellen oder etwas zu sagen, in Ordnung? Ich weiß, was ich gleich sagen werde, wird verstörend sein, aber nicht unerwartet.« Als alle genickt hatten, fuhr er fort.

Als er fertig war, hatten alle Männer nahezu identische dunkle Mienen, und die Frauen wirkten besorgt.

Die arme Mai sah fast hysterisch aus. »Müssen wir wirklich gehen?«, fragte sie.

Micah legte seinen Arm um ihre Schultern. »Ja, das müssen wir. Es ist okay.« Er sah Ain an. »Dir wird nichts passieren. Das verspreche ich.«

Ain nickte. »Absolut. Ich habe Blackies Wort, dass er sich im Hintergrund darum kümmern wird, auch wenn er gegen uns entscheiden muss. Leider glaube ich auch, dass wir es echt aussehen lassen müssen. Wir können es uns nicht leisten, dass die Abernathys Verbündete gewinnen, weil jemand glaubt, wir hätten die Anhörung des Rates manipuliert.«

»Ich werde nicht mit Abernathy mitgehen«, sagte Elain. Sie sah sich am Tisch um und blickte dann wieder zu Ain. »Ich werde nicht mit ihm mitgehen, wenn Daniel gegen uns entscheiden muss. Ich kann nicht fassen, dass wir das überhaupt in Betracht ziehen! Gib mir einfach seine Telefonnummer, dann rufe ich ihn selbst an und sage ihm, dass er sich selbst ficken kann, oder dass er herkommen soll, damit ich ihn persönlich vom Grundstück jagen kann!«

»Baby, bitte«, sagte Ain. »Bleib ruhig. Es wird alles gut gehen, aber wir müssen zusammenhalten und zusammenarbeiten.« Dann sah er Brodey an. »Kannst du bitte Wally, Oscar und Doug anrufen und sie fragen, ob sie am Mittwoch nach Maine kommen können?«

Er nickte und verließ den Tisch.

»Also, was ist der Plan?«, fragte Rick ihn. »Es so aussehen lassen, als hätte Abernathy auf dem Weg zum Meeting einen ›tragischen Unfall‹ gehabt?«

Lina lachte und ließ ihre Knöchel knacken. »Oh, das will ich übernehmen! Bitte, bitte!«

Ain lächelte. »Nein, das wäre zu offensichtlich. Keine Sorge, bis zur Ratssitzung werden wir einen Plan haben.«

»Und ich würde mir die Cockatrice gerne noch mal vorknöpfen«, sagte Lina. »Vielleicht können wir zwei Fliegen mit einer Klappe schlagen. Uns um Abernathy kümmern und den Cockatrice dafür die Schuld in die Schuhe schieben.«

»Dir ist klar, dass du von Mord sprichst, oder?«, fragte Carla.

Lina lächelte sie an. »Mom, vertrau mir. Wenn du wüsstest, was diese Bastarde im Laufe der Jahre getan haben, würdest du es verstehen.«

Zack nickte zustimmend. »Gegen die sind Typen wie Ted Bundy und Jeffrey Dahmer richtig süße Kerle, die man sich als Schwiegersöhne wünscht.«

Carla sah ihn etwas skeptisch an. »Wenn du meinst.«

Elain versuchte, sie zu beruhigen. »Wir wollen nur dafür sorgen, dass sie bekommen, was sie verdient haben.«

Nach dem Gespräch hatten sie vereinbart, dass sie am nächsten Nachmittag nach Maine aufbrechen würden. Brodey war noch nicht wieder zurückgekommen, also ging Elain durchs Haus und fand ihn am Telefon in Cails Büro. Sie schloss die Bürotür hinter sich und setzte sich auf die Ecke des Schreibtisches, bis er sein Gespräch beendet hatte.

Er sah zu ihr auf. »Alles okay?«

Sie nickte. »Können sie alle kommen?«

»Ja. Das war Wally. Ich habe schon mit Doug und Oscar gesprochen und sie werden morgen hinfliegen. Wally wird mit dem Auto fahren. Du wirst sie mögen. Sie sind wirklich nett.«

»Das hat Lina auch gesagt.« Dann faltete sie ihre Hände im Schoß zusammen. »Kannst du mit mir rausgehen und mir beibringen, wie man sich verwandelt?«, fragte sie leise. »Nur du und ich.«

Er öffnete seine Arme und sie setzte sich auf seinen Schoß, den Kopf an seine Schulter gelehnt. Sie liebte alle drei ihrer Männer, doch obwohl sie fast identisch aussahen, hatten sie sehr unterschiedliche Stärken. So war Brodey am meisten mit seiner Wolfsseite in Kontakt. Das gaben sogar Ain und Cail zu.

Brodey schlang seine Arme um sie und küsste sie auf den Kopf. »Hast du keine Angst, dir deine Nägel zu ruinieren?«, neckte er sie liebevoll.

Sie lachte. »Nein, sie sind schon trocken.« Sie kuschelte sich an ihn, schloss die Augen und atmete seinen Duft tief ein. »Ich muss es lernen«, sagte sie leise. »Das hier ist kein Spiel mehr.«

»Nein, Baby, ist es leider nicht.« Er legte sein Kinn auf ihren Kopf. »Und ich werde es dir beibringen«, dann fügte er hinzu. »Ich werde dir nichts vormachen.«

Sein Tonfall verriet ihr, dass er es absolut ernst meinte. »Okay. Können wir sofort raus?«

»Ja. Zieh dir Laufklamotten an, für den Fall, dass wir dich mit einer Verfolgungsjagd zum Verwandeln bringen müssen.« Er fuhr mit seiner Hand an ihrem Oberschenkel auf und ab. »Willst du, dass Ain oder Cail mitkommen?«

Sie schüttelte den Kopf. »Nein. Ich möchte mich konzentrieren können. Glaubst du, das wird sie verletzen?«

»Nein, Baby. Ich werde es ihnen sagen.« Er tätschelte ihr Bein. »Wir treffen uns in fünf Minuten draußen am Pool.«

~

BRODEY HATTE SCHON DRAUSSEN auf Elain gewartet, als sie schließlich umgezogen zu ihm kam. Er nahm sie bei der Hand und führte sie in Richtung des Waldes hinter dem Haus.

»Waren Ain und Cail sauer?«

»Nein. Süße, sie wissen, dass du viel durchgemacht hast. Und sie wissen auch, dass ich ein guter Wolf bin.« Er lächelte. »Ich bin vielleicht der Dummkopf von uns dreien, aber für ein paar Dinge bin ich trotzdem nützlich.«

»Hör auf, dich selbst niederzumachen.«

Er lachte und legte einen Arm um ihre Schultern, während sie in Richtung Wald gingen. »Das ist schon okay. Ich weiß, dass es nur ein Witz ist. Genau wie Cail und ich Ain immer damit ärgern, dass er einen Stock in seinem Prime-Arsch hat. Und ganz ehrlich, ich ziehe Ärger magisch an, wenn nichts Ernstes auf dem Spiel steht. Mir wird schnell langweilig.« Er küsste sie auf den Kopf. »Aber jetzt habe ich dich und es gibt keinen besseren Grund, mich aus Ärger herauszuhalten.«

Sie gingen mehrere Minuten, bis sie den Teich erreichten, wo Elain geglaubt hatte, die mysteriöse Gestalt gesehen zu haben.

Trotz des warmen Nachmittags zitterte sie plötzlich. Er runzelte die Stirn. »Was ist los, Schatz?«

Nervös sah sie sich um. »Du wirst mich für verrückt halten.«

Er zog eine Augenbraue hoch. »Süße, nach allem, was in den letzten Monaten passiert ist, bist du die mit Abstand vernünftigste Person, die ich kenne. Also raus mit der Sprache.«

»Ich bin mir sicher, dass es nichts war. Wahrscheinlich nur eine Reflexion im Licht oder so. Aber neulich habe ich gedacht, ich hätte … etwas gesehen.«

»Was denn?«

»Vielleicht ein Geist oder so etwas. Ich weiß es nicht.« Sie küsste ihn. »Aber darüber möchte ich jetzt nicht reden. Ich möchte lernen, wie man sich verwandelt.«

Er sah sie einen Moment lang skeptisch an, nickte aber schließlich. »Okay. Erstens, erinnerst du dich, wie du dich an dem Abend gefühlt hast, als ich hinter dir hergerannt bin?«

Sie dachte kurz nach. »So ungefähr. Um ehrlich zu sein, ist dieser Abend etwas verschwommen.«

Er hielt ihre Hände in seinen. »Okay. Ich habe dich verfolgt. Du hast angefangen zu rennen. Kannst du dich noch daran erinnern, wie du dich beim Rennen gefühlt hast?«

Sie schloss die Augen und versuchte, sich daran zu erinnern. »Ich weiß nicht. Es ist, als wäre ich in einer Art Trance gewesen oder so. Ich erinnere mich, dass es sich plötzlich nicht mehr richtig angefühlt hat, nur auf zwei Beinen zu laufen.«

»Gut. Das ist gut, Baby.« Er drückte ihre Hände sanft und ließ sie dann los. Dann zog er sich aus. »Als ich mich zum ersten Mal verwandelt habe, war das auch beim Laufen. Jeder ist anders. Manche können sich schon als Kind verwandeln, andere fangen erst in der Pubertät damit ab. Du wusstest nicht, dass du ein Gestaltwandler bist, deshalb hast du dich wahrscheinlich auch nicht früher verwandelt.«

Er verwandelte sich in seine Wolfsgestalt, wodurch er nicht mehr mit ihr sprechen konnte und ihre geistige Verbindung benutzen musste. *»Wenn ich mich verwandle, tue ich* *das überhaupt nicht bewusst. Ich stelle mir nur vor, mich in einen Wolf zu verwandeln.«*

»Das sagst du so einfach.«

»Versuch es.«

»Ich bin mir nicht sicher, wie.«

»Zieh dich erst mal aus.«

Sie errötete, fing aber an, sich auszuziehen. »Du willst mich nur nackt machen.«

Er schnaubte. *»Grundsätzlich schon, aber dieses Mal versuche ich ernsthaft nicht, dich flachzulegen. Oder zumindest noch nicht.«*

Als sie ausgezogen war, schloss sie ihre Augen wieder. »Irgendwelche Vorschläge?«

»Stell dir vor, du wärst ein Wolf.«

»Ich weiß nicht, wie ich das machen soll.«

»Du hast es schon mal gemacht.«

»Hast du mich eigentlich als Wolf gesehen?«

»Nein, aber ich habe es gerochen. Du hast wie ein Wolf gerochen. Also weiß ich, dass du dich verwandelt haben musst. Probier's einfach.«

Elain versuchte, sich an den Abend der Verfolgungsjagd zu erinnern. Alles war so verschwommen in ihrem Kopf.

Sie war gerannt, auf der Flucht. Und plötzlich hatte es … Spaß gemacht.

Laufen hatte ihr schon immer Spaß gemacht. In der Highschool und am College war sie beim Cross-Country immer sehr gut gewesen. Das Laufen hatte ihr damals schon Spaß gemacht und fühlte sich für sie bis heute einfach selbstverständlich an, obwohl sie nicht regelmäßig joggen ging.

Sie versuchte sich die Situation vorzustellen, die Brise, die ihr um die Nase geweht war, der Rhythmus, das Gefühl, wie ihre Füße auf den Pfad rannten, der Puls, der in ihren Ohren gehämmert hatte …

Sie öffnete die Augen und sah Brodey an. *»Es klappt nicht.«*

Er schnaubte, bellte sie an und wedelte mit seinem Schwanz. *»Du hast es geschafft!«*

»Was?« Sie blickte nach unten und stellte fest, dass der Boden viel näher war, als er hätte sein sollen. Als sie genauer hinsah, erkannte sie, dass sie statt ihrer Arme und Beine vier Beine und Pfoten hatte.

Erschrocken sah sie zu ihm auf. *»Wie habe ich das gemacht?«*

»Das musst du selbst herausfinden, Baby.«

»Wie komme ich wieder in menschliche Gestalt zurück?«

»Nun, Liebling, nur keine Pan…«

»Scheiße! Brodey, wie verwandele ich mich zurück? Ich weiß nicht, wie ich mich verwandelt habe!«

Er verwandelte sich zurück in seine menschliche Gestalt. »Baby, bitte, beruhige dich!« Sie merkte, dass ihre Stimme wie ein panisches Wimmern klang. *»Brodey! Ich will kein Wolf bleiben!«*

»Das wirst du auch nicht. Stell dir vor, wie du dich zurückverwandelst.«

»Aber ich weiß nicht, wie ich das gemacht habe! Ich …«

Plötzlich lag sie auf dem Boden. Sofort sah sie auf ihre Hände und brach dann erleichtert in Tränen aus.

Er lachte, zog sie auf die Beine und umarmte sie dann tröstend. »Schatz, alles ist gut«, sagte er sanft. »Das war das erste Mal für dich. Aber du wirst dich schnell daran gewöhnen, das verspreche ich dir.«

»Aber ich muss wissen, wie es geht, bevor wir nach Maine gehen.«

Er runzelte die Stirn. »Warum?«

»Ich weiß nicht. Ich habe einfach das Gefühl, dass es

wirklich wichtig ist, dass ich weiß, wie ich mich verwandeln kann.«

Er strich ihr eine Strähne aus dem Gesicht. »Glaubst du, dass es mit deiner neuen Rolle zusammenhängt?«

»Weil ich eine Seherin bin?« Sie nickte.

»Okay.« Er drückte sie wieder an sich. »Alles wird gut. Wir werden dich beschützen, versprochen. Du musst uns vertrauen. Ich werde dir helfen, aber du musst ruhig bleiben.«

Die nächste Stunde verbrachten sie damit, das Verwandeln immer wieder zu üben und endlich hatte sie herausgefunden, wie sie sich zuverlässig in einen Wolf verwandeln konnte. Es war mehr ein Gefühl als eine bewusste Entscheidung. Sich selbst als Wolf vorzustellen, schien ihr zu helfen. Sich wieder in die menschliche Form zu verwandeln war einfacher als von Mensch zu Wolf. Denn wenn es mit dem bloßen Vorstellen nicht klappte, konnte sie sich auf ihre Hinterbeine stellen, was ihr zu helfen schien, sich wieder in ihre menschliche Gestalt zurückzuverwandeln.

Schließlich zog Brodey sich an und reichte ihr ihre Kleider. »Der Unterricht ist für heute vorbei. Lass uns zurück zum Haus und schwimmen gehen.«

»Glaubst du nicht, dass ich noch mehr üben muss?«, fragte sie, während sie anfing, ihre Shorts anzuziehen.

»Doch, aber nicht jetzt. Du bist erschöpft. Das war schon wirklich gut. Ernsthaft. Aber es ist auch wichtig, dass du dich entspannst und ausruhst. Die nächsten Tage werden ziemlich stressig werden.«

»Das klingt nach einer totalen Untertreibung.«

»Das war es auch, aber ein besseres Wort ist mir nicht eingefallen.« Er lächelte. »Komm schon. Wir braten heute Abend Steaks für alle, trinken ein paar Cocktails und entspannen uns, bevor wir nach Maine fahren.«

»Sag mir die Wahrheit. Wird alles gut werden?«

Er zog sie wieder in seine Arme und küsste sie. Nicht um in ihr Höschen zu kommen, sondern um ihr einen langen, gefühlvollen Kuss zu geben, der ihr Herz und ihre Seele beruhigte und sie dazu brachte, sich in seinen Armen fallenzulassen.

»Ja«, flüsterte er. »Alles wird gut. Ich sage nicht, dass es einfach sein wird, aber dieses Arschloch wird dich nicht bekommen. Das verspreche ich dir.«

Sie nickte und fühlte sich schon etwas besser. Dann legte er einen Arm um ihre Taille und sie gingen nebeneinander zurück zum Haus.

ELAIN BRAUCHTE NICHT LANGE zum Packen. Als sie fertig war, schob sie Ain auf ihr gemeinsames Bett, setzte sich mit gespreizten Beinen auf ihn und machte ihn innerhalb von Sekunden hart. Er grinste sie an, während sie sich auf seinen Schwanz spießte.

»Da hat es aber jemand eilig«, kicherte er.

»So kann ich am schnellsten einschlafen«, antwortete sie.

Er griff nach ihren Hüften, hielt sie einen Moment still und sah sie dann mit ernstem Gesichtsausdruck an. »Baby, alles wird gut. Das verspreche ich.«

»Ich möchte nicht darüber reden. Ich will nur, dass du mir das Hirn rausvögelst.«

In diesem Moment kam Brodey aus dem Badezimmer. »Habe ich das magische Wort ›vögeln‹ gehört?«

»Ja, hast du«, sagte sie und versuchte immer noch, sich zu bewegen, obwohl Ain sie festhielt.

»Oh, gut.« Er sprang wie auf Kommando aufs Bett, was sie zum Lachen brachte. »Was steht heute Abend auf der Speisekarte?«

Cail kam ebenfalls aus dem Badezimmer. »Etwas von oben, etwas von unten und ein bisschen 69?«

Sie kicherte. Dann wurde sie rot und flüsterte. »Ich will euch alle drei.«

Ain sah verwirrt aus. »Du hast uns alle drei, Baby.«

Da sie ihm nicht in die Augen sehen konnte, blickte sie nach unten. »Gleichzeitig«, flüsterte sie.

Brodey verstand es zuerst. »*Aha.*« Seine Hand streichelte sanft ihren Rücken. »Bist du sicher, Schatz?«, fragte er besorgt. »Ich weiß, dass ich dich damit aufgezogen habe ...«

Sie nickte. »Ich bin mir ganz sicher.« Dann holte sie tief Luft, um ihre Verlegenheit zu überwinden und sah Ain in die Augen. »Ich will euch alle drei.« Das hatten sie bisher nur einmal gemacht, an dem Abend ihrer Paarung. Jetzt war sie wieder bereit dafür.

Er streckte seine Hand aus und streichelte ihre Wange, wobei er sie liebevoll anlächelte. »Okay. Sag uns einfach, dass wir aufhören sollen, falls du deine Meinung änderst.«

Sie nickte. Dann zog er sie auf seine Brust und küsste sie, während Brodey für eine Sekunde von Bett aufstand. Sie hörte, wie sich eine Schublade öffnete und schloss. Dann bewegte die Matratze sich wieder hinter ihr.

Brodeys Hände streichelten und kneteten sanft ihren Hintern, was sie entspannte. Sie bewegte sich langsam gegen Ain, ihre Klitoris rieb an seinem Schwanz, aber nicht genug, um sie zum Orgasmus zu kommen. Als sie spürte, wie Brodeys Finger zwischen ihre Arschbacken glitten und sanft gegen ihr anderes Loch drückten, hielt sie kurz inne.

»Alles okay, Schatz?«, fragte er.

Sie nickte, sah dann zu Cail auf und lächelte.

Er lächelte zurück, während Brodey weiter mit ihrem Arsch spielte. Cail änderte ihre Position und kniete sich neben Ain, damit sie an seinen Schwanz kommen konnte.

Ains Hände wanderten zu ihren Brüsten und begannen mit ihren Nippeln zu spielen, während sie mit ihrer Zunge über die Spitze von Cails Schwanz strich.

Hinter sich spürte sie, wie kühles Gleitmittel auf ihren Hintern tropfte, doch sie ignorierte es und konzentrierte sich auf Cails Schwanz. Brodey drückte sanft einen Finger in sie und hielt still, bis sie wieder anfing, ihren Hintern in seine Richtung zu strecken und sich vor- und zurückzubewegen.

Sie nahm Cails Schwanz so tief sie konnte in den Mund und konnte schon bald sein salziges Sperma schmecken. Sie wollte so viel von ihm, wie sie nur bekommen konnte, von allen dreien. Sie schloss die Augen. Brodey hielt inne, gab dann mehr Gleitmittel auf sie und schob einen zweiten Finger in sie. Von dem leichten Ziehen durch die Drehung zischte sie etwas, doch nach einem Moment fühlte es sich wieder richtig gut an.

»*Mehr*«, dachte sie an alle. Sie wollte mehr. Soviel sie ertragen konnte.

»Braves Mädchen«, flüsterte Brodey, lehnte sich vor, küsste ihren Rücken und drückte dann einen dritten Finger in ihren Arsch.

Das Gefühl der Dehnung ließ sie wimmern, bis es sich in Vergnügen verwandelte, und sie konnte wenig später spüren, wie sich der Höhepunkt langsam in ihr aufbaute.

Cails Finger verkrampften sich in ihrem Haar. »Ich werde kommen, wenn du dich nicht beeilst, Brod.«

»Nur noch eine Minute. Warte noch.« Er fingerte ihren Arsch noch etwas länger, bis er sicher war, dass sie bereit war. Als er seine Hand zurückzog, stöhnte sie enttäuscht auf.

Er gluckste. »Warte, Süße, nur einen Augenblick.« Sie hörte, wie er mehr Gleitgel verwendete, und spürte dann etwas Kühles an ihrem Arsch.

Langsam drückte er die Spitze seines Schwanzes in sie

hinein, und sie versuchte sich gegen ihn zu drücken. Doch er legte ihr eine Hand auf den Rücken und drückte sie gegen Ain.

»Lass mich die Führung übernehmen«, sagte Brodey. Er ließ sich Zeit, was sie kurz frustrierte und ungeduldig machte. Doch sobald er in ihr war, erfüllte sie das köstliche Gefühl komplett.

Sie wimmerte gegen Cails Schwanz und ließ ihn in ihrem Mund zucken. Er packte ihren Kopf und zwang sie, stillzuhalten. Seine Stimme klang angespannt. »Warte, Schatz, ich muss mich zurückhalten oder ich explodiere.«

Brodey begann sich langsam zu bewegen, hielt dann inne, um noch mehr Gleitmittel zu benutzen. Dann setzte er sich auf, packte ihre Hüften und fing an, sie zu ficken.

Er ließ sie sich bewegen und sie stöhnte laut auf, während die Dehnung in ihrem Arsch Ains Schwanz direkt gegen ihren G-Punkt drückte.

Ain stieß ein Grunzen von sich. »Scheiße, das ist gut«, sagte er. Er kniff ihre Brustwarzen und sie schrie auf, während ihr erster Orgasmus über sie hinwegrollte.

Cail stöhnte ebenfalls und fing an, ihren Mund zu ficken, sodass sie nur noch um ihn herum stöhnen konnte, während er immer wieder in ihren Hals glitt. Brodey und Ain hatten den gleichen Rhythmus und sie ließ sich komplett auf den wilden Ritt ein, während ihre Schwänze sie fickten und dehnten und die Lust in ihrem Körper wieder heranwuchs.

Es fühlte sich an, als ob ihre Klitoris in Flammen stand, und sie stöhnte wieder auf. Plötzlich schien sich ihr Geist von ihrem Körper zu lösen. Für eine kurze Sekunde sah sie sich auf Händen und Knien, schwanger. Doch in der Vision bettelte sie Cail an, sie besinnungslos zu ficken. Dann riss das Gefühl von Brodeys Eiern, die gegen ihren Arsch schlugen, sie zurück in die Gegenwart. Das Geräusch ihres Saugens erfüllte den Raum, begleitet vom Stöhnen ihrer Männer, das immer intensiver wurde.

»Ich komme gleich«, sagte Ain durch zusammengebissene Zähne.

»Warte nicht auf mich«, sagte Brodey.

Sie fühlte, wie Ain in ihr explodierte, was ihre Klitoris wieder zum Zucken brachte. Dann wurde auch Cails Schwanz noch härter und er spritze in ihrem Mund ab. Sie stöhnte und schluckte gierig jeden Tropfen, während sie versuchte, Ain und Brodey zu ficken.

Brodey grub seine Finger in ihre Haut und fickte sie hart, bis sie spürte, wie er sich tief in ihr entlud. Danach fielen sie alle aufs Bett und sie genoss die letzten Wellen ihres eigenen Höhepunkts.

Ain sprach zuerst, seine Stimme klang nervös. »Geht es dir gut?«

Sie kicherte nur, da sie zu zufrieden und zu müde war, um zu sprechen. Als Antwort knabberte sie nur an seinem Arm, der dicht vor ihrem Mund lag.

»Au«, sagte er, aber sie hörte an seiner Stimme, dass er es nicht ernst meinte. »Ich schätze mal, das ist ein Ja.«

Als Brodey sich vorsichtig aus ihr herauszog, zuckte sie kurz. Sie hielt die Augen geschlossen und spürte, wie sich die Matratze bewegte. Dann hörte sie, wie er das Badezimmerlicht einschaltete und Wasser ins Waschbecken laufen ließ. Eine Minute später kam er zurück und sie spürte, wie er sie mit einem nassen Waschlappen abwischte.

»*Mm.*« Sie fühlte sich umsorgt. Geliebt.

Gründlich durchgevögelt.

Sie kicherte wieder.

»Ich glaube, das ist ein gutes Zeichen«, sagte Cail und streckte sich neben ihr aus.

»Mhm hm.«

Brodey küsste zuerst ihre eine Arschbacke, dann die andere. Sie hörte, wie er kurz ins Badezimmer zurückkehrte, dann das Licht ausschaltete und sich dann ebenfalls hinlegte.

Sie wollte sich nicht bewegen und blieb einfach auf Ain liegen, mit seinem weichen Schwanz immer noch in ihr.

Brodey streckte sich auf der anderen Seite aus und legte seine Hand auf ihren Rücken. »Gute Nacht Schatz.«

»Mm.« Dann schlief sie ein.

KAPITEL FÜNFZEHN

m Donnerstagnachmittag klopfte es an Daniels Tür und er blickte auf. Er wusste, dass die Lyall-Truppe schon für das morgige Treffen in Maine eingetroffen war, aber sie waren nicht seine erwarteten Gäste.

»Haustier, ist alles bereit?«, rief er.

Callie antwortete aus der Küche. »Ja, ich bin bereit.«

»Braves Mädchen.« Dann ging er zur Haustür und öffnete. Dort standen drei Männer, einer von ihnen war fast zwei Meter groß, breitschultrig, hatte pechschwarzes Haar und gebräunte Haut. Seine goldbraunen Augen sahen Daniel direkt an.

Daniel streckte seine Hand aus. »Ortega Montalvo?«

Der Mann lächelte langsam und umschloss dann Daniels Hand mit seiner riesigen.

»Daniel Blackestone?«, fragte er mit Akzent und tiefer, angenehmer Stimme.

»Bitte, kommt doch rein«, sagte Daniel.

Der Jaguar glitt herein, gefolgt von seinen beiden Männern, die keine Miene verzogen. »Das sind meine Brüder Ricardo und Juan«, sagte er. Beide schenkten Daniel ein kurzes Lächeln, während sie ihm die Hand schüttelten, dann blickten sie wieder mit versteinerter Miene nach vorn. Ortega war zwar der Größte, doch die beiden Brüder, die ihm stark ähnelten, waren fast genauso groß. Sie alle trugen ordentlich gebügelte Hosen und makellose, langärmlige Hemden, die ihre geschmeidigen Muskeln darunter betonten.

Nachdem die vier Männer im Wohnzimmer Platz genommen hatten und Callie ihnen vorgestellt worden war und ihnen Getränke und Häppchen gebracht hatte, kam Daniel sofort zur Sache. »Der Clanrat trifft sich morgen. Soweit ich das verstanden habt, möchtest du daran teilnehmen?«

Ortega nickte. »Das ist richtig. Ich habe mit Jocko gesprochen, und er hat mir versichert, dass wir alle die gleiche Ansicht haben, was die Abernathys betrifft. Mir ist klar, dass du in deiner Position dafür sorgen musst, den Schein zu wahren.«

Daniel nickte. »Ich bin froh, dass wir auf derselben Seite stehen. Ich würde gerne eine formelle Partnerschaft vorschlagen.« Dann erzählte er ihnen, was mit den Drachen und den Cockatrice passiert war und dass sie vermuteten, dass die Abernathys daran beteiligt gewesen waren. Von der Tafel sagte er nichts. »Ich weiß nicht, was morgen passiert. Ich hoffe, dass ich ohne Probleme gegen Abernathy entscheiden kann. Aber wenn ich in einem oder beiden dieser Punkte zu seinen Gunsten entscheiden muss …«

»Dann springen wir gerne ein, um zu helfen.« Ortega lächelte und entblößte eine Reihe weißer, perfekter Zähne. Wenn er als Mensch schon so Furcht einflößend war, musste er verwandelt extrem angsteinflößend aussehen. Daniel stellte sich vor, wie seine Feinde sich in die Hosen machten und vor Entsetzen davonrannten. »Dann ist dein Clan aus dem Schneider.«

»Perfekt. Im Gegenzug werden wir euch bei allem einbeziehen, was die Cockatrice angeht. Wir werden euch jede Hilfe zukommen lassen, die ihr braucht.«

Ortega wechselte kurze Blicke mit seinen Brüdern und nickte dann. Er zupfte an der Bügelfalte seiner Hose, bevor er wieder zu Daniel aufsah. »Ist es wahr, was wir über die Tafel von Trammel gehört haben?«

Daniel warf Callie einen Blick zu, bevor er seine Aufmerksamkeit wieder dem Jaguar zuwandte. »Ich weiß es nicht. Was habt ihr davon gehört?«

Er lehnte sich zurück und verschränkte seine muskulösen Arme vor der Brust. »Dass die Cockatrice sie wollen. Dass sie eventuell mit den Abernathys zusammen Bertholde getötet haben? Bertholde war eine sehr enge Freundin unseres Clans. Sie wurde von vielen unserer Art sehr geliebt.« Sein Gesichtsausdruck wurde düster. »Wir nehmen es persönlich, dass sie getötet wurde.«

Daniel warf Callie wieder einen Blick zu. Sie schickte ihm ein langes, einzelnes Blinzeln. Ihr Zeichen, dass er sich dem Jaguar anvertrauen konnte.

Dann sah er Ortega direkt an. »Selbstverständlich ist diese Information vertraulich und darf diesen Raum nicht verlassen.«

Ortega sah nacheinander zu seinen Brüdern, die beide nickten, dann zurück zu Daniel. »Ja. Du hast unser Wort.«

Also erzählte Daniel ihnen die Geschichte noch einmal, ohne diesmal etwas auszulassen. Als er fertig war, saß der Jaguar für eine lange Zeit schweigend da und starrte auf den Boden. Sein Kiefer zuckte angespannt. Schließlich sah er wieder zu Daniel auf. »Du bist wieder ein Hüter der Tafel, nicht wahr?«

Daniel nickte.

Dann sagte Ortega langsam. »Mein Großvater wurde von

den Cockatrice getötet. Verdammte Bastarde. Er war mit guten Absichten zu ihnen gegangen, um mit ihnen auf ihre Bitte hin zu reden. Zu verhandeln. Sie hatten einen Waffenstillstand erklärt. Aber dann haben sie ihn ermordet und seinen Körper mitten auf einer schlammigen Straße liegengelassen, als wäre er Müll. Sie haben ihm in den Rücken geschossen. Das war vor sechsundneunzig Jahren, und wir haben die Bastarde nie erwischt.«

»Meine Eltern wurden auch von ihnen getötet. Glaub mir, ich verstehe deinen Schmerz.«

Ortega nickte erleichtert. »Ich habe diese … Viecher satt. Wölfe, Drachen, Bären, Katzen, sogar Vampire und so viele andere Rassen leben schon seit zigtausenden Jahren zusammen. Und das meistens friedlich. Oder zumindest tolerieren sie einander. Mit ganz wenigen Ausnahmen. Wir alle wollen unentdeckt bleiben und in Frieden leben. Diese Bastarde haben keine Ehre. Sie töten Frauen und Kinder, ohne mit der Wimper zu zucken. Sie sind das Allerletzte.«

»Amen«, sagte Daniel.

»Und Abernathy ist nicht viel besser als die Cockatrice.«

»Das stimmt.«

Ortega nickte. »Du hast unsere Unterstützung und Brüderlichkeit.« Er reichte Daniel eine riesige Hand. »Sag uns einfach, was wir morgen machen sollen.«

Daniel stand mit einem Lächeln da. »Lass uns beim Essen darüber reden. Callie hat viel vorbereitet. Ich hoffe, ihr mögt Truthahn.«

Ortega und seine Brüder standen auf und er lächelte. »Es riecht köstlich. Mir knurrt schon der Magen, seit ich hereingekommen bin.«

~

NACH DEM ABENDESSEN setzten sie sich wieder im Wohnzimmer. Ricardo und Juan hatten sich während dem üppigen Abendessen und nach drei Flaschen Riesling, die sie sich geteilt hatten, geöffnet. Jetzt fand Daniel sie gesprächig und lustig. Aber das Wichtigste war, dass sie die Cockatrice und Abernathys genauso sehr hassten wie ihr älterer Bruder.

»Ich nehme an, den Mann zu töten, ist keine Option?«, fragte Ortega.

Daniel lachte. »Dann wäre er schon lange tot.«

»Das kannst du laut sagen«, fauchte Callie von der Armlehne von Daniels Stuhl.

»Ich bin nicht über alle Dinge in diesem Land auf dem Laufenden, aber ich höre bei Versammlungen und von Cousins und anderen Familienmitgliedern oft Gerüchte. Rodolfo Abernathy hat bei vielen einen schlechten Ruf. Und meine Erfahrung mit ihm passt zu diesem Ruf. Erklär mir bitte genau, warum es keine Option ist, ihn zu töten.«

Daniel lächelte trocken. »Glaub mir, das hat nichts damit zu tun, dass ihn niemand umbringen will. Aber wir müssen uns an Vorschriften halten. Wir können nicht zulassen, dass er auf unserem Clan-Gelände stirbt, nachdem wir eine Auseinandersetzung mit ihm hatten.«

»Und wenn er an einem anderen Ort sterben würde?«

»Wir würden ihn auf keinen Fall vermissen. Aber ich möchte vermeiden, dass unser Clan in diese Art von Gerüchten verwickelt wird. Das Letzte, was ich will, ist, mir einen solchen Ruf aufzubauen. Unser Clan hat in den letzten Jahrhunderten viel getan, um den Frieden aufrechtzuerhalten, nicht nur zwischen uns und anderen Clans, sondern auch zwischen anderen Clans und anderen Wandlerrassen. Ich persönlich habe Freunde, die Drachen, Bären und Pumas sind – nicht nur Wölfe.«

Ortega drückte nachdenklich seine Finger zusammen.

»Aber«, sagte er langsam, »niemand wäre traurig, wenn Abernathy sterben würde, oder?«

»Nein. Vor allem nicht, wenn es wie ein Unfall aussieht«, sagte Daniel.

Ortega nickte. »Gut.« Er lächelte wieder. »Dann wird es morgen interessant.«

KAPITEL SECHZEHN

»Es gibt eine kleine Planänderung«, sagte Daniel, als er am frühen Freitagmorgen Laceys Esszimmer betrat. »Ich habe gerade mit Andel Wattersson gesprochen. Er hat eine neue Spur zu den Cockatrice.« Er reichte Kael ein Stück Papier. »Sie sind etwa fünfzehn Kilometer außerhalb von Bangor, im Nordosten, wenn die Informationen stimmen.«

»Lasst uns gehen«, sagte Lina.

Jan packte sie am Arm, als sie gerade von ihrem Platz am Esstisch aufspringen wollte. »Beruhige dich, Süße. Ich weiß nicht, ob du in diesem Zustand irgendwo hingehen solltest.«

»Möchtest du das vielleicht umformulieren?«, zischte Lina ihn an.

Lacey lachte. »Jan, lass es gut sein. Wenn du versuchst, sie hierzubehalten, wirst du noch viel mehr Probleme bekommen.«

Rick schaute auf seinem Handy auf eine Karte. »Ich weiß nicht, ob wir es vor der Ratssitzung hin- und zurückschaffen.« Er sah Daniel an. »Was denkt ihr?«

»Ihr solltet gehen«, sagte Elain. »Ernsthaft. Wenn ihr die

238

Chance habt, diese Ficker zu erwischen, tut es.« Dann merkte sie, was sie gerade getan hatte, und sah Ain an, der nur den Kopf schüttelte und lachte.

Lina sah besorgt aus. »Sicher?«

»Ich glaube, es ist okay«, sagte Daniel. »Callie kann euch zu den Cockatrice begleiten. Die Montalvo-Brüder werden jede Minute hier sein, um letzte Details zu besprechen. Wenn wir mit der Ratssitzung fertig sind, rufe ich euch an, und wenn ihr dann immer noch da seid und uns braucht, können wir alle zur Verstärkung kommen.«

Zack tat so, als würde er ein Gewehr hochhalten. »Tötet die Cockatrice! Bam Bam!«

»Das ist ja furchtbar!« Lina lachte. »Du bringst mich noch dazu, mir in die Hose zu machen.«

Plötzlich klingelte es an der Tür. Lacey ging zur Tür und kam einen Moment später zurück, gefolgt von Ortega Montalvo und seinen Brüdern.

Ortega lächelte breit, als er Liam entdeckte, der aufstand, um ihn zu begrüßen. »Liam!« Die Männer umarmten sich. »Wie schön, dich hier zu sehen«, sagte Ortega.

»Es ist auch schön, dich zu sehen, Ortega.« Er deutete auf Elain und Carla. »Das sind meine Tochter Elain und ihre Mutter Carla Taylor.«

Ortega sah ein wenig verwirrt aus. »Aber ich dachte, deine Gefährtin wäre gestorben.«

»Das ist sie auch. Das ist Elains Adoptivmutter.«

»Ah. Herzlichen Glückwunsch, mein Freund!«

Liam lachte. »Nein, sie hat Elain großgezogen. Meine Gefährtin und Carla waren Freundinnen.«

»Ah! Jetzt verstehe ich es, entschuldigt.«

»Kein Problem«, antwortete Elain. »Die letzten Wochen hier waren ziemlich verwirrend für alle.«

Nachdem sie sich alle vorgestellt hatten, erläuterte Daniel

den anderen seinen Plan, wobei Ortega gelegentlich etwas einwarf. Sollte es notwendig sein, gegen Elain oder Mai zu entscheiden, war der Plan, dass die Montalvos ihre eigene Anfechtung einer Ehrenschuld gegen Abernathy vorbringen sollten. Natürlich würde Abernathy den Anspruch zurückweisen, weil er kein Mitglied dieses Clans war. Daniel würde entscheiden, dass Mai und Elain, da sie ihrem Clan angehörten, als Absicherung für die Ehrenschuld verwendet werden könnten, und Ortega Montalvo und seine Brüder würden die beiden Frauen sofort in Gewahrsam nehmen und sie an einen sicheren Ort bringen.

»Ist das nicht riskant?«, fragte Jim nervös, während er Mai besorgt ansah. Von den beiden Männern war er auf jeden Fall der ängstlichere.

Daniel nickte. »Das ist die beste Option, die wir haben. Wir haben kurz überlegt, ob die Montalvos die Frauen von den Abernathys entführen sollen, aber das ist viel zu riskant und gibt Abernathy zu viel Kontakt mit ihnen. Es wäre zu einfach für ihn, ihnen etwas anzutun.«

Brodey nickte. »Ich gebe es nur ungern zu, aber das ist das Beste, was wir machen können. Natürlich ist es Bullshit und jeder wird es wissen. Aber jeder weiß auch, was Abernathys Sohn damals versucht hat, Ortegas Tochter anzutun. Niemand wird es infrage stellen, und sie werden sich freuen, dass Abernathy endlich bekommt, was er verdient.«

»Und dann müssen wir für den Rest unseres Lebens auf der Flucht leben?«, fragte Elain.

»Nein«, sagte Cail. »Wir werden umziehen. Wir alle.«

»Du willst ernsthaft nach Bolivien ziehen?«

»Ganz genau«, sagte Ain ernst.

»Nur weil dieser wild gewordene Ficker seinen Willen durchsetzen will, müssen wir unser Leben aufgeben und noch mal von vorn anfangen?«

»Niemand hat gesagt, dass es eine perfekte Lösung ist, Elain«, sagte Daniel.

»Das ist Bullshit, sonst nichts.« Sie sah sich im Zimmer um. »Ich schlage vor, wir machen den Ficker kalt und fertig.«

»Das können wir nicht«, erwiderte Ain mit ruhiger und geduldiger Stimme. »Das würde genau in das hineinspielen, was er will, einen Clankrieg. Und das möchte niemand, der bei gesundem Menschenverstand ist.«

»Ich bin bei gesundem Menschenverstand«, fauchte Elain zurück.

»Wie auch immer«, sagte Zack. »Wir müssen sofort los, wenn wir es vor Mittag hierher zurückschaffen wollen. Kommt schon, Kinder. Wir müssen Cockatrice abmurksen.«

Lina zog sich von ihrem Stuhl hoch. »Lasst mich noch mal aufs Töpfchen gehen.«

Mark erhob sich ebenfalls. »Oscar, Wally, Doug und ich werden mitgehen.«

Ain nickte. »Das ist eine gute Idee.«

»In der Zwischenzeit«, sagte Lacey und griff nach Elains Arm, »gehen du und ich zum Reden zum Denkfelsen hinunter.«

Ain stand auf. »Wir kommen auch.«

Lacey winkte ab. »Nein. Wir zwei brauchen etwas Zeit zu zweit.«

Lina kam aus dem Badezimmer zurück. »Hey ihr zwei, bekomme ich eine Umarmung?« Dann umarmten sich die drei Frauen. »Wir sehen uns in ein paar Stunden.« Sie sah Elain direkt an. »Okay?«

Elain fühlte eine Welle der Gewissheit von ihrer Freundin und lächelte. Was auch immer Lina gespürt hatte, sie wusste anscheinend, dass Elain und Mai nichts passieren würde. »Okay.«

Lina grinste. »So ist es brav.« Dann drehte sie sich um und ging zur Vordertür. *»Allons-y!«*

»Ich muss sie dazu bringen, mit *Doctor Who* aufzuhören«, grummelte Zack und folgte ihr hinaus.

❧

ELAIN GING mit Lacey hinunter zum Strand, Jasper sprang aufgeregt, aber gehorsam neben ihnen her. »Lina weiß etwas, oder?«, fragte Elain.

»Weiß was?«

»Sie schien sich ziemlich sicher zu sein, dass alles gut werden würde.«

»Oh, dann schlage ich vor, dass du dir keine Sorgen mehr machst.« Lacey lächelte.

Elain blickte auf das Wasser. »Abernathy wird aber nicht kampflos aufgeben. Oder?«

Lacey zuckte mit den Schultern. »Das weiß ich nicht. Aber es ist unwahrscheinlich, wenn man seine Vorgeschichte kennt.«

»Was soll ich tun?«

»Folge deinen Instinkten. Und ich meine nicht nur heute. Das gilt für dein ganzes Leben. Vertraue immer auf deine Instinkte. Du bist eine Seherin. Du bist in der Lage, für dich selbst zu sorgen. Und du bist ein starker Alpha-Wolf. Lass dich von deinem Herzen leiten, auch wenn es der Vernunft widerspricht oder dem, was dir jemand anderes sagt.«

»Ich habe Angst.«

»Das musst du nicht.« Lacey sah sie an. »Es gibt keinen Grund, Angst zu haben. Vertraue dir selbst.«

»Das klingt nach einer Ausweich-Antwort.«

»Das ist sie aber nicht. Du hast keine Ahnung, wie stark

du bist. Geistig und körperlich. Du bist eine sehr starke Frau.«

»Was hast du in deinen Visionen gesehen?«

»Für heute? Nichts Bestimmtes.« Sie lächelte. »Aber ich habe genug über die Zukunft gesehen, um zu wissen, dass du dich entspannen kannst und dich auf deine Intuition verlassen solltest.«

Elain holte tief Luft. »Mit anderen Worten, ich muss da jetzt durch.«

»Ja.«

»Kommst du auch?«

Laceys Gesicht verfinsterte sich. »Ich möchte diesen Bastard lieber nicht zu Gesicht bekommen. Sonst könnte ich etwas tun, wovor nicht einmal Daniel und Callie mich abhalten könnten.«

KAPITEL SIEBZEHN

Sie tauchten um Viertel vor zwölf im Sitzungssaal des Rates auf. Elain entdeckte die drei Jaguarbrüder, die im Schatten in der hintersten Ecke der Versammlungshalle saßen.

Ain beugte sich vor und flüsterte ihr etwas ins Ohr. »Bleib ruhig. Wenn gegen uns entschieden wird, mach einfach, was Daniel sagt.«

Sie nickte nervös.

Ain sah sich um. »Der Ficker ist nirgends zu sehen.«

Mai, um die Micah seinen Arm schützend gelegt hatte, nickte. »Ich kann Paul auch nirgendwo sehen.«

Daniel war bereits mit Jocko und den Ratsmitgliedern auf dem Podest. Er kam ihnen entgegen und schüttelte Ain und Micah die Hand. »Seid ihr bereit?«

»Ja«, sagte Ain. Dann deutete er mit dem Kopf zu den Jaguaren. »Sind sie bereit?«

Daniel grinste und flüsterte dann. »Oh, sie sind mehr als bereit, aber noch keine Spur von Abernathy.« Er warf einen Blick auf seine Uhr. »Er hat genau elf Minuten Zeit, um seinen Arsch hierher zubewegen, bevor ich beide Forderungen für ungültig erkläre und wir alle aus dem Schneider sind.«

»Könnten wir so viel Glück haben?«, fragte Ain.

»Fuck«, grummelte Micah und tippte ihm auf die Schulter. »Ich glaube nicht.« Er deutete auf das Fenster, wo gerade eine große schwarze Limousine auf den Parkplatz gefahren war.

»Scheiße«, sagte Ain.

»Ja. Bühne frei für die Show«, sagte Daniel.

Rodolfo und sein Gefolge betraten den Ratssaal und ein tiefes, grummelndes Knurren ging durch die Reihen. Elain wurde klar, dass die Männer keine Freunde in diesem Raum hatten, außer denjenigen, die Abernathy mitgebracht hatte.

Um Punkt zwölf Uhr mittags nahm Daniel seinen Platz auf dem Podest ein und schlug mit dem Hammer auf das Podium. »Ruhe bitte. Wie ihr alle wisst, wurde ich durch ein einstimmiges Votum der anderen Ratsmitglieder zum neuen Vorsitzenden unseres Clanrats ernannt. Daher sind wir heute hier, um die Forderung von Rodolfo Abernathy anzuhören.«

Rodolfo stieg nicht einmal aus seinem Rollstuhl. »Danke, dass ich sprechen darf. Diese Angelegenheit wird nicht lange dauern. Ich fordere nur das zurück, was mir rechtmäßig zusteht.«

Einige im Saal buhten, zischten und knurrten, was ihn übertönte. Abernathy versuchte, über die Stimmen hinweg zu sprechen, doch es wurde schnell so laut, dass er nicht mehr zu hören war und Aufruhr im Saal ausbrach.

Daniel schnappte sich den Hammer und schlug damit auf das Podium, bis die Stimmen zu einem beunruhigten Grollen wurden und verstummten. »Genug!«, schrie er. »Ruhe!«

Als er endlich die Aufmerksamkeit aller hatte, zeigte er auf Rodolfo Abernathy. »Du wolltest sprechen, also sprich.«

Als Abernathy auf die versammelte Menge blickte, konnte Elain den Hass in seinem runzligen Gesicht sehen. Er mochte ein alter Wolf sein, aber sie war sich sicher, dass er mehr als ein paar Tricks im Ärmel hatte.

Mai beugte sich vor. »Ich mag ihn nicht«, flüsterte sie nervös.

»Ich auch nicht«, murmelte Elain zurück und legte einen Arm um die Schultern ihrer Freundin. »Mach dir keine Sorgen, alles wird gut werden.«

Das hoffe ich zumindest.

»Ich bin heute hierhergekommen«, sagte Abernathy, »um zwei Ansprüche geltend zu machen und zwei Forderungen zu stellen. Die erste Forderung betrifft einen Blutschwur, der eingehalten werden muss. Elain Pardie, die erste weibliche Tochter eines Alpha-Mannes aus Ysimels Familie, muss unserem Clan übergeben werden, sobald sie volljährig ist. So waren die Bedingungen des Blutschwurs.«

Dann sah der alte Wolf in ihre Richtung. Elain spürte, wie Mai neben ihr zitterte. Micah und Jim legten ihre Hände auf Mais Schultern, um sie zu beruhigen, und Elain nahm ihre Hand und drückte sie.

»Die zweite Forderung«, sagte Abernathy, »gilt Mai Gallatin. Sie ist die Gefährtin meines Urenkels und schwanger mit seinem Welpen. Euer eigener Code besagt, dass sie zurückgegeben werden muss.«

»Bullshit!«, rief Micah. »Sie wurde nicht beansprucht oder markiert!« Im Saal erklang unterstützendes Knurren.

»Sie trägt seinen Welpen!«, fauchte Rodolfo zurück.

»Ruhe!«, brüllte Daniel. Es wurde wieder ruhig.

»Deine zweite Forderung«, sagte Daniel, »erkläre ich hiermit für ungültig, da Mai bereits zwei Gefährten hat. Sie war unmarkiert, als sie sich gepaart und markiert haben, und du hast keine Beweise dafür, dass sie mit dem Welpen deines Enkels schwanger ist. Der Code unserer Vorfahren besagt nur, dass ein Wolf nicht die Gefährtin eines anderen nehmen darf. Dein Enkel hat versucht, sie zu töten, nachdem sie ihn verlassen hat. Sie war nicht als seine Gefährtin markiert. Daher war es fair und gerecht, dass Micah Donovan sie beansprucht hat und der Welpe gehört damit zu ihm. Ich erkläre sie und ihr ungeborenes Kind zu einem vollwertigen Mitglied ihres Rudels und dieses Clans.«

Rodolfo Abernathy hievte sich aus seinem Rollstuhl. »Dieser Welpe gehört mir!«

Micah und Jim sprangen beide auf. »Das Kind gehört uns!«, knurrte Micah zurück. »Und ich werde jedem den Hals aufreißen, Mensch oder Wolf, der es wagt, ohne unsere Erlaubnis in die Nähe unserer Gefährtin oder unseres Welpen zu kommen!«

»Ruhe!«, schrie Daniel noch einmal. »Die Angelegenheit ist abgeschlossen, Abernathy. Deine zweite Forderung wird kategorisch abgelehnt.«

»Ich will diesen Welpen!«, schrie Abernathy.

Mai stand da, ihre Hände schützend über ihrem Bauch. »Lieber schmore ich in der Hölle, als dich auch nur in die Nähe meines Babys zu lassen!« Ein einstimmiges Knurren und Murmeln ging durch den Saal und pflichtete ihr bei.

»Mein Enkel hat ein Recht auf seinen Welpen!«, schrie Abernathy. Er deutete auf einen jungen Mann, der etwas abseits saß und von mehreren von Abernathys Lakaien umgeben war. Seinem Gesichtsausdruck nach wollte er nichts mit der Angelegenheit zu tun haben und war nur da, weil sein Großvater es wollte.

»Dein Enkel hat mir gesagt«, rief Mai, »dass du nicht

willst, dass dein Familienstammbaum von einem Kojoten ›beschmutzt‹ wird!«

Abernathys Augen glänzten. »Du gibst also zu, dass es sein Welpe ist, du verdammte Schlampe?«

Daniel deutete mit seinem Hammer auf Abernathy. »Halt sofort deinen verdammten Mund, alter Mann«, befahl er. »Ich habe es dir gesagt, die Angelegenheit ist erledigt. Mai ist die Gefährtin von Micah Donovan und Jim Dixon. Das Baby gehört rechtlich ihnen. Mai ist eine Waise, und sie und ihr Baby sind durch die Paarung zu Mitgliedern geworden. Sie stehen hiermit unter dem Schutz dieses Clans. Ende der Diskussion.«

Aus dem Augenwinkel erhaschte Elain einen Blick auf Jocko. Er versuchte, das, was sich verdächtig nach Lachen anhörte, durch Hustengeräusche zu überdecken.

»Und was ist mit meiner ersten Forderung?«, fragte Abernathy und sah Daniel an. »Du kennst den Blutschwur. Dein Clan hat geschworen, Blutschwüre zwischen unseren Clans aufrechtzuerhalten.«

Liam trat vor. »Ich bin Elains Vater. Meine Gefährtin, Elains Mutter, hat dem Blutschwur nie zugestimmt.«

Elain gefiel der widerwillige Ausdruck auf Daniels Gesicht nicht. »Aber du«, sagte Daniel, »wusstest davon und hast es ihr nicht gesagt?«

»Nicht vor der Paarung, nein. Sie hat mich als ihren Gefährten beansprucht. Sie war eine Alpha. Ich habe ihr erst danach davon erzählt und sie ist kurz nach Elaines Geburt gestorben.«

Elain wollte diesem ganzen Scheiß sofort ein Ende bereiten und fragte mit lauter Stimme: »Daniel, *wenn* du gegen uns entscheiden würdest, was würde passieren?«

»*Wenn?*«, kicherte Abernathy.

»Halt die Klappe«, knurrte Daniel Abernathy an. Er sah

Elain entschuldigend an. Sie spürte, dass er sich wünschte, sie würde sich an den Plan halten, aber sie hatte nicht vor, es einfach so hinzunehmen. »Wenn du nicht freiwillig gehen würdest, hätten sie das Recht auf eine Herausforderung.«

»Eine Herausforderung?«

»Ein Kampf.«

»Wer würde für mich kämpfen?«, fragte Elain.

Daniel zuckte mit den Schultern. »Sie haben das Recht, jemanden aus den eigenen Reihen auszuwählen, der gegen einen deiner Gefährten antritt.«

»Warum müsste es einer meiner Gefährten sein?«, fragte Elain.

Hinter ihr ließ Ain ein tiefes, warnendes Knurren von sich. »Elain.«

Sie ignorierte ihn. »Ich meine es ernst«, sagte sie zu Daniel.

Abernathy grinste hinterhältig. Sein Ego war offensichtlich seine größte Schwachstelle. »Mein Enkel Paul wird für uns antreten. Er wird um das Recht kämpfen, dich als seine Gefährtin zu nehmen.«

Elain warf dem Typen einen Blick zu. Dann grinste sie. »Ich nehme die Herausforderung selbst an.«

»Was?«, schrien Daniel, ihre drei Männer, Liam, Carla, Micah, Mai und Jim gleichzeitig.

Sie trat vor, um sich an Daniel und den Rat zu wenden. »Wenn ich der Preis bin, habe ich dann nicht das Recht für mich selbst zu kämpfen?« Sie drehte sich zu Ain um. »Bitte setz jetzt keinen Alpha-Erlass ein«, bettelte sie mit sanfter Stimme. »Ich weiß, was ich tue.«

»Elain, du weißt nicht, was das bedeutet! Du …«

Cail und Brodey packten ihn an den Armen. »Lass sie«, flüsterte Brodey. »Sie hat recht.«

»Seid ihr jetzt komplett bescheuert?«, zischte Ain.

»Ain«, bettelte sie. »Bitte!«

Er sah seine beiden Brüder an. Schließlich schüttelte er fassungslos den Kopf, küsste Elain und trat zurück.

Sie wandte sich wieder Daniel zu. »Lasst uns diesen Bullshit ein für alle Mal beilegen. Hier und jetzt. Ich fordere ihn heraus.«

Abernathys selbstsicheres Lächeln geriet ins Wanken. »Was?«

Sie stolzierte auf ihn zu und sah ihm direkt ins Gesicht. »Hier, alter Mann«, knurrte sie. »Und jetzt. Wenn ich gewinne, ist dieser Bullshit endgültig vorbei. Dann wirst du mich in Ruhe lassen. Und Mai auch.« Sie sah Daniel und den Rest des Rates an. »Wenn sie sich weigern, die Bedingungen zu akzeptieren, erkläre ich die Herausforderung für verfallen und der Blutschwur wird annulliert.«

Endlich folgte Daniel ihrem Gedankengang. Er sah sie mit zusammengekniffenen Augen an und nickte dann langsam mit dem Kopf. »Einverstanden.«

Abernathy riss die Augen ungläubig auf. »Nein! Also gut, wir regeln es hier und jetzt.« Dann winkte er Paul zu sich herüber.

Elain kämpfte gegen den Drang an, dem Typen ins Gesicht zu lachen. Er war nur ein paar Zentimeter größer als sie und sah überhaupt nicht glücklich aus.

Daniel beriet sich mit dem Rat und wandte sich dann wieder ihnen zu. »Okay, aber lasst es uns draußen machen.«

WENIG SPÄTER HATTEN sie sich auf einem großen Feld in der Nähe wieder versammelt. Alle, die drinnen gewesen waren, standen nun am Rand des Feldes, um zuzusehen. Abernathy kauerte mit seinem Enkel und seinen Lakaien in der Nähe des

Bürgersteigs, der vom Parkplatz zum Gebäude führte. Daniel und der Rest des Rates standen in der Mitte des Feldes. Daniel zog Elain zur Seite.

»Weißt du auch sicher, was du da tust?«, fragte er sie sanft. »Ich kann diesen Kampf nicht für dich kämpfen. Wenn du verlierst, haben wir ein ernsthaftes Problem.« Er warf einen Blick auf die Jaguare, die im Schatten eines Baumes an der Seite des Gebäudes standen, um das Geschehen zu beobachten. »Uns gehen die Optionen aus.«

Elain grinste. »Oh, ich weiß, was ich tue.«

Er schüttelte den Kopf. »Das hoffe ich sehr. Ich möchte nicht gegen dich entscheiden, aber wenn du verlierst, habe ich keine Wahl. Der Rat würde nicht zulassen, dass ich gegen den Code verstoße, auch wenn ich eine Lücke finden könnte.« Dann flüsterte er, sodass nur sie es hören konnte. »Ortega ist bereit, unseren Plan in die Tat umzusetzen.«

Sie zog ihre Schuhe aus und reichte sie ihm. »Mach dir keine Sorgen«, sagte sie unbekümmert. »Ich werde *nicht* verlieren. Aber achte bitte darauf, dass Sie ihn nach Waffen abtasten.«

Daniel nickte und machte sich auf den Weg. Er und der Rest des Rates verließen die Mitte des Feldes, und zwei Männer tasteten den Wolf nach Waffen ab. Elain nahm sich einen Moment Zeit, um sich aufzuwärmen und dehnte ihre Muskeln wie damals, als sie noch regelmäßig gerannt war.

Sie dachte daran, wie sie ihren schwarzen Gürtel im Karate viel früher bekommen hatte, als alle anderen Schüler.

Wie sie dann mit Judo angefangen hatte, weil sie eine neue Herausforderung gebraucht hatte und auch dort schnell aufgestiegen war.

Nein, ich werde nicht verlieren.

Nachdem Abernathy seinem Enkel Anweisungen gegeben

hatte, rief Daniel Elain, Ain, Abernathy und Paul zum Rand des Feldes, wo die Ratsmitglieder standen.

»Das sind die Regeln«, sagte Daniel. »Es wird so lange gekämpft, bis einer von beiden aufgibt und sich dem anderen unterwirft.« Er sah zu Elaine. »Keine Waffen, nur bloße Hände. Der Gewinner bekommt alles. Verstanden?«

Sie grinste, was den älteren Abernathy anscheinend noch mehr verunsicherte, denn er zog die Augenbrauen zusammen. »Verstanden«, sagte sie.

»Nehmt eure Position im Feld ein. Wenn meine Hand sinkt, geht es los. Die einzige Regel ist, dass ihr das Feld nicht verlassen dürft. Die Grenzen sind durch die vier Personen an den Ecken gesetzt.« Er zeigte auf sie, und jeder hob die Hand. »Wer das Feld verlässt, verliert sofort.«

Elain blickte mit einem albernen Grinsen hinter sich, während sie auf das Feld hinaushüpfte. Die Taktik funktionierte, denn jetzt runzelte auch Paul die Stirn und sah überhaupt nicht mehr so selbstbewusst aus, wie noch vor ein paar Minuten.

Sie drehte sich mit einem strahlenden Lächeln zu ihm um und beobachtete, wie Paul ein paar Meter entfernt stehen blieb. In der Ferne sah sie Daniel mit erhobener Hand dastehen.

Als Paul sich umdrehte, um ebenfalls zu Daniel zu schauen, ging Elain sofort in die Hocke. Sobald Daniels Hand nach unten zu sinken begann, stürmte sie los.

Paul stieß einen erschrockenen Schrei aus. Er stolperte und rannte dann hinter ihr her. Elain spürte das Grinsen auf ihrem Gesicht, während sie am Rand des Feldes entlangrannte und sich mühelos außerhalb von Pauls Reichweite hielt. Nach ein paar Minuten wurde ihr klar, dass sie gegen den Drang ankämpfte musste, sich zu verwandeln. Das durfte sie nicht zulassen. Sie durfte nicht die Kontrolle verlieren und sich verwandeln, da ihr Plan sonst nicht aufgehen würde.

Doch zum Glück war Pauls Selbstbeherrschung viel schlechter als ihre, denn schon nach wenigen Augenblicken blieb er knurrend stehen, riss sich die Kleider vom Leib und verwandelte sich.

»Ha!« Sie drehte sich um und wandte einen billigen Trick an. »Hier, kleiner Welpe, komm doch her und fang mich.«

Mit einem furchterregenden Knurren griff er an. In diesem Moment senkte sie ihre Schulter, hob ihn mühelos hoch und nutzte seinen eigenen Schwung gegen ihn, um ihn zehn Meter durch die Luft zu schleudern. Er schlug mit einem erschrockenen Aufschrei und einem dumpfen Schlag, der ihm die Luft nahm, seitlich auf dem Boden auf.

Während er wieder auf die Beine kam, hatte sie sich bereits umgedreht und wartete auf ihn. Er schüttelte sich, keuchte und rang um Luft.

Sie lockte ihn mit ihrem Zeigefinger. »Komm und fang mich, Arschloch.«

Wieder griff er knurrend an, doch sie war wieder schneller. Beim zweiten Mal kam er schon deutlich langsamer wieder auf die Beine. Er musterte sie mit zusammengekniffenen Augen und dachte offensichtlich über seinen nächsten Angriff nach.

Du lernst nicht gerade schnell oder, Ficker?

ALLE, die um Ain herumstanden, mussten ihn zurückhalten. Aber es war Carlas leises Flüstern in seinem Ohr, das ihm am meisten half und ihn schließlich entspannte.

»Vergiss nicht. Sie ist Cross-Meisterin und hat mehrere schwarze Gürtel.«

Mai nickte zustimmend. »Sie wird es Paul zeigen. Er ist ein kleines Weichei und er hasst Schmerzen. Ich bin Paul davongelaufen, obwohl ich schwanger bin. Elain wird keine Probleme haben, ihn fertigzumachen.«

Liam legte seine Hände auf Carlas Schultern und sie ergriff sie tröstend. »Elain ist das Ebenbild ihrer Mutter«, sagte Liam. »Maureen war eine wilde Alpha. Ich hätte nie gegen sie gekämpft, auch wenn ich nicht ihr Gefährte gewesen wäre. Und ich würde mich auf keinen Fall mit Maureen Alexanders extrem angepisster Tochter anlegen. Nur ein Narr würde es wagen, sie herauszufordern.«

Ain nickte dankbar und versuchte sich zu entspannen. Doch sicherheitshalber schüttelte er Cails und Brodeys Hände nicht von seinen Armen.

Er beobachtete, wie Paul Elain umkreiste, die noch immer wie eine Wahnsinnige grinste. Er wagte es nicht, den älteren Abernathy anzusehen, der inzwischen vor Wut schäumen musste.

Als es plötzlich so aussah, als wäre Elain gestolpert und auf ihren Rücken gerollt, schnappten er und alle anderen Zuschauer nach Luft. Sofort packten Brodey und Cail Ains Arme fester, um ihn daran zu hindern, auf das Feld zu rennen, um ihr zu helfen. Mit einem triumphierenden Heulen warf sich Paul auf Elain.

Doch augenblicklich verwandelte sich sein Heulen in einen ohrenbetäubenden Schmerzensschrei. Elain rollte sich auf ihn, wobei ihre Hand zwischen seinen Hinterbeinen lag.

»Ergib dich!«, brüllte sie mit wutverzerrtem Gesicht. Ihr Arm zuckte und sofort ließ Paul wieder einen Schmerzensschrei von sich.

Er verwandelte sich zurück in seine menschliche Gestalt und alle außer den Abernathys brachen in hysterisches Gelächter aus. Elain hatte seinen Schwanz und seine Eier fest im Griff, ihre Nägel waren so fest in die Haut gebohrt, dass er bereits blutete.

Wieder schrie er auf, als sie ihren Arm nach unten riss.

»Unterwerfe dich!«, brüllte sie.

Ain folgte Daniel und den anderen Ratsmitgliedern aufs Feld, wobei er sein Lachen nicht unterdrücken konnte.

»Okay!«, kreischte Paul. »Ich unterwerfe mich!«

Sie zog noch einmal kräftig an seinen Eiern. »Wie bitte? Ich glaube nicht, dass dein alter Tattergreis von einem Wichser-Großvater dich hören konnte, du Idiot.«

»Ich unterwerfe mich! Herrgott, bitte, lass mich los! Ich ergebe mich!«

Sie sah zu Daniel hinüber, der ebenfalls lachte. »Und?«, fragte sie. »Reicht das?«

Er warf einen Blick auf die anderen Ratsmitglieder, die alle nickten und gleichzeitig lachten. »Er hat sich dir unterworfen. Du gewinnst. Der Blutschwur wird hiermit für ungültig erklärt. Er gehört dir und du kannst mit ihm tun, was du willst.«

Sie grinste, aber es war kein amüsiertes Grinsen. Um ehrlich zu sein, jagte es Ain einen Schauer durch den ganzen Körper. Bevor er sie aufhalten konnte, drehte sie ein letztes Mal ihre Hand. Alle hörten Pauls Schmerzensschrei, und dann ein leises, ekelerregendes *Knallen*.

Sie ließ ihn los und stand auf, über ihre rechte Hand lief Pauls Blut. »Hat dir das gefallen, du kleiner Wichser? Wenn du mir das nächste Mal über den Weg läufst, werde ich sie dir abreißen und in den Mund stopfen«, zischte sie. »Und jetzt geh zurück zu deinem Arschloch-Clan. Ich will dich ganz sicher nicht. Und halte dich verdammt noch mal von Mai und dem Rest meines Rudels fern, sonst bringe ich dich das nächste Mal um.«

In ihren Augen lag ein Ausdruck, der Ain Angst einflößte.

Sie drängte sich an ihm vorbei und stolzierte auf Rodolfo Abernathy zu, der sich aus seinem Rollstuhl erhob und sich vor sie stellte.

Sie hielt ihre blutüberströmte Hand hoch, packte mit der anderen sein Hemd und wischte dann das Blut seines Enkels daran ab. Dabei knurrte sie mit eiskalter, hasserfüllter Stimme: »Wenn du oder dein Clan uns jemals wieder belästigt, wird das dein Blut an meiner Hand sein, du Arschloch.« Dann stieß sie ihn in seinen Rollstuhl zurück, sodass einer seiner Männer ihn schnell festhalten mussten, damit er darin nicht nach hinten kippte.

Sie marschierte zu einem Wasserhahn an der Seite des Gebäudes, um sich das Blut von den Händen zu waschen.

Brodey und Cail hielten Ain noch immer fest. »Ähm, Alter?«, sagte Brodey leise zu seinem Bruder. »Ich schlage vor, du lässt sie noch ein paar Minuten runterkommen, wenn du deine Eier behalten willst.«

Cail stimmte zu. »Ich habe noch nie jemanden gesehen, der so sehr Alpha war, ohne sich dabei zu verwandeln. Nicht einmal du hast so etwas je gemacht, Ain.«

Obwohl er zu ihr hinübergehen und sie umarmen wollte, nickte er. »Ihr habt recht, wir sollten sie in Ruhe lassen, bis sie sich beruhigt hat.«

ELAIN KNIETE sich neben den Wasserhahn, riss eine Handvoll Gras ab, um das unangenehme Gefühl von Pauls Blut von ihren Händen zu schrubben, und hielt ihre Hände unter das eiskalte Wasser.

Am liebsten hätte sie getobt und geschrien. Wenn sie ganz ehrlich war, wollte sie Paul mit bloßen Händen die Gedärme herausreißen, obwohl er sich schon ergeben hatte.

Aber sie hatte das Gefühl, dass das vielleicht etwas zu weit gehen würde.

Sie konnte immer noch sein Jammern und Schluchzen hören, das von der anderen Seite des Feldes herüberwehte, während Abernathys Männer ihn zum Parkplatz trugen.

Sie lächelte grimmig vor sich hin, während sie schrubbte. *Der kleine Ficker dachte, er könnte es mit mir aufnehmen? Er ist nicht einmal ein Alpha. Er ist ein verdammter Beta. Was zum Teufel hat er sich dabei gedacht? Zumindest wird er nie wieder eine Frau schwängern.*

Plötzlich tauchten zwei Schatten hinter ihr auf, und sie wusste sofort, dass es nicht ihre Männer waren. Als sie aufblickte, sah sie ihre Mutter und Mai neben ihr stehen. Elain schenkte ihnen ein Lächeln. »Hey. Was geht?« Sie riss eine weitere Handvoll Gras ab und schrubbte weiter, obwohl sie kein Blut mehr an ihren Händen sehen konnte.

Carla legte eine Hand auf Elains Rücken und drehte mit der anderen den Wasserhahn zu. »Komm schon, Schatz«, sagte sie sanft. »Lass uns hereingehen und die Toilette benutzen. Da gibt es Seife.«

Elain stand auf und ließ sich hineinbegleiten. Es entging ihr nicht, dass ihnen niemand in das Gebäude folgte. Im Badezimmer schloss Mai die Tür hinter ihnen ab und ließ das Wasser laufen, bis es warm war, dann pumpte sie eine riesige Handvoll Seife in ihre eigenen Handflächen. Elain hielt ihre Hände unter das Wasser, und die Frauen fingen an, sie für sie zu schrubben.

»Danke, Schwester«, sagte Mai und legte ihren Kopf auf Elains Schulter.

Plötzlich liefen Elain Tränen über die Wangen, ohne dass sie verstand, warum. Nachdem die Hände sauber waren, schnappte Carla sich Papierhandtücher, trocknete ihre Hände ab und schlang dann ihre Arme um sie beide.

Zusammen sanken sie zu Boden und Carla wiegte Elain und Mai tröstend hin und her, bis die Frauen sich etwas beruhigt hatten.

∼

ALS DIE FRAUEN dreißig Minuten später herauskamen, warteten die Lyall-Männer mit Micah und Jim nervös vor der Badezimmertür. Elain und Mai hatten ihre Gesichter gewaschen und abgetrocknet, sich die Nase geputzt und sich etwas beruhigt.

»Wir wollen etwas ankündigen«, sagte Elain zu ihnen. »Wir wollen zurück nach Florida. Nach Hause. Und zwar sofort.«

Carla schlang ihre Arme um die beiden Frauen. »Ich habe das Gefühl, dass ich so schnell nicht nach Spokane zurückkehren werde.«

Liam lächelte bei dieser Ankündigung.

Mai nickte. »Und ich möchte unbedingt in Arcadia bleiben, in der Nähe von Elain und ihren Jungs«, sagte sie zu Micah und Jim. »Ich möchte wieder eine Familie haben. Bitte?«

Ain lächelte. »Wir haben uns schon unterhalten. Micah und Jim werden ein Haus in der Nähe unseres Grundstücks bauen, und bis es fertig ist, könnt ihr bei uns wohnen.«

Mai und Elain quietschten vor Freude und umarmten einander und dann Carla. Danach stürmten sie voller Freude zu ihren jeweiligen Männern, um sie zu umarmen.

»Danke schön!«, flüsterte Elain Ain ins Ohr. »Danke, dass du mir vertraut hast!«

Er schob sie etwas von sich, um ihr ins Gesicht schauen zu können. »Baby, was muss ich tun, um dir zu zeigen, dass ich dir *immer* vertraue?«

»Ich weiß nur, wie schwer es für dich gewesen sein musste, mir dabei zuzusehen.«

Brodey schnaubte. »Nein, es war viel schwieriger für *uns*, zuzusehen, wie du diesem armen Ficker die Eier zerquetscht hast. Ich habe mir keine Sorgen um dich gemacht, weil ich genau wusste, dass er keine Chance gegen dich hat.«

»Wir haben einfach nicht erwartet, dass du ihm tatsächlich die Eier zerquetschen würdest«, fügte Cail hinzu.

Sie lachte. »Ich glaube, ich habe mich etwas hineingesteigert.« Sie wollte nicht daran denken, wie groß ihr Bedürfnis gewesen war, sich in Pauls Eingeweiden und Blut zu wälzen, bis ihr Fell mit Blut bedeckt und verfilzt war.

Stattdessen verdrängte sie diesen Gedanken schnell.

»Mach dir keine Sorgen«, sagte Ain, legte seinen Arm um ihre Schulter und führte sie zum Ausgang. »Erst mal bringen wir dich nach Hause.«

Doch Daniel kam hinter ihnen her. »Nicht so schnell«, sagte er.

»Was ist los?«, fragte Ain.

Er lächelte Mai und ihren Männern zu. »Wir müssen die drei Turteltauben noch offiziell anerkennen.«

»Du stellst die Gültigkeit ihrer Paarung nicht infrage, oder?«, zischte Elain angriffslustig.

Daniel schnaubte. »Nach dieser Vorführung? Bist du verrückt? Auch wenn du mir sagen würdest, dass die drei Aliens vom Mars sind, würde ich dir niemals widersprechen. Mir gefallen meine Eier genau dort, wo sie sind, vielen Dank. Ich bin nur froh, dass Callie nicht hier war und zugesehen hat. Sonst hättest du ihr vielleicht noch ein paar schlechte Ideen gegeben. Ich finde, ihr alle braucht eine offizielle Anerkennungszeremonie.«

Ain schlüpfte hinter sie. »Liebling, ich glaube, du hast ab jetzt einen Ruf.«

»Ruf?«, fragte Daniel ungläubig. »Sie ist heute auf jeden Fall zur Legende aufgestiegen. Soweit ich weiß, ist sie der erste Wolf, der jemals einem Abernathy die Eier zerquetscht hat. Und zwar wortwörtlich!«

~

DER CLANRAT VERSAMMELTE sich im Inneren des Gebäudes und auch ein Teil des Publikums kehrte zurück. Ein paar waren gegangen, weil sie wussten, dass das Spektakel vorbei war.

Daniel rief Ain, Cail, Brodey und Elain auf das Podium. Er lächelte sie an. »Wer beansprucht diese Frau als Gefährtin?«

Ain nickte. »Wir, meine Brüder und ich.« Er legte ihr eine Hand auf die Schulter. »Aindreas, Brodey und Cailean Lyall beanspruchen hiermit Elain Pardie als unsere Gefährtin. Wir bitten hiermit um die Anerkennung des Clans.«

Daniel blickte sich im Saal um. »Hat irgendjemand Einwände gegen diese Paarung?«

Elain konnte nicht anders als zu kichern. Sie konnte sich nicht vorstellen, dass irgendjemand, der bei klarem Verstand war, jetzt Einwände erheben würde.

Daniel grinste. »Der Clan erkennt hiermit Elain Pardie als Gefährtin dieser Männer an.«

Ain grinste, packte sie und küsste sie innig, was ihr den Atem raubte.

Sie hatte keine Zeit, etwas zu sagen. Als er sie wieder losließ, packte Brodey sie und küsste sie ebenfalls voller Hingabe. Nachdem Cail sie ebenfalls geküsst hatte, war Elain bereit, sich von ihnen allen auf der Stelle verarschen zu lassen, aber leider war das nicht der richtige Ort dafür. Ihre Knie fühlten sich plötzlich ganz weich an und sie schwankte, doch Ain bemerkte es und führte sie zur Seite, während Daniel Micah, Jim und Mai auf das Podium rief.

»Micah Donovan«, sagte er, »ich habe gehört, dass die Dinge etwas anders für dich waren, als für die meisten anderen.«

Micah nickte. »Ja, man könnte sagen, die Göttin hat offensichtlich einen Sinn für Humor.«

Daniel lachte. »Das stimmt. Da so etwas vorher noch nie passiert ist, werde ich einfach improvisieren.« Er blickte sich im Saal um.

»Irgendwelche Einwände?« Alle schüttelten ihre Köpfe.

»Gut.« Er sah Micah wieder an. »Nenne deine Gefährten, Alpha.«

Micah lächelte. »Hiermit erkläre ich Jim Dixon zu meinem ersten beanspruchten Gefährten. Und ich erkläre Mai Gallatin zu unserer gemeinsamen Gefährtin. Ich bitte den Clan um Anerkennung.«

Daniel nickte. »Gibt es Zeugen für die erste Beanspruchung?«

Ain trat vor. »Ja. Er hat ihn vor unserem Rudel beansprucht.«

»Und deine zweite Gefährtin?«

Daniel flüsterte Mai etwas zu. Daraufhin drehte sich um und ließ ihn ihr Oberteil gerade weit genug herunterziehen, sodass die Bisswunde sichtbar war.

Daniel nickte. »Hat irgendjemand Einwände gegen diese beiden Paarungen mit diesem Alpha?« Er wartete nicht mal eine Sekunde, sondern fügte direkt hinzu: »Dann erkennt der Clan hiermit diese Gefährten von Micah Donovan an.«

Micah küsste Jim, dann Mai, dann küsste Jim auch Mai.

Daniel und der Rest des Rates gratulierten ihnen allen, dann sagte Daniel grinsend: »Party bei mir zu Hause. Jetzt sofort. Es sei denn, wir müssen dem Rest der Gang mit den Cockatrice helfen.«

~

RODOLFO ABERNATHY LEHNTE WÜTEND jede Hilfe ab, während er aus seinem Rollstuhl kletterte und in die Limousine stieg. Zwei seiner Männer hatten den schreienden Paul bereits hineingeladen.

»Wo bringen wir ihn hin?«, fragte sein Fahrer. »Er braucht einen Arzt.«

»Fahr einfach«, knurrte Rodolfo.

Fünf Kilometer entfernt erreichten sie einen dicht bewaldeten Straßenabschnitt. Rodolfo drückte auf die Gegensprechanlage, um mit dem Fahrer zu sprechen. »Bieg hier in den Wald ein.«

Der Fahrer stellte keine Fragen, obwohl die drei Männer, die sich um den schluchzenden Enkel kümmerten, ihn fragend ansahen.

Nachdem sie mehrere hundert Meter in den dichten Wald gefahren waren, drückte Rodolfo erneut auf die Gegensprechanlage. »Halte hier an.«

Die Limousine war kaum zum Stehen gekommen, als Rodolfo hinten ausstieg. »Bringt *das* hier her«, knurrte er seine Männer an und deutete auf Paul.

Paul versuchte, sich zu wehren, aber durch seine Verletzungen und die vereinte Kraft beider Männer waren seine Bemühungen vergeblich. Rodolfo bahnte sich vorsichtig seinen Weg in den Wald, bis er eine kleine Schlucht fand, wo ein Rinnsal den Boden aufgeweicht hatte.

Er griff in seine Tasche und zog sein Messer heraus, dann deutete er auf den Boden.

Die Männer ließen Paul fallen und wichen zurück.

Rodolfo kniete sich über Paul und packte ihn mit einer Hand am Hals. »Du hast mich zum letzten Mal enttäuscht.« Mit diesen Worten schnitt er Paul die Kehle durch. Dann spülte er das Messer und seine Hände im Wasser ab und zog sein Hemd aus. »Bring mir sein Hemd aus dem Auto«, befahl er und ließ das durchtränkte Hemd auf den Körper seines Enkels fallen. »Und holt euch eine verdammte Schaufel, um dieses Stück Müll zu begraben. Im Kofferraum sollte eine sein.«

Einer der Männer rannte davon und kam ihm mit Pauls Hemd und der Schaufel auf halber Strecke entgegen. Rodolfo riss ihm das Hemd aus der Hand und zog es an. »Kommt zurück zum Auto, sobald ihr ihn begraben habt.«

Allein stürmte er zurück zur Limousine, stieg ein und zog die Tür hinter sich zu. Er kochte innerlich vor Wut. In Wirklichkeit war er nicht der Invalide, für den ihn alle hielten, doch er hatte sich große Mühe gegeben, dieses Image aufrechtzuerhalten. Doch ihm war klar, dass er selbst in seinen besten Jahren Schwierigkeiten gehabt hätte, sich gegen die Pardie-Bitch durchzusetzen. Wenn er überhaupt eine Chance gehabt hätte.

Paul hatte nicht die kleinste Chance gehabt.

Nur widerwillig konnte er sich selbst eingestehen, dass er ein wenig Respekt vor der Schlampe und ihren Kampffähigkeiten hatte. Sie hätten auf jeden Fall dazu verwendet werden sollen, das Erbgut seines Clans zu verbessern. Sie hätte schon übergeben werden sollen, als sie volljährig geworden war, dann hätte sie ihnen mehrere Welpen geben können. Welpen mit guten, starken Genen.

Mit seinen eigenen Genen, denn er konnte immer noch einen Ständer bekommen, wenn er wollte. Er hätte eine ganz neue Generation von Söhnen haben können, Alphas, die keine Enttäuschungen gewesen wären.

Er starrte aus dem Fenster und wartete darauf, dass seine Männer von ihrer Aufgabe zurückkehrten. Nein, er konnte das Urteil nicht hinnehmen, denn sie gehörte seinem Clan. Es war ihm scheißegal, was dieser verdammte Blackestone-Wolf und sein Scheinrat beschlossen hatten. Früher wäre sie ohne Frage sofort seinem Clan zuerkannt worden, und ihre sogenannten Gefährten hätten sich verpissen können, oder seine Leute hätten sie gleich getötet.

Ich will verdammt sein, wenn ich meinen Stammbaum aussterben lasse.

Was es auch kosten würde, und wenn er sie eigenhändig entführen, unter Drogen setzen und vergewaltigen musste, um sie zu schwängern, würde er diesen Blutschwur einlösen.

Und wenn es das Letzte ist, was ich tue.

KAPITEL ACHTZEHN

Am Nachmittag kehrten Lina und ihre Männer mit Mark, Doug, Oscar, Wally und Callie von ihrer Ausspäh-Mission zu Daniels Haus zurück.

Elain fühlte sich immer noch nervös und gereizt. Als Lina von der Anhörung und dem Kampf erfuhr, umarmte sie Elain.

»Es tut mir leid, dass ich nicht für dich da war, als du mich gebraucht hättest.«

»Ist schon in Ordnung. Ich wusste nicht, dass die Sache so enden würde.« Callie lachte. »Klingt, als hättest du Eindruck auf diese Jungs gemacht.«

»Also, zumindest bei dem einen, ja.«

Lina schnappte sich die Autoschlüssel von Zack. »Wo gehst du hin?«, fragte er sie.

»Wir Mädchen, einschließlich Mom, müssen mit Lacey reden«, sagte sie.

Mai sah von der Couch auf. »Müssen wir das?«

»Ja.« Lina verschränkte ihren Arm mit dem von Elain und duldete offenbar keinen Widerstand. »Das müssen wir. Kommt, meine Damen.«

»Was ist mit den Burgern?«, fragte Brodey mit einem

Winseln. »Wir sind gerade dabei, sie auf den Grill zu werfen.«

»Wir kommen wieder, keine Sorge«, versicherte ihm Elain. »Ihr könnt schon mal essen.«

Sie fuhren in Linas Auto zu Laceys Haus, und die Seherin öffnete ihre Haustür und trat auf ihre Veranda hinaus, bevor Lina überhaupt das Auto geparkt hatte. Jasper wedelte mit der Rute und sprang die Stufen hinunter, um sie zu begrüßen.

Als Elain zur Veranda ging, fragte sie Lacey im Spaß: »Hast du vorausgesehen, dass wir kommen?«

Lacey lächelte. »Lina hat mir eine SMS geschrieben.«

Elain lachte. »Also nicht ganz so mysteriös.«

»Das Einzige, was mysteriös ist«, sagte Lacey, »ist, dass mein Mobilfunknetz heute aus irgendeinem Grund fünf Balken hat. Normalerweise habe ich hier nur drei.« Sie sah Elain an. »Ich gehe mal davon aus, dass alles geklappt hat?«

Elain spürte, wie ihr Gesicht rot wurde und sie sich für das schämte, was sie getan hatte. Sie hätte sich selbst stoppen können. Aber das hatte sie nicht gewollt. »Ja. Es hat geklappt.«

»Können wir alle mit dir zum Denkfelsen gehen?«, fragte Lina sie.

»Natürlich. Je mehr, desto besser. Zumindest, wenn ihr es seid. Bist du sicher, dass du den Spaziergang packst?«

»Ich werde diese beiden noch in ein paar Monaten mit mir herumschleppen, also ja«, witzelte Lina, während sie ihren Bauch rieb.

Lacey holte Jaspers Leine und befestigte sie an seinem Halsband, dann gingen alle den Weg hinunter. Elain hatte nicht den Mumm, ihr von den Geschehnissen zu erzählen, also tat Mai es für sie. Während die alte Seherin der Geschichte lauschte, wuchs Elains Scham und sie lief etwas hinter den anderen, bis Carla zu ihr kam und ihr einen Arm um ihre Taille legte.

»Du hast getan, was du tun musstest, Schatz«, flüsterte sie Elain ins Ohr. »Maureen wäre stolz auf dich gewesen.«

»Ich bin nicht sehr stolz auf mich.«

»Er hat bekommen, was er verdient hat.«

»Ich hätte aufhören können, und ihn einfach nur auf den Boden drücken können. Es war nicht nötig, so weit zu gehen.« Elain atmete zitternd ein. »Aber ich wollte ihm wehtun und ihn bluten lassen, und ich wollte nicht aufhören. Ich habe mich noch nie so gefühlt.«

Callie blieb zurück und kam ebenfalls neben Elain. »Hör zu. Leute wie er verstehen nur Gewalt. Rodolfo Abernathy wird es sich zweimal überlegen, bevor er sich wieder mit diesem Clan oder deinem Rudel anlegt. Und ich garantiere dir, dass Paul auch keine Probleme mehr machen wird.«

Elain wünschte, sie würde genauso empfinden. Doch das nagende, bedrückende Gefühl am Rande ihres Bewusstseins wollte nicht verschwinden. Egal, was andere sagten, das hier war noch nicht das Ende dieses Kampfes.

Vielleicht war es nur der Anfang.

Sobald sie den Denkfelsen erreicht hatten, versammelten sich die Frauen darauf um die alte Seherin herum.

Sie schenkte Elain ein freundliches Lächeln. »Ich weiß, dass dir nicht gefällt, was du getan hast, aber sieh es als die Tat an, die es war.«

»Was, seine Eier platzen lassen wie Weintrauben?«, schnaubte Elain.

Lacey lächelte. »Du hast dein Rudel und deinen Clan beschützt. Das ist es, was ein guter Alpha-Wolf tut. Sie stehen für ihr Rudel und ihren Clan ein. Sie beschützen diejenigen in ihrem Rudel und Clan, die schwächer sind als sie selbst.«

Elain sah auf ihre Hände hinunter. Sie war mehrmals in

Daniels Haus auf die Toilette gegangen und hatte sich erneut die Hände geschrubbt, bis ihre Haut rot und wund ausgesehen hatte.

Laceys Hände schlossen sich um ihre und die alte Seherin wartete, bis Elain zu ihr aufsah. »Dies ist noch lange nicht das Ende der Probleme unseres Clans«, sagte Lacey. »Aber heute hast du dich als wilder Alpha etabliert, mit dem man sich besser nicht anlegen sollte. Du hast es gut gemacht, ob es dir gefällt oder nicht. Das ist unser Weg.«

»Ich hätte ihn gehen lassen können, ohne ihn wirklich zu verletzen.«

Lacey lächelte. »Sei ehrlich. Du wolltest ihn töten.«

Elains Gesicht wurde noch heißer, aber warum sollte sie lügen? Sie nickte.

Lacey lachte. »Elain, du hast deinen inneren Wolf bis vor ein paar Tagen nicht einmal gekannt. Das ist normal. Das passiert. Du solltest stolz darauf sein, dass du die Kontrolle hattest. Du findest vielleicht, dass du zu weit gegangen bist, aber andere würden argumentieren, dass du nicht weit genug gegangen bist. Hätte man ihn früher nicht als Gefährten gewollt, wäre es völlig akzeptabel gewesen, ihm die Kehle rauszureißen.«

Elain wurde dabei ein wenig mulmig, trotz allem was sie zuvor gedacht hatte.

»Mit anderen Worten«, sagte Lina, »mach dir keine Vorwürfe.«

»Er hätte auch keine Gnade mit dir gehabt«, fügte Mai hinzu. »Wenn er die Oberhand gehabt hätte, hätte er dich mit Genuss getötet, vor allem, wenn sein Großvater ihm gesagt hätte, dass er dich kaltmachen soll.«

»Ohne zu zögern«, sagte Lacey.

Callie griff nach Elains Hand. »Kopf hoch. Ich weiß, was du brauchst.« Sie führte Elain vom Felsen herunter und hinüber zur Brandung, wo sie sich am Wasser hinknieten. Callie hielt Elains Hände unter Wasser, auf dem sandigen Grund.

»Göttin dort oben«, sang Callie, »Göttin dort unten. Göttin dort innen, Göttin dort draußen. Göttin von allem, höre meinen Ruf. Sauber und rein, schnell und sicher, segne diesen Wolf und segne uns alle.«

Elain spürte ein leichtes Kribbeln in ihren Händen, dann umhüllte ein weißes Licht sie beide, was sie erschreckte.

Callie hatte es offenbar erwartet und ließ ihre Hände nicht los. Nach einem Moment verschwand das Licht, und Elain spürte das angenehm weiche und doch körnige Gefühl des Sandes auf ihren Handflächen.

»Sauber«, flüsterte Callie und zog schließlich Elains Hände aus dem Wasser, ließ sie aber noch immer nicht los. »Sauber und rein. Unschuldig. Stark und schützend.« Dann drückte sie sie ein letztes Mal und ließ Elain los.

Elain kniete weiter im Sand und starrte einen Moment lang auf ihre Hände, dann sah sie Callie an. Es fühlte sich irgendwie besser an, leichter. Als wäre ein wenig von dem Fleck auf ihrer Seele verschwunden.

Callie lächelte und nickte. »Einer meiner Vorteile«, witzelte sie und umarmte Elain.

Elain schloss die Augen und atmete tief durch. Sie spürte die Sonne auf ihrem Gesicht, roch die kühle salzige Meeresluft, den Duft von feuchtem Sand unter ihren Füßen.

»Danke«, flüsterte sie Callie ins Ohr.

»Hey, deswegen bin ich doch hier. Sie haben recht – du hast es gut gemacht. Jetzt geh mit deinem Rudel nach Hause und genieße noch eine Weile das Leben, bis wir es mit diesen Cockatrice aufnehmen müssen.«

KAPITEL NEUNZEHN

D ie Rückfahrt nach Florida hatte länger gedauert, weil sie beschlossen hatten, unterwegs ein paar Touristenattraktionen zu besuchen. Die Stimmung war gelöst und Elain, Lina, Mai und Carla waren bei jedem weiteren Stopp noch unzertrennlicher geworden. Sie hatten Liam höflich aus Carlas Auto geworfen, sodass die Frauen zusammenfahren konnten, und er hatte sich mit den anderen Männern beim Fahren abgewechselt.

Vier Tage nach ihrer Rückkehr nach Florida machte Lina für Mai einen Termin bei ihrer Gynäkologin in Tampa und nun saß Mai nervös zwischen ihren Männern im Wartezimmer und hielt Micahs und Jims Hände. Als sie an der Reihe war, erhoben sie sich alle und folgten der Krankenschwester in einen Untersuchungsraum. Die Krankenschwester nahm ihre Vitalwerte auf und gab ihr dann einen Kittel und Anweisungen, sich auszuziehen. Dann ließ sie sie im Untersuchungsraum allein.

Die Männer halfen Mai beim Anziehen der Robe und auf den Untersuchungstisch.

Sie sah in Micahs blaue Augen. Er lächelte. »Alles ist gut,

Schatz. Das ist nur eine Routineuntersuchung. Alles wird okay sein.«

Sie wusste nicht, ob sie paranoid war oder wegen ihrer Träume Angst hatte, aber sie konnte das Gefühl nicht loswerden, dass etwas nicht stimmte. »Aber warum ist mir morgens nicht übel?«

Er zuckte mit den Schultern. »Vielleicht ist das bei Kojoten anders. Ich weiß auch nicht. Wir fragen gleich die Ärztin.«

»Entspann dich«, sagte Jim. »Es ist nicht gut, sich so aufzuregen.«

»Lina hat erzählt, dass sie sich in den ersten Monaten ihrer Schwangerschaft die Eingeweide ausgekotzt hat.«

»Lina ist auch mit Drachenzwillingen schwanger«, erinnerte Jim sie. »Die hat bestimmt auch die ganze Zeit Sodbrennen.«

Nach ein paar Minuten kam die Ärztin und lächelte sie freundlich an. Sie hatte schulterlanges schwarzes Haar mit ein paar grauen Strähnen. »Mai Gallatin? Ich bin Doktor Alberto.«

Mai lächelte nervös. »Freut mich, Sie kennenzulernen. Das sind meine Gefährten, Micah und Jim.«

»Schön, Sie alle kennenzulernen. Bevor wir anfangen, möchte ich Sie darauf hinweisen, dass einige meiner Krankenschwestern Menschen sind, also sprechen sie nicht über diese Dinge, wenn sie im Zimmer sind. Und ich benutze ein sehr kleines Labor, das von einem Cousin von mir betrieben wird. Wir sind sehr darauf bedacht, alle Ergebnisse anonym zu halten, aber dadurch kann es manchmal ein paar Tage länger dauern, bis wir die Ergebnisse haben.«

Mai nickte.

»Jetzt schauen wir uns mal Ihren Bauch an.«

»Ich hatte überhaupt keine Übelkeit bis jetzt. Was stimmt nicht mit mir?«

Dr. Alberto lächelte. »Ich verstehe die Frage nicht. Machen Sie sich Sorgen, dass etwas nicht stimmt, oder würden Sie gerne jeden Morgen kotzen? Ich habe viele Patientinnen, die gerne mit Ihnen tauschen würden.«

Mai wurde klar, dass sie verängstigt ausgesehen haben musste, da die Ärztin ihren Arm tätschelte. »Entspannen Sie sich, das ist völlig okay. Jeder ist anders. Manche Frauen haben überhaupt keine Übelkeit.« Dann untersuchte sie sie und machte einen Ultraschall.

»Ich habe immer wieder Träume«, gab Mai leise zu.

Die Ärztin blickte vom Ultraschallgerät auf. »Was für Träume?«

Mai errötete und die Männer starrten sie an, da sie ihnen noch nichts davon erzählt hatte. »Es hat angefangen, als mir klar wurde, dass ich schwanger bin, und es ist immer der gleiche Traum. Ich bekomme ein Mädchen, und während sie geboren wird, stimmt etwas ganz und gar nicht mit ihr.«

Dr. Alberto lächelte freundlich. »Es ist normal, von seinem Baby zu träumen«, sagte die Ärztin. »Viele Mütter haben solche Träume. Sogar menschliche Mütter. Es ist alles in Ordnung.«

»Wirklich?«

Sie nickte. »Wirklich.« Dann machte sie mit ihrer Arbeit weiter. »Möchten Sie das Geschlecht Ihres Babys wissen?«, fragte sie.

Mai nickte. »Bitte.«

Dr. Alberto machte eine Aufnahme und markierte eine Stelle auf dem Bildschirm. »Ich hoffe, Sie mögen Pink.«

Micah grinste. »Wir bekommen ein Mädchen?«

Mai stieß ein leises Schluchzen aus. Wenn dieser Teil ihres wiederkehrenden Traums stimmte …

Die Männer hielten ihre Freude nicht zurück. Jim küsste sie und strahlte. »Ein wunderschönes kleines Mädchen, das wir richtig verwöhnen können«, sagte er.

»Die Chancen lagen fifty-fifty, dass Sie vom richtigen Geschlecht geträumt haben, Mai«, versuchte die Ärztin sie zu beruhigen, während sie mit dem Ultraschall fortfuhr.

Doch Mai gefiel das leichte Stirnrunzeln nicht, das wenige Minuten später auf dem Gesicht der Ärztin auftauchte. »Was ist? Was ist los?«

Die Ärztin schüttelte den Kopf. »Ich bin mir nicht sicher, ob es etwas ist oder nicht. Bei Kindern von Gestaltwandlern gibt es immer ein paar Unregelmäßigkeiten. Bei einer Patientin hat sich das Baby ständig verwandelt. So etwas habe ich vorher auch noch nie erlebt. Deshalb durfte ich nie eine meiner Mitarbeiterinnen im Zimmer haben, wenn ich einen Ultraschall bei ihr gemacht habe. Meistens war auf dem Bildschirm ein Pumakätzchen zu sehen und kein Baby. Ich habe die Mutter schließlich für die Geburt nach Hause gebracht, weil wir nicht wussten, was herauskommen würde.« Sie lächelte. »Glücklicherweise entschied sich ihr Sohn, mit zwei Beinen geboren zu werden und nicht mit vier.«

Nach dem Ultraschall ging die Ärztin die Ergebnisse durch. »Soll ich eine Amniozentese machen? Es ist nicht erforderlich, aber es ist ein hilfreicher diagnostischer Test, um Sie zu beruhigen. Keine Sorge, es ist ganz normal, dass sich werdende Mütter Sorgen machen, dass etwas nicht stimmt.« Dann erklärte sie ihnen das Verfahren und die Risiken und Vorteile.

Mai sah ihre Männer an und Micah küsste ihre Hand. »Das ist deine Entscheidung. Wir unterstützen dich bei allem, was du tun willst.«

Mai nickte. »Okay. Lass es uns tun. Vielleicht hören

meine Träume dann auf. Oder zumindest kann ich sie dann ignorieren.«

»Ich hole meine Krankenschwester. Denken Sie daran, sie ist ein Mensch, also nur normale Gespräche. In Ordnung?«

Sie nickten. Einige Minuten später kehrte die Ärztin mit ihrer Krankenschwester und den für die Durchführung des Eingriffs erforderlichen Instrumenten zurück. Nachdem sie ziemlich viel Zeit mit dem Ultraschallgerät verbracht hatten, um zu entscheiden, wo die Probe genommen werden sollte, wischten und sterilisierten sie eine Stelle auf Mais Bauch. Dann führte die Ärztin die Nadel vorsichtig ein und entnahm eine Flüssigkeitsprobe.

Mai klammerte sich an Jims und Micahs Hände und hielt ihre Augen fest geschlossen. Als es vorbei war, deckte die Ärztin sie mit einem Laken zu. »Alles erledigt. Ich möchte, dass Sie ein paar Minuten liegen bleiben. Ich werde nach Ihnen sehen, bevor Sie sich wieder anziehen können.«

Mai nickte und ließ die Augen geschlossen, bis sie die Tür zum Untersuchungsraum schließen hörte und wusste, dass sie wieder allein waren. Dann sah sie Jim und Micah an.

»Da stimmt etwas nicht«, flüsterte sie. »Ich kann es fühlen.«

»Schatz«, sagte Jim, »die Ärztin hat dir doch gesagt, dass es normal ist, sich Sorgen zu machen. Diese Art von Stress ist nicht gut für euch beide. Alles wird gut werden, mit dir und mit unserem Baby.«

Micah nickte. »Er hat recht. Mach dir keine Sorgen, alles wird gut.« Er lächelte und strich ihr eine Strähne aus der Stirn. »Lass dich einfach von uns verwöhnen.« Sie zwang sich zu einem Lächeln, doch das ungute Gefühl war noch immer da.

»Hey«, sagte Jim. »Wir treffen uns morgen mit Linas

Architekturbüro, um mit der Planung und dem Bau unseres Hauses anzufangen.«

»Ja«, sagte Micah. »Du kannst es einrichten, wie du willst, und zwar schon bald.«

Es tat ihr leid, in so einer Stimmung zu sein, dass ihre Männer das Gefühl hatten, sie aufheitern zu müssen. »Ich liebe euch zwei. Ihr habt keine Ahnung, wie sehr.« Ihr strahlendes Lächeln hellte ihre Stimmung für einen Moment auf.

Eine Stunde später saßen sie im Auto und fuhren nach Hause. Mai hatte es sich auf dem Rücksitz bequem gemacht und streichelte sanft ihren Bauch.

EINE WOCHE später waren Micah und Jim mit Brodey an die Ostküste gefahren, um einen Anhänger mit neuen Waren abzuholen, die sie von einem Rancher in Homestead gekauft hatten. Mai spürte, wie ihr Herz kurz stehen blieb, als ihr Handy klingelte und die Privatnummer von Dr. Alberto anzeigte.

»Mai? Hier ist Dr. Alberto.«

Ihre Hände zitterten. »Ja?«

»Können Sie heute bitte in mein Büro kommen? Ich habe Ihre Testergebnisse zurückbekommen und möchte mit Ihnen darüber sprechen ...«

Mai hörte nicht, was die Ärztin danach sagte, da sie anfing zu schluchzen. Lina, die auf dem Sofa ferngesehen hatte, hievte sich von ihrem Platz und watschelte zu Mai hinüber, um ihr das Handy aus der Hand zu nehmen.

»Hallo? Wer ist da?«

Mais ganzer Körper fühlte sich kalt an, während sie Lina beobachtete.

»Dr. Alberto, Hallo. Hier ist Lina Alexandr ...« Sie beobachtete, wie sich Linas Gesicht plötzlich in eine ausdrucks-lose Maske verwandelte. »Okay. Ihre Jungs sind nicht hier, aber wir bringen sie gleich zu Ihnen. Wir sind in etwa einer Stunde da. Danke.« Dann legte sie auf.

Mai brach wieder in Tränen aus.

Als Elain ein paar Minuten später hereinkam, tröstete Lina sie gerade. »Was ist los?«

»Kannst du mit uns kommen?«, fragte Lina sie.

»Wohin gehen wir?«

»Die Ärztin will Mai sehen.«

»Natürlich, ich hole noch schnell Mom.« Zehn Minuten später saßen die Frauen in Elains Auto und rasten den Highway hinunter in Richtung Interstate. Carla wurde damit beauftragt, alle Männer anzurufen und ihnen zu sagen, wohin sie unterwegs waren.

Als sie die Praxis erreichten, wurden sie sofort zur Ärztin durchgelassen, ohne warten zu müssen.

»Was stimmt nicht mit meinem Baby?«, fragte Mai. »Bitte sagen Sie es mir sofort.«

Die Ärztin reichte ihr eine Schachtel Taschentücher. »Ich habe Ihre Amnio-Testergebnisse zurückerhalten«, sagte sie mit leiser Stimme und einem besorgten Gesichtsausdruck. »Die Ergebnisse deuten darauf hin, dass Ihr Baby das Down-Syndrom hat.«

Im Raum wurde es still. Mai versuchte, diese Informationen zu verarbeiten. »Was … was ist das? Ich habe davon gehört, aber was ist das? Wird es ihr gut gehen?«

Die Ärztin faltete ihre Hände vor sich auf ihrem Schreib-tisch und Mai hörte nur die Hälfte von dem, was sie ihr erzählte. Sie war sich vage bewusst, dass Carla einen festen Arm um ihre Schultern gelegt hatte und ihr frische Taschentü-cher reichte, während Lina und Elain der Ärztin Fragen stellten.

»Was versuchen Sie mir zu sagen?«, fragte Mai schließ-lich. »Versuchen Sie mir zu sagen, dass ich mein Baby abtreiben soll?«

Dr. Alberto schüttelte energisch den Kopf. »Nein, das versuche ich auf *keinen* Fall. Das ist eine persönliche Entscheidung. Wenn Sie mehr Informationen möchten, werde ich sie Ihnen gerne zukommen lassen. Ich versuche nur, Ihnen alle Optionen zu erklären. Das Down-Syndrom ist leider ein häufiger Geburtsfehler. Ich hatte in meiner Praxis schon oft damit zu tun. Bei Gestaltwandler-Babys gibt es das aber viel seltener und die Geburtsfehler sind normalerweise sehr geringfügig und betreffen nur Eltern, die schwache Gestaltwandler sind oder sich nicht verwandeln können. Oder bei Paaren, bei dem ein Elternteil ein Mensch ist und nicht von Gestaltwandlern abstammt. Ein Gestaltwandler-Baby mit Down-Syndrom habe ich noch nie gesehen und noch nie davon gehört. Also habe ich herumtelefoniert, aber auch von meinen Kollegen kennt niemand so einen Fall. Wir Gestalt-wandler-Ärzte kennen uns alle untereinander und halten einander auf dem Laufenden, falls wir Behandlungsratschläge benötigen.« Sie seufzte. »Niemand konnte mir einen anderen Rat geben, als so vorzugehen, als wäre sie ein normales menschliches Baby.«

Mai streichelte wieder ihren Bauch und in diesem Moment trat das Baby.

Mai brach in Tränen aus. »Ich möchte mein Baby«, schluchzte sie. »Ich will sie nicht verlieren.«

Die Ärztin stand auf und umrundete ihren Schreibtisch. Dann kniete sie sich vor Mai hin und nahm ihre Hände in ihre. »Dann verspreche ich Ihnen, dass ich alles in meiner Macht Stehende tun werde, um Ihnen und Ihrem Baby zu helfen, sicher durch diese Situation zu kommen. In Ordnung?«

»Das werden wir auch«, sagte Lina. »Du bist nicht allein.«

»Die Jungs werden mich hassen«, flüsterte Mai.

»Nein, das werden sie nicht«, beharrte Elain. »Sie lieben dich und sie lieben dieses Baby. Schau dir all die ›Daddy's Little Princess‹-Strampler an, die sie letzte Woche gekauft haben.«

Das entlockte Mai ein winziges Lächeln. »Glaubst du?«

Carla umarmte sie fest. »Ich bin mir sicher. Es ist okay. Du bist nicht allein, das verspreche ich dir.«

ELAIN UND CARLA verließen mit Dr. Alberto den Raum, um Micah und Jim anzurufen und ihnen die Neuigkeiten zu überbringen. Mai lehnte sich an Lina. »Es wäre schön, wenn einmal etwas in meinem Leben richtig läuft«, flüsterte Mai.

»Hey«, sagte Lina, »sieh es mal so. Du wirst dein Baby lieben, egal was passiert, oder?«

»Natürlich!«

»Glaubst du wirklich, diese Arschlöcher von Abernathy hätten sie länger als ein paar Minuten nach ihrer Geburt leben lassen?«

Mai fühlte, wie ein schützendes Knurren tief in ihrer Kehle begann, das sie schnell unterdrückte. »Das stimmt«, gab sie zu. »Sie wollten sowieso schon, dass ich abtreibe.«

»Na siehst du? Dann sollte es so kommen.«

»Kannst du mein Baby sehen?«, fragte sie hoffnungsvoll. »In einer deiner Visionen?«

Lina lächelte traurig. »Alles, was ich bis jetzt gesehen habe, ist, dass sie geboren wurde und geschrien hat, wie jedes normale Baby. Und Micah und Jim waren bei der Geburt bei dir.«

»Wirklich?«

»Wirklich.«

Mai schloss die Augen und lehnte sich an Linas. »Danke schön.«

»Es tut mir leid, dass ich dir nicht mehr sagen kann. Ich wünschte, ich könnte mehr voraussehen. Aber wenn noch etwas kommt, lasse ich es dich wissen.«

Mai holte tief und erleichtert Luft. »Dass sie bei mir sein werden, reicht mir.« In ihren Träumen waren Jim und Micah nie da gewesen, selbst nachdem sie sie markiert hatten. Aber sie vertraute Linas Visionen weit mehr als ihren eigenen Träumen.

Sobald sie alle wieder im Auto waren, rief Micah sie an. »Schatz, geht es dir gut?«

Sie brach sofort in Tränen aus. »Es tut mir leid!«

»Warum entschuldigst du dich? Wir lieben dich.«

Mai versuchte zu sprechen, aber die Emotionen überwältigten sie, sodass Carla ihr das Handy abnehmen musste.

»Micah? Hier ist Carla. Ja, sie ist ziemlich durch den Wind. Wir sehen uns, wenn ihr nach Hause kommt. Fahrt vorsichtig.«

Schweigend fuhren sie den Rest des Weges nach Hause. Brodey, Micah und Jim waren noch nicht zurück, aber Ain, Cail und Liam umarmten Mai tröstend, sobald sie hereinkam. Lina und Carla brachten Mai ins Wohnzimmer, während Cail Elain mit dem Abendessen half. Die anderen wollten nicht, dass Mai sich allein in ihr Zimmer zurückzog und baten sie, bei ihnen zu bleiben, damit sie sie trösten konnten.

»Wir sind für dich da«, sagte Ain zu ihr. »Wir alle.«

»Wie soll ich mich um ein Baby mit Down-Syndrom kümmern?«, flüsterte sie und sah Carla an. »Ich weiß nichts darüber.«

Carla hielt ihre Hand. »Liebling, ich wusste auch nichts

über Babys, als Elain geboren wurde. Das lernt mal alles, wenn es so weit ist. Aber Ain hat recht. Wir sind alle für dich da. Ich bin mir sicher, dass es da draußen eine Menge Informationen gibt, die wir lesen und studieren können, damit wir vorbereitet sind, wenn sie geboren wird.«

Lina lachte. »Stellt euch vor, wir könnten alle zu ihrem Geburtsvorbereitungskurs mitkommen. Der ganze Raum wäre voll mit all ihren Tanten und Onkeln.«

Mai lächelte. »Wie konnte ich so viel Glück haben, euch alle zu finden?«

Lina grinste. »Das Schicksal mag zwar manchmal eine kleine Bitch sein, aber normalerweise weiß sie, was das Beste für uns ist.«

LINA WOLLTE GERADE ETWAS ANTWORTEN, doch in diesem Moment klingelte ihr Handy. Sie warf einen Blick auf den Bildschirm, runzelte die Stirn und antwortete. »Hallo, Lacey.«

»Ich muss mit dir reden, Schatz. Allein.«

»Nur eine Minute.« Sie ging hinunter in ihr Zimmer und schloss die Tür. »Was geht?«

»Ich muss dir etwas sagen, aber du kannst es noch niemandem erzählen.«

Ein seltsames, kribbelndes Gefühl kroch Lina den Rücken hinunter. »Ooookay.«

»Es geht um Mais Baby.«

Lina erstarrte und senkte die Stimme, obwohl sie wusste, dass die anderen Gestaltwandler sie am anderen Ende des Hauses nicht hören konnten. »Wir sind gerade vom Arzt zurück! Sie hat …«

»Down-Syndrom, ja. Behält sie das Baby?«

»Ja, sie sagt, dass sie es behalten möchte.«

Lacey seufzte erleichtert. »Oh gut.«

»Ähm, warum?«

»Vielleicht willst du nicht, dass ich es dir sage.«

»Solche Aussagen sind nie hilfreich, weißt du.«

»Ich habe etwas gesehen. Ich weiß nicht genau, was es bedeutet, aber dieses kleine Mädchen ist sehr wichtig. Beschütze sie um jeden Preis.«

»Und das darf ich niemandem sagen?«

»Nein. Dir wird das alles irgendwann klar werden. Vielleicht wirst du sogar eigene Visionen davon haben.«

Lina ertappte sich dabei, wie sie ihren eigenen Bauch streichelte, wo ihre Zwillinge anscheinend gerade Purzelbäume oder Kickboxen übten.

»Warum kannst du es mir nicht sagen?«

»Weil noch nicht alle Teile zusammengefügt sind.«

LACEY SAH QUER durch ihr Wohnzimmer, wo Baba Yaga in ihrer matronenhaften Gestalt auf ihrer Couch saß und an einer Tasse Kaffee nippte. Jasper saß vor ihr, wedelte mit der Rute und hoffte auf mehr von den Leckerlis, die sie ihm zuvor gegeben hatte.

Lina klang frustriert, und Lacey konnte sie gut verstehen. »Welche Teile?«, fragte Lina.

»Das weiß ich nicht«, flunkerte Lacey. »Aber bitte vertrau mir.«

Lina seufzte am anderen Ende der Leitung. »Also gut.«

»Ich muss jetzt gehen. Danke schön. Pass auf dich auf und grüße alle von mir.« Sie legte auf und sah Baba Yaga an. »War das gut genug?«

Die Matrone nickte. »Ja.«

»Warum erzählst du Lina das nicht selbst?«

»Weil ich glaube, dass sie gerade etwas genervt von mir ist. Ich habe sie gemieden, weil sie in der Lage sein muss, auf eigenen Beinen zu stehen und lernen muss, ihren Instinkten zu vertrauen. Es genügt zu sagen, dass die Informationen besser von dir als von mir kommen. Wenn sie jetzt mit mir redet, verliert sie den Fokus auf das Wesentliche.« Sie trank ihren Kaffee aus und tätschelte Jasper ein letztes Mal den Kopf, bevor sie aufstand.

»Ich habe das Gefühl, ich habe sie angelogen«, sagte Lacey.

»Du hast nicht gelogen. Du hattest eine Vision und hast ihr gesagt, was du kannst.«

Lacey zog eine Augenbraue hoch. »Hast du mir die Vision gezeigt?«

Baba Yaga zuckte mit den Schultern. »Es spielt keine Rolle, woher die Vision kommt, oder?«

»Nein, ich denke nicht.«

»Trotzdem musst du wachsam bleiben. Rodolfo Abernathy und andere böse Mächte werden bereit sein, zu töten, um an dieses kleine Mädchen zu kommen. Sie muss beschützt werden, bis sie ihr eigenes Schicksal erfüllen kann.« Sie stellte die Kaffeetasse auf den Tresen.

Lacey legte ihr eine Hand auf den Arm, um sie am Gehen zu hindern. »Wird sie sterben?«

»Irgendwann. Aber nicht jetzt.« Sie zeigte warnend mit dem Finger auf Lacey. »Ich werde dir das sagen, weil wir gute Freunde sind. Aber du darfst es niemandem erzählen. Dieses kleine Mädchen wird ein langes und glückliches Leben führen, solange ihre Umgebung auf meine Warnung hört.« Sie lächelte. »Oder vielmehr *deine* Warnung. Und vergiss nicht, Lina darf nicht erfahren, dass ich die Quelle dafür war. Du weißt, was sie für mich empfindet. Ich möchte jetzt keinen Ärger mit ihr. Sie wird alle Hände voll zu tun haben, mit ihren Babys. Da wäre ich nur eine unnötige Ablenkung.«

»Daniel hat mit mir gesprochen. Er hat mich gefragt, ob ich etwas von den Albträumen wüsste, die Callie hat. Du weißt nicht zufällig etwas davon, oder?«

Baba Yaga runzelte die Stirn. »Er hat vor ein paar Monaten mit mir darüber gesprochen. Hat sie sie immer noch?«

»Er sagt, dass sie sich nicht daran erinnern kann, wenn sie aufwacht.«

»Ich schwöre dir, ich weiß nicht, warum sie die hat.« Sie verstummte für einen Moment. »Ich werde mit Daniel und meiner Schwester noch mal darüber reden. Einverstanden?«

Lacey nickte. Damit verschwand Baba Yaga.

Lacey ließ sich auf ihr Sofa fallen und Jasper legte seinen Kopf in ihren Schoß. Sie streichelte ihn geistesabwesend, während sie über die Warnung nachdachte.

KAPITEL ZWANZIG

Um Mai von den Nachrichten abzulenken, beschlossen Lina, Elain und Carla ihr eine tolle Babyparty mit verspäteter Brautparty zu schmeißen. Also eine Paarungs-Baby-Party.

Keine der Frauen brachte es übers Herz, die Männer von der Feier auszuschließen, also durften alle mitmachen. Sie verbrachten einen ganzen Nachmittag mit Spielen und köstlichen Häppchen und Kuchen. Nach einigen Stunden schlich sich Elain schließlich davon, um ein paar Minuten allein zu sein.

Sie setzte sich auf einen umgestürzten Baumstamm am Waldrand und starrte auf das Haus. Von der Veranda hörte sie die fröhlichen Geräusche ihrer feiernden Familie. Sie blickte nicht auf, als Ain sich von der Gruppe löste und schweigend über den Hof ging, um sich zu ihr auf den Baumstamm zu setzen.

Er nahm ihre Hand in seine. »Woran denkst du gerade?«, fragte er schließlich.

Sie holte tief Luft und stieß einen langen Seufzer aus. »Ich weiß nicht, was ich gerade denke. Die letzten Wochen waren verrückt. Ich versuche immer noch, alles in meinem Kopf zu ordnen.« Sie sah ihn an. »Und mir tun Mai und ihre Jungs leid.«

»Warum?«

Sie zog eine Augenbraue hoch. »Äh, wegen all dem?«

Er zuckte mit den Schultern. »Sieht es so aus, als würden sie sich selbst bemitleiden?«

Sie beobachtete die drei Turteltauben, die sich mit Zack und Kael unterhielten. Alle lächelten und schienen glücklich zu sein.

Ain ließ ihre Hand los und legte seinen Arm um ihre Schultern. »Wenn ein Kind mit einer Behinderung geboren wird, versammeln wir um uns die Familie, um sie zu lieben und das Kind zu schützen. Wir werfen es nicht zum Sterben aus der Höhle.«

Sie schnaubte. »Ich wette, die Abernathys würden das.«

»Da hast du recht. Aber falls du es noch nicht erraten hast: Es gibt keine anderen Clans, die die Sachen so regeln wie Rodolfo Abernathy. Und das aus verdammt gutem Grund.«

Sie legte ihren Kopf auf seine Schulter und beobachtete die Feierlichkeiten.

»Was liegt dir sonst noch auf dem Herzen?«, fragte er leise.

Warum sollte sie es leugnen? »Ich wünsche mir ein Baby«, flüsterte sie. »Ich hätte es selbst nicht gedacht. Zumindest nicht so bald. Aber ich möchte Mutter werden. Das tue ich wirklich.«

Er küsste sie auf den Kopf. »Nicht sofort.«

Er muss gespürt haben, wie sie sich anspannte, um ihm zu widersprechen, aber er drückte sie fest an sich. »Ich meine das nicht als Befehl. Ich habe dir versprochen, die Dinge sechs Monate lang auf unsere Art zu machen, und dass ich

dich in diesen sechs Monaten nicht schwängern würde. Erinnerst du dich?«

»Oh. Oh ja.« Das hatte er, nachdem sie ihn aus dem Tierheim in Virginia gerettet hatte. Sie seufzte. »Darf ich dich
bitten, dieses Versprechen zu ändern?«

Er kicherte und zog sie auf seinen Schoß. Mit einer Hand
drehte er ihr Gesicht zärtlich zu ihm, sodass er ihr in die
Augen sehen konnte. »Ich halte meine Versprechen, Liebes.
Ich habe versprochen, ein lieber, sanfterer Prime zu sein. Und
ja, ich möchte Kinder. Und ein Teil von mir würde dich am
liebsten sofort in den Wald hinter uns tragen und dir ein Baby
machen. Aber ich glaube, dass wir noch etwas warten
müssen. Ein paar Monate sind keine lange Zeit. Du wirst die
Tante von Mais kleinem Welpen sein und die von Linas
sowieso … Oh, ich habe keine Ahnung, wie man Drachen-
babys nennt, aber nicht Welpen.«

Sie lachte.

Er küsste sie und sie schlang ihre Arme um seinen Hals
und genoss den Moment. Als er seinen Mund schließlich von
ihrem löste, sagte er: »Glaube mir, wenn wir uns alle zusam-
mengesetzt und darüber gesprochen haben und klar ist, dass
wir alle vier an Bord sind, dann machen wir es. Ich werde dir
dein Gehirn rausficken, bis du schwanger bist.« Er glitt mit
einer Hand ihren Körper hinab und legte sie auf ihren Bauch.
»Ich werde deinen schönen Körper jeden Morgen küssen und
dir dafür danken, dass du unsere Gefährtin bist.«

Sie schob ihre Finger zwischen seine. »Ich weiß nicht. Ich
habe gehört, dass Frauen in den Wehen ihre Männer oft
verfluchen. Vergiss nicht, was ich Paul Abernathy angetan
habe.«

Er küsste ihren Hals. »Ich werde dafür sorgen, dass wir
drei Keuschheitsgürteln aus Stahl bereit haben, um unsere
Eier zu schützen.«

Das brachte sie zum Lachen. Sie kuschelte sich in seine Arme und beobachtete, wie Liam und ihre Mutter sich auf einer Seite der Veranda unterhielten. Ihr war nicht entgangen, wie oft ihre Mutter in seiner Gegenwart lächelte und wie Liam sie in den letzten Tagen angesehen hatte. Trotz allem was Lina gesagt hatte, wollte sie sich keine zu großen Hoffnungen machen, aber das kleine Mädchen in ihr betete dafür.

Ain flüsterte ihr ins Ohr. »Es ist okay zu hoffen, Liebes. Vielleicht finden sie gemeinsam ihr Glück. Aber bitte sei nicht enttäuscht, wenn sie nicht zusammenkommen.«

Sie seufzte traurig. »Hätte er nicht schon längst gespürt, wenn sie seine Gefährtin wäre?«

»Nicht unbedingt. Es ist anders, wenn der Gefährte eines Wolfs stirbt. Wir paaren uns fürs Leben. Manchmal findet der Überlebende die Liebe wieder, auch wenn er an der Stärke seiner ursprünglichen Bindung in seinem Herzen festhält. So etwas kommt vor.«

»Es ist also möglich?«

»Ja.«

»Okay.« Damit konnte sie sich abfinden. Zumindest für den Moment.

ELAIN VERSUCHTE, die anderen ins Bett zu scheuchen, damit sie aufräumen konnte, aber sie wollten nichts davon hören. Alle packten mit an, und als es nur noch darum ging, einen letzten kleinen Abwasch in der Spüle zu erledigen, überzeugte sie schließlich alle außer ihrer Mutter, in ihre jeweiligen Zimmer zu gehen.

Carla schnappte sich ein Geschirrtuch und fing an abzutrocknen. »Geht es dir gut, Schatz?«

Elain nickte. »Ja, ich bin nur erschöpft. Es ist viel

passiert.«

»Und wir müssen noch eine Hochzeit planen.«

Elain stöhnte. »Heilige Scheiße.«

»Hast du das etwas vergessen?«

»Nein, ich habe es nur irgendwie ausgeblendet.« Sie reichte ihrer Mutter ein weiteres sauberes Glas. »Bei allem, was in letzter Zeit los war, ist es irgendwie in den Hintergrund gerückt.«

»Du hast es vergessen.« Carla lächelte. »Aber das ist okay. Ich wundere mich, dass du immer noch bei Verstand bist.«

»Wer sagt, dass ich das bin? Schmutzige Lügnerin.«

Carla lachte. »Deine scharfe Zunge ist noch intakt. Das ist ein gutes Zeichen.«

»Das ist aber ungefähr das Einzige, was noch intakt ist.« Sie spülte das letzte Glas fertig und reichte es ihrer Mutter. »Und ich kann nicht aufhören, an Mais Baby zu denken.«

»Warum?«

Elain starrte sie an. »*Warum?* Ernsthaft?«

»So meine ich das nicht. Wir machen uns alle Sorgen, Schatz. Aber es macht keinen Sinn, sich verrückt zu machen, wenn das Baby noch nicht einmal da ist. Sie werden ihre gemeinsame Zeit genießen, bevor sie Eltern werden und sich auf das Baby konzentrieren müssen.«

Darauf hatte Elain keine Antwort. Das war nicht das Einzige, was ihr Sorgen machte. Trotz allem was sie vorher mit Ain besprochen hatte, war diese ›Was wäre, wenn‹-Frage nun ständig in ihren Gedanken.

Was wäre, wenn eines ihrer Kinder ein Problem hätte?

Carla musterte sie. »Du kannst dich nicht wegen etwas verrückt machen, das noch nicht passiert ist. Nur weil Mais Baby ein Problem hat, heißt das noch lange nicht, dass dein Baby das auch haben wird.«

Das erschreckte Elain. »Bist du sicher, dass du nicht auch zum Teil Gestaltwandlerin bist? Du hast gerade meine Gedanken gelesen.«

»Schatz, es gibt keine Mutter oder werdende Mutter oder Möchtegern-Mutter, die diesen Gedanken nicht mindestens einmal hatte. Alle, die das leugnen, lügen. Es ist Teil des Menschseins. Ich sage nur, dass du dich davon nicht auffressen lassen solltest. Vor allem, wenn es nicht deine Sorge ist. Zeig ihr und dem Baby deine Liebe, unterstütze sie so, wie sie es brauchen, und lass das Leben seinen Lauf nehmen. Du hast genug auf dem Teller. Genieße deine Männer und dein Leben.«

»Danke, Mom.«

Als sie ins Schlafzimmer kam, war Ain bereits eingeschlafen. Er hatte die Nacht davor einer Kuh mit einer schwierigen Geburt geholfen und war erschöpft.

Brodey und Cail sahen sie beide erwartungsvoll mit dem gleichen Grinsen auf ihren Gesichtern an.

Sie lächelte. »Gebt mir eine Sekunde, ich bin gleich da.« Sie ging ins Badezimmer und schloss die Tür hinter sich. Dann zog sie sich aus, ging auf die Toilette und machte sich frisch.

Als sie den Medizinschrank öffnete, entdeckte sie ihre Packung mit Antibabypillen. Sie hatte sie heute noch nicht genommen.

Als sie die Pille gerade herausdrücken wollte, kamen ihr die Visionen, oder was immer sie waren, die sie von ihrer Schwangerschaft gehabt hatte, wieder in den Sinn.

Trotz der verrückten vergangenen Monate war eines sicher – sie würde den Rest ihres Lebens mit ihren Männern verbringen. Mit Vergnügen.

Sie hielt die Schachtel über den Mülleimer und schloss die Augen. *Kein schlechtes Gewissen, keine Zweifel.*

Laceys Rat, ihrem Instinkt zu folgen, kam ihr wieder in den Sinn.

Elain öffnete ihre Hand und ließ die Packung in den Mülleimer fallen.

Sofort fühlte sich ein Teil ihrer Seele leichter an.

Sie öffnete die Augen, holte tief Luft und lächelte sich im Spiegel an.

Meinen Instinkten vertrauen.

Sie kehrte ins Schlafzimmer zurück und schlüpfte zielstrebig zwischen Cail und Brodey ins Bett. Ganz leise, um Ain nicht zu wecken, kroch sie zwischen Brodeys Beine, lächelte ihn an und nahm dann seinen steifen Schwanz tief in den Mund.

Er stöhnte leise, während seine Finger sich in ihr Haar krallten und sie an seinem steifen, angeschwollenen Schaft auf und ab führten.

Cail kniete sich hinter sie und fuhr mit seinen Fingern zwischen ihre Beine. Sie stöhnte leise um Brodeys Schwanz herum und wackelte mit ihren Hüften zu Cail, um ihn zu ermutigen.

Er schob einen, dann zwei Finger in sie hinein und entlockte ihr damit wieder ein Stöhnen. Mit seiner anderen Hand suchte und fand er ihren Kitzler und bearbeitete ihn sanft zwischen Daumen und Zeigefinger.

Sie kannten ihren Körper so gut. Fast schon zu gut. Cail brachte sie schnell zum Kommen und zwang sie, ihre lauten Schreie von Brodeys Schwanz in ihrem Mund dämpfen zu lassen.

»Braves Mädchen«, sagte Cail leise. Er richtete die Spitze seines Schwanzes an ihrer Muschi aus und bevor sie von ihrem ersten Orgasmus überhaupt zu Atem gekommen war, fickte er sie hart und schnell und brachte ihren Körper zu einem weiteren Orgasmus.

Sie saugte fester an Brodeys Schwanz, wollte ihn schmecken, wollte spüren, wie seine Eier in ihrer Hand fest wurden, bevor er abspritzte.

Ihre Gedanken entglitten ihr, wie sie es zuvor getan hatten. Diesmal rannte sie mit Brodey durch den Wald und ließ sich von ihm jagen. Sie waren beide verwandelt. Als er sie erwischte, warf er sie mit dem Körper zu Boden und bevor sie entkommen oder sich wieder in ihre menschliche Gestalt verwandeln konnte, fickte er sie in Wolfsgestalt.

Ein weiterer Orgasmus durchfuhr sie und zog sie zurück in die Gegenwart.

»Ja, Baby!«, zischte Brodey. Er packte ihren Kopf fester und schob seinen Schwanz tief in ihren Mund, während er explodierte. Sie saugte gierig an ihm und wollte jeden Tropfen schlucken.

Cail war offenbar auch kurz vor dem Höhepunkt, denn seine Finger gruben sich in ihre Hüften, während er sie hart von hinten nahm und dann aufstöhnte.

Befriedigt und erleichtert schnappte sie nach Luft, während ihr Körper noch etwas zitterte. Als Cail hinter ihr auf das Bett kroch, schaute sie hinter ihn und sah, dass Ain noch immer tief schlief.

Sie musste sich ihr Kichern verkneifen, um ihn nicht aufzuwecken, während sie es sich zwischen den beiden bequem machte.

»War das gut?«, flüsterte Cail ihr ins Ohr.

»Unglaublich gut«, flüsterte sie zurück, und zog seine Arme fester um sich.

Brodey grinste sie verschlafen an. »Baby, du bist sooo gut, du hast ja keine Ahnung.«

Sie schloss die Augen und schlief zwischen den beiden ein.

KAPITEL EINUNDZWANZIG

*E*s gab noch eine traurige Sache, die Carla, Elain und Liam tun wollten und wofür die drei nun im Auto saßen und nach Tampa fuhren. Elain saß hinten, Liam fuhr und Carla saß auf dem Beifahrersitz. Die beiden schienen sich sehr gut zu verstehen, wofür Elain sich im Stillen bedankte.

Keine Hoffnungen machen. Keine Hoffnungen machen.

Elain hatte den Friedhof seit über fünfzehn Jahren nicht mehr besucht, seit sie damals ihre Mutter gebeten hatte, sie dorthin zu bringen. Sie hatte keine richtigen Erinnerungen an Maureen Alexander, was sie sehr traurig machte. Sowohl Liam als auch ihre Mutter hatten sie offensichtlich sehr geliebt, wenn auch auf unterschiedliche Weise.

Da Elain in ihre eigenen Gedanken versunken war, schenkte sie der Unterhaltung vorn im Auto kaum Beachtung. Als sie auf den Parkplatz am Friedhof fuhren und Liam den Wagen abstellte, saßen die drei einen Moment lang schweigend da. Bis Elain schließlich nach vorn blickte und merkte, dass sie auf sie warteten.

»Oh, tut mir leid.«

Carla lächelte sie freundlich an. »Ist schon in Ordnung, Liebling.«

Elain erwiderte etwas, von dem sie hoffte, dass es nicht wie ein halbherziges Lächeln aussah, und sie stiegen schweigend aus dem Auto.

Carla führte sie über gewundene Pfade zu einem scheinbar älteren Teil des Friedhofs. Als sie vor dem Grabstein stehen blieben, bereute Elain es, keine Blumen für das Grab mitgebracht zu haben.

Liam ließ sich vor dem Stein auf die Knie fallen und legte eine Hand auf die dort eingravierte Schrift. Er schloss die Augen und weinte leise.

Carla legte ihren Arm um Elain und umarmte sie. Elain wusste nicht, was sie zu den beiden sagen sollte. Es war so viel passiert und in ihr sprudelten so viel Emotionen und Dinge, die sie verarbeiten musste.

Es würde viel Zeit in Anspruch nehmen.

Leider vermutete sie, dass die Sache mit den Abernathys noch nicht beendet war. Und dann waren da noch die Cockatrice, die sie erledigen mussten.

Außerdem würde sie bald eine Art Tante für Linas Zwillinge als auch für Mais Baby sein.

Zumindest dieser Teil erfüllte sie mit etwas Freude, wenn auch melancholischer Art. Sie hatte den Abend zuvor damit verbracht, viel über das Down-Syndrom nachzulesen und wusste jetzt, dass Mais kleines Mädchen möglicherweise fast völlig normal geboren werden könnte, mit minimalen medizinischen Problemen.

Sie wollte nicht über den schlimmstmöglichen Ausgang nachdenken.

Nach ein paar Minuten setzte sich Liam wieder auf seine Fersen, holte tief Luft und rieb sich mit den Händen das Gesicht. »Danke, dass du mich hierhergebracht hast. In der

Sekunde, in der sie gestorben ist, habe ich es in meiner Seele gespürt. Ich wusste, sie würde wollen, dass ich weitermache, genauso wie ich es von ihr gewollt hätte, wenn ich gestorben wäre. Aber ich habe mir geschworen, dass ich es nicht tun würde, bis ich mich richtig verabschiedet habe. Aber das tat ich nicht, da ich es nicht wollte.«

Carla trat vor und legte ihm tröstend eine Hand auf die Schulter. »Sie war eine wunderbare Frau. Ich bin froh, dass ich sie kennenlernen durfte.«

Er nickte. »Ich wünschte, wir hätten mehr Zeit miteinander gehabt.« Er stieß ein trockenes, verbittertes Lachen aus. »Auch wenn wir schon so alt waren, wir hatten nur drei Jahre zusammen.« Dann sah er zu ihr auf. »Das ist doch fast lustig, oder? Die Göttin hat einen feinen Sinn für Humor, aber ich kann nicht behaupten, dass ich etwas Gutes darin sehen kann.« Er griff nach oben und drückte ihre Hand. »Danke, Carla. Du warst ihr eine wahre Freundin und eine tolle Mutter für Elaine. Das werde ich dir niemals vergessen.« Er stand auf und umarmte sie.

Elain beobachtete sie.

Mache dir nicht zu viele Hoffnungen!

Nach einem Moment streckte Liam einen Arm nach Elain aus und zog sie in ihre Umarmung. Sie ließ sich bereitwillig von beiden umarmen, und in ihren Augen brannten Tränen, während sie ihre liebevollen Arme um sich spürte.

Er küsste sie auf den Kopf. »Deine Mom wäre so stolz auf dich«, sagte er zu ihr. »Ich bin mir sicher, dass du deine Männer bei der Stange halten wirst. Du hast ein richtig gutes Temperament, genau wie sie. Das habe ich immer an ihr geliebt, ihr unbändiges Temperament.«

∼

ELAIN KONNTE sich fast nicht dazu zwingen, es zu sagen. »Bitte«, flüsterte sie, »sag mir, dass du nicht wieder gehst.«

Er umarmte sie noch fester und sprach mit zitternder Stimme weiter. »Nie wieder. Es sei denn, du sagst mir, dass ich gehen soll. Ich werde dich nie wieder verlassen, das verspreche ich. Ain hat mich eingeladen, mit euch allen zu leben, solange ich will.«

Mit Tränen im Gesicht sah sie ihre Mutter an. Carla nickte.

»Ich bleibe auch. Wenn du mich auch da haben willst. Solange du willst.«

Elain nickte energisch.

AUF DEM RÜCKWEG nach Arcadia hielten sie zum Abendessen an. Die Stimmung war nun leichter und Elains Besorgnis, dass ihre Eltern wieder gehen könnten, war wie weggeblasen, sodass sie ihre Gesellschaft voll und ganz genießen konnte. Ihr fiel auf, dass die Bindung zwischen Carla und Liam noch tiefer schien als die Freundschaft, die sich in den letzten paar Wochen zwischen ihnen entwickelt hatte.

»Ich muss nach Spokane zurück, um mich um ein paar Dinge zu kümmern«, sagte Carla. »Um meine Sachen zu packen und zu entscheiden, was ich mit dem Haus mache. Der Markt ist im Moment nicht gut genug, um es zu verkaufen, aber ich könnte es vermieten.«

»Ich helfe dir gerne, wenn du möchtest«, bot Liam an.

Carla lächelte. »Danke schön. Das weiß ich zu schätzen. Sehr gerne.«

»Und wenn du willst, könntest du in meinem Haus in Venice wohnen«, bot Elain an. »Ähm, ihr beide, wenn ihr wollt. Nicht, dass ich euch beide nicht in Arcadia haben möchte«, fügte sie schnell hinzu. »Ich meinte nur, wenn ihr … etwas Privatsphäre wollt oder so.«

Carla stieß Liam an. »Ich glaube, sie will uns etwas sagen.«

Er lachte. »Das Gefühl habe ich auch.« Er drückte Elains Hand. »Was auch immer passieren wird, wird passieren, Liebling. All diese Dinge können bis nach eurer Hochzeit warten.«

Elain zuckte mit den Schultern. »Heimliche Hochzeiten ohne Gäste sind im Moment im Trend.«

Carla brach in Gelächter aus. »Wow. Du wolltest schon immer eine Hochzeit wie eine Prinzessin, und jetzt willst du heimlich heiraten? Das sagt wirklich was aus, oder? Dein Leben ist in letzter Zeit verrückt geworden, oder?«

Liams Gesichtsausdruck wurde ernst. »Und es wird wahrscheinlich noch verrückter. Ich will euch beiden keine Angst machen, aber ganz ehrlich? Es ist besser, wenn wir alle unter einem Dach leben. Zumindest für eine Weile.«

»Weil wir zusammen stärker sind?«, fragte Elain.

Er nickte. »Diese verrückten Kerle haben meine Schwägerinnen umgebracht. Und eine Gefährtin von einem Cousin der Lyalls. Nur, um zu versuchen, mich ausfindig zu machen, um so an dich heranzukommen. Ich bezweifle, dass der Clanrat sie einfach mit ihrem Beschluss aufhalten kann. Rodolfo Abernathys Stolz wurde damit verletzt. Der Mann hat seinen eigenen Sohn und Enkel getötet, weil sie ihn enttäuscht haben.« Er nippte an seinem Kaffee. »Ich wäre überrascht, wenn er Paul nicht noch am selben Tag getötet hat, weil er gegen dich verloren hat.«

Elains Magen verkrampfte sich. *Okay, Paul war ein Widerling, aber ihn töten?* »Glaubst du wirklich, dass er das getan hat?«

Liam zuckte mit den Schultern. »Schwer zu sagen. Es würde mich zumindest nicht überraschen.«

Carla schüttelte mit grimmiger Miene den Kopf. »Elain, es tut mir leid, dass ich es dir als Kind schwer gemacht habe, weil du Kampfsport machen wolltest. Ich bin jetzt so froh, dass du dich damals gegen mich durchgesetzt hast.«

Elain lachte auf. »Ich auch, Mom.«

Zurück im Auto und auf dem Heimweg nach Arcadia kam Elain eine weitere Frage in den Sinn. »Dad, denkst du, Mais Baby ist in Sicherheit?« Es fühlte sich immer noch seltsam an, ihn so zu nennen.

Sie saß auf dem Rücksitz und beobachtete, wie er durch den Rückspiegel zu ihr aufblickte. »Vielleicht nicht. Ein Teil von mir würde Abernathy am liebsten sagen, dass sie das Down-Syndrom hat, damit er sie in Ruhe lässt. Aber ein anderer Teil von mir denkt, dass er verrückt genug ist, sie zu töten, wenn er herausfindet, dass ein Kind seiner Abstammung in seinen Augen unvollkommen ist. Ich bezweifle ernsthaft, dass der Clanrat ihn davon abhalten könnte, egal, was sie ihm sagen.«

Elain spürte eine Welle der Wut und einen unbändigen Beschützerinstinkt in sich aufsteigen. »Wenn ich einmal Kinder habe, was wird dann passieren? Wird er sie verfolgen?«

»Auch das ist schwer zu sagen. Das sind Fragen an Lacey und Lina. Oder sogar Dinge, die du vielleicht selbst vorhersehen kannst, wenn du anfängst, Visionen zu haben.«

»Aber glaubst du, er würde versuchen, eines meiner Kinder zu töten oder zu entführen?«

»Ich weiß es nicht, aber ich würde es ihm zutrauen. Er ist ein verdammtes Arschloch der schlimmsten Sorte.«

Elain lehnte sich zurück und schwieg den Rest des Heimwegs. Als sie ankamen, traten Ain, Brodey und Cail auf die Veranda, um sie zu begrüßen.

Sie umarmte sie alle. Ain zwang sie, zu ihm aufzusehen. »Was ist los, Schatz?«

»Ich will diese Ficker alle kalt machen. Sie angreifen und das Ganze beenden, damit sie unsere Familie endlich in Ruhe lassen.«

»Wen?«, fragte Ain.

»Die Abernathys«, sagte sie.

Die Männer tauschten einen besorgten Blick aus. »Wo kommt das plötzlich her? Was ist passiert?«, fragte Ain. Sie wusste, dass er besorgt war, da er sie nicht einmal wegen des Fluchens zurechtwies.

»Hast du seit der Herausforderung etwas über Paul Abernathy gehört?« Dem Ausdruck auf Ains Gesicht nach wusste sie, dass er das getan hatte. »Sag es mir.«

Er blickte wieder zu seinen Brüdern, dann antwortete er. »Das ist das Problem. Niemand hat etwas gehört. Keiner der Ärzte, zu denen sie gehen könnten, nichts in den sozialen Medien – nichts. Er ist wie vom Erdboden verschwunden.«

»Weil sein Großvater ihn getötet und in den Wäldern von Maine verscharrt hat?«

Schließlich nickte Ain grimmig.

»Abernathy wird nicht so schnell aufgeben, oder?«

»Wahrscheinlich nicht. Aber wir werden sie nicht angreifen. Es gab viele Clankriege, an die sich viele von uns für immer erinnern werden. Uns selbst zu verteidigen, ist eine Sache. Unprovozierte Aggression ist eine andere.«

»Okay, aber was, wenn sie wieder hinter uns her sind?«

»Wenn sie uns noch einmal verfolgen«, sagte er, »dann ja, dann ziehen wir alle Register und bringen es zu Ende.« Er drückte sie fest an sich. »Bis dahin genießen wir einfach das Leben, das wir haben. Okay?«

Sie versuchte, sich in seiner Umarmung zu entspannen. »Okay.«

Brodey und Cail umringten sie ebenfalls und schlangen ihre Arme schützend um sie. Elain schloss die Augen und atmete ihren Duft ein. Wegen der Abernathys hatte sie ihre Mutter verloren und war gezwungen, für ihre Männer zu kämpfen. Sie hatte ihre Kindheit ohne ihren Vater verbracht, Zeit, die ihr niemand zurückgeben konnte. Ganz zu schweigen davon, dass Mais Baby in Gefahr sein könnte. Oder ihre eigenen zukünftigen Kinder.

Wenn er es noch einmal versucht, ist er ein toter Mann, schwor sie sich.

WEGEN ALL DER Aufregung seit der Ankunft ihrer Mutter in Arcadia hatte Elain dankbar die meisten Aufgaben der Hochzeitsplanung ihrer Mutter und Mai überlassen, obwohl sie dadurch einiges aus der Hand gegeben hatte.

Überraschenderweise war das für sie in Ordnung. In der Nacht vor der Hochzeit lag sie in Ains Armen, während sie darauf wartete, dass Brodey und Cail ins Bett kamen.

»Wie viele deiner Brüder kommen morgen zur Hochzeit?«, fragte sie ihn.

Er lachte. »Zwei. Du wirst sie heiraten.«

Sie schubste ihn sanft. »Ich meinte deine anderen Brüder. Du hast mir gesagt, dass du zehn weitere Brüder hast, die noch am Leben sind.« Sie konnte sich nicht vorstellen, eine so große Familie zu haben. »Und warum haben wir sie nicht als Verstärkung gegen Abernathy und die Cockatrice hergebracht?«

Er zuckte mit den Schultern. »Sie haben ihre eigenen Rudel und Familien, um die sie sich kümmern müssen. Ich wollte keinen von ihnen in all das hineinziehen. Es ist unser Problem, nicht ihres.«

Sie setzte sich auf und sah ihn ungläubig an. »Willst du mir sagen, dass keiner deiner anderen Brüder morgen kommt?«

»Es ist alles in Ordnung. Drei unserer Brüder sind jünger als wir, aber der Rest ist älter. Einige viel älter. Die meisten von ihnen leben nicht einmal hier in den Staaten. Wir wohnen nicht gerade in der Nähe von ihnen allen. Das heißt nicht, dass wir sie nicht lieben oder dass sie uns nicht lieben, aber wir alle haben unsere eigenen Leben.«

»Aber … aber sie sind deine Brüder! Ist es ihnen egal, dass ihr heiratet?«

»Ich habe sie alle angerufen und sie haben uns alles Gute gewünscht, aber es ist wirklich okay. Ich glaube, sie haben uns alle Karten geschickt. Wir werden morgen mehr als genug Leute hier haben, die mit uns feiern wollen.«

Genau in diesem Moment kamen Brodey und Cail ins Schlafzimmer und sie stürzte sich mit ihrer Frage auf sie. »Wusstet ihr, dass keiner eurer Brüder morgen kommt?«

Brodey runzelte die Stirn. »Geht es dir gut, Baby?«

Cail schlug ihm auf die Schulter. »Ich glaube, sie meint unsere anderen Brüder.«

»Ganz genau. Warum bin ich die Einzige, die das stört?«

Ain kicherte. »Du sagst es. Du bist die *Einzige*, die das stört.« Er nahm ihre Hände in seine und küsste sie. »Im Ernst, wir haben damit kein Problem. Wir lieben unsere Brüder. Versteh das nicht falsch, wenn sie unsere Hilfe bräuchten, wären wir sofort für sie da. Und wenn wir sie um Hilfe bitten würden, wären sie für uns da.«

»Alle, außer vielleicht Brighton«, grummelte Brodey.

Cail lachte. »Ja, er ist ein Idiot.«

»Das ist nicht sehr nett!«, protestierte Elain.

»Ja«, sagte Ain, »aber leider ist es die Wahrheit. Er ist derjenige, der vor uns geboren wurde.«

»Der Junge ist einfach nicht richtig im Kopf«, sagte Brodey.

»Ausgerechnet du solltest nicht auf einem deiner Brüder herumhacken«, schimpfte sie.

»Baby, Brodey hat recht«, sagte Ain. »Er ist kein Arschloch, er ist nur ...«

»Einfach gestrickt«, schlug Cail vor.

»Das ist gemein!«, sagte Elain.

»Nein, das ist nett«, entgegnete Brodey. »Ich glaube, er hat damals ein paar Kopfnüsse zu viel von seinem Pferd abbekommen.«

Cail kicherte. »Er war schon immer schlecht im Reiten.«

»Also gut«, sagte Ain, der offenbar spürte, wie aufgebracht Elain wurde. »Das reicht. Baby, es tut uns leid, aber er ist unser Bruder und wir wissen, wie er ist. Du bist ihm noch nie begegnet.«

»Genau darum geht es ja. Ihr habt eine riesige Familie, und ich habe sie noch nie kennengelernt. Wann wird das passieren? Und warum habt ihr keine Schwestern?«

Plötzlich wurden die Gesichter aller drei Männer traurig und Elain bereute sofort den Tonfall, in dem sie gefragt hatte. »Es tut mir leid, Jungs. Ich hätte nicht fragen sollen.«

»Nein, ist schon okay«, sagte Ain. »Wir hatten nur drei Schwestern. Alle drei sind längst gestorben. Nur eine von ihnen war eine Gestaltwandlerin.«

»Mom hat immer Witze darüber gemacht, dass sie Dad hätte kastrieren lassen sollen, als ihr klar wurde, dass er hauptsächlich Jungen zeugte«, sagte Brodey mit einem Lächeln.

Alle drei Brüder schmunzelten. »Ja«, stimmte Cail zu. »Arme Mom. Sie war immer in der Unterzahl.«

»Sie hat sich aber behauptet«, sagte Ain. »Sie hat das Haus regiert.«

Brodey nickte. »Erinnert ihr euch noch an das letzte Weihnachten, als ich zu langsam aufgestanden bin, um ihr beim Abwasch zu helfen?«

Seine Brüder lachten. »Ja«, sagte Cail. »Sie hat dich am Ohr gepackt und dich heulend in die Küche gezerrt.«

Alle drei Männer lachten und seufzten dann fast identisch.

»Ich wünschte, ich hätte sie kennenlernen können«, sagte Elain. »Sie sind bei dem Versuch gestorben, mir zu helfen.«

»Ist schon okay, Baby«, versicherte ihr Ain. »So seltsam das auch klingen mag, aber vielleicht musste das alles passieren. Wenn deine Eltern weit weggezogen wären, hätten wir dich vielleicht nie getroffen.«

»Du hast recht. Das klingt beschi… verrückt.«

Er starrte sie einen Moment lang an, brach dann in Gelächter aus und zog sie in seine Arme. »Danke, Schatz. Ich verspreche dir, dass ich dir nicht den Hintern versohlen werde, solange du versprichst, nicht mehr zu fluchen.«

Sie lachte mit ihm. »Abgemacht. Und danke.« Sie blickte in sein hübsches Gesicht. Wie war es möglich, so viel Liebe zu empfinden, nicht nur für ihn, sondern für alle drei, ohne dass ihr Herz explodierte? »Ich will versuchen, mich an den Code zu halten.«

Sein Gesichtsausdruck wurde weicher, während er sanft ihre Wange streichelte. »Das weiß ich zu schätzen, Baby. Ich weiß, dass du als Seherin manchmal Freiheiten brauchst, um dich um Dinge zu kümmern, die nicht nur mich, sondern uns alle drei Alphas nervös machen. Wir versprechen dir, dass wir versuchen werden, geduldig und verständnisvoll zu sein. Bitte versuch im Gegenzug geduldig mit uns zu sein. Wir lieben dich und wollen nicht, dass dir etwas passiert.«

Sie nickte. »Versprochen. Ich liebe diesen freundlicheren, sanfteren Prime, den du neuerdings zeigst.«

»Ja?«

Sie lachte. »Ja. Das macht mich richtig geil. Es ist verdammt sexy, einen heißen, attraktiven, dominanten und trotzdem sensiblen Typen zu haben.«

»Also, darum sollten wir uns sofort kümmern«, sagte Brodey.

»Warte«, sagte Ain und sah ihr tief in die Augen. »Bist du wirklich glücklich, Schatz? Machen wir dich wirklich glücklich?«

Sie nickte. Dann küsste sie ihn. »Ich war noch nie in meinem Leben so glücklich und zufrieden«, sagte sie wahrheitsgemäß. Sie setzte sich mit gespreizten Beinen auf seinem Schoß und schlang ihre Arme um seinen Hals. Sein harter Schwanz rieb an ihrer Klitoris. »Danke, dass du Geduld mit mir hast.«

Er lächelte. »Danke, dass du Geduld mit mir hast. Mit uns allen.«

»Ja, wir sind sicher nicht immer einfach«, sagte Brodey mit einem Lächeln.

Sie griff zwischen seine Beine und umfasste seine Eier. »Das stimmt.«

»*Mmm*. Mach weiter so, Baby, und du wirst in etwa zwei Sekunden voller Schwänze sein.«

»Was ist, wenn das mein Ziel ist?«

Cail lachte. »Dein Wunsch ist uns Befehl.«

Sie grinste, während sie ihre Muschi über Ains Schwanz manövrierte und langsam darauf hinuntersank. »Ich glaube, du hast immer noch nicht diese eine Sache getan.«

Er zog eine Augenbraue hoch. »Ist das eine Aufforderung?«

»Geh und hol das Gleitmittel, dann wirst du es herausfinden.«

Brodey lachte, während Cail aus dem Bett kletterte. »Schön zu wissen, dass ich nicht der Einzige bin, den sie herumkommandiert.«

Sie lachte und drückte sanft seinen Schwanz. »Und wenn du willst, dass dieser Schwanz gelutscht wird, solltest du besser eine andere Position einnehmen.«

»Ooh, sie hat es heute Abend eilig, Jungs«, neckte Ain sie, während er sie beide etwas weiter das Bett hinunterschob, um Brodey Platz zu machen.

Sie legte ihre Finger um den Schaft von Brodeys Schwanz und zog ihn zu sich, bis er nahe genug war, sodass sie ihre Lippen darumlegen konnte. Cail kam mit dem Gleitmittel zurück und sie hielt inne, sodass Cail sie einschmieren und seinen Schwanz tief in ihren Arsch schieben konnte.

Elain entspannte sich völlig und erlaubte ihrem Körper, die Führung zu übernehmen. »Fickt mich, Jungs«, flüsterte sie, bevor sie Brodeys Schwanz wieder in den Mund nahm.

Ain gab das Tempo unter ihr vor und Elain schloss die Augen und genoss das Gefühl der Hitze ihrer Körper, die sie überflutete. Die einzigen Geräusche waren das Klatschen von Haut auf Haut, während Cail sie fickte, das feuchte Saugen ihres Mundes an Brodeys Schwanz und das lustvolle Stöhnen von allen dreien.

Elain fühlte sich, als würde sie schweben, ihre Klitoris war bereits von der Reibung an Ains Schwanz angeschwollen. Cail packte sie an der Hüfte. »Oh mein Gott«, stöhnte er mit leiser, lusterfüllter Stimme, »dein Arsch ist so verdammt eng, es fühlt sich unglaublich an.«

Sie liebte es, dass sie diese Reaktion bei allen dreien hervorrufen konnte. Ihr Körper bewegte sich instinktiv mit ihnen – brauchte sie, wollte sie. Als die erste Welle der Lust durch sie hindurchfegte, schrie sie um Brodeys Schwanz herum auf.

Eine der Visionen erschien wieder vor ihrem inneren Auge. Diesmal war sie schwanger und lag gemütlich im Bett. Ihre Männer hatten jeweils eine Hand auf ihrem Bauch und sahen sie mit ehrfürchtigen Gesichtern an, während sie das Baby zum ersten Mal treten spürten.

Ein zweiter Orgasmus zog sie rechtzeitig zurück in ihren Körper, sodass sie gerade noch rechtzeitig schlucken konnte, während Brodey in ihren Mund kam. Ain und Cail bewegten sich jetzt in immer schneller werdendem Tempo, ihre Schwänze wurden härter und lösten einen weiteren Höhepunkt aus, der sie vor Lust aufschreien ließ.

Fast gleichzeitig knurrten die beiden und kamen dann stöhnend in ihr. Danach brach sie zitternd auf Ain zusammen.

»Alles in Ordnung?«, fragte Cail.

Sie grinste. »Viiiiel besser als in Ordnung.« Cail wischte erst sie und dann sich selbst ab, dann kam er ins Bett zurück. Plötzlich kam ihr ein lustiger Gedanke und sie kicherte.

»Was ist so lustig?«, murmelte Ain, der schon im Halbschlaf war.

»Ich mag es, wie ein Sandwich gefüllt zu werden«, sagte sie mit einem verschlafenen Gähnen.

Brodey kicherte. »Eher wie ein gefüllter Donut«, sagte er. »Die mit der cremigen Füllung.«

Sie kicherte wieder. »Okay, das gefällt mir auch.«

»Lasst uns schlafen«, sagte Ain. »Morgen ist ein großer Tag.«

»Mmm, Kuchen«, sagte Brodey.

Sie lachte wieder, unterbrochen von einem Gähnen. »Bei dir dreht sich alles ums Essen, nicht wahr?«

»Nein, nicht nur ums Essen, Baby. Auch um Sex.«

Sie kicherte. »Dauergeil.«

»Das bin ich«, stimmte er zu.

»Schlaft jetzt«, sagte Cail.

Sie kuschelte sich näher an ihre Männer und schloss die Augen.

Morgen würde sie offiziell Mrs. Aindreas Lyall werden.

Und ihr Vater würde sie zum Altar führen.

KAPITEL ZWEIUNDZWANZIG

*R*odolfo saß im Motelzimmer und wartete wütend. Er hasste es, warten zu müssen, vor allem auf Marston. Kurz nach zehn an diesem Abend klopfte jemand leise an seine Tür.

Rodolfo nickte Trent, einem seiner Männer, zu, der die Tür öffnete.

Dort stand Marston, der offensichtlich nervös da, da er ständig sein Gewicht von einem zum anderen Bein verlagerte.

»Wird Zeit, dass du kommst«, schimpfte Rodolfo. »Wo zum Teufel warst du?«

»Du bist nicht derjenige, dem die Drachenfrau die Eier braten wird.«

»Wie auch immer. Was hast du herausgefunden?«

»Die Hochzeit findet morgen statt. Es werden eine Menge Leute auf der Lyall-Ranch ein und aus gehen. Caterer, Gäste, Freunde. Dann solltest du in der Lage sein, ein paar deiner Männer in die Nähe zu bringen, um sie zu schnappen.«

»Sehr gut. Und jetzt verschwinde, Marston.« Nachdem Marston gegangen war, sah Rodolfo seine beiden besten Männer an, Trent und Ken, beide Alphas, von denen er sich gewünscht hätte, sie wären seine Söhne. »Ihr werden morgen früh zur Ranch gehen, die Pardie-Bitch finden und sie zu mir bringen. Wenn ihr den Kojoten auch in die Finger bekommt, gut, aber die Pardie-Bitch ist eure oberste Priorität. Verstanden?«

Beide Männer nickten.

»Gut. Ihr müsst früh los. Mein Flugzeug wird morgen früh am Flughafen in Port Charlotte bereitstehen. Sobald wir sie haben, fahren wir dorthin, um wegzufliegen.«

»Wohin gehen wir?«, fragte einer der Männer.

»Ich habe eine Anlage in Montana. Gut bewaffnet und gut vorbereitet. Da draußen wird uns niemand finden.«

KAPITEL DREIUNDZWANZIG

*D*er nächste Morgen kam viel zu früh für Elains Geschmack. Es begann damit, dass Lina mit einer Tasse Kaffee für Elain in ihr Schlafzimmer stürmte und die Männer hinausjagte.

»Ihr Jungs dürft sie nicht in ihrem Kleid sehen. Das bringt Pech.«

Brodey kramte in seinem Schrank, um etwas zum Anziehen zu finden. »Wo sollen wir uns anziehen?«

»Ihr könnt das Schlafzimmer zurückhaben, nachdem wir hier fertig sind. Ihr werdet nicht lange brauchen, um euch fertig zu machen.«

Ain beugte sich vor und küsste Elain, die benommen an ihrem Kaffee nippte. »Wir sehen uns in ein paar Stunden, Süße«, sagte er.

»Beweg deinen Hintern«, kicherte Lina und schlug ihn mit einem Kissen.

Als sie allein waren, setzte Lina sich zu Elain auf das Bett. »Geht es dir gut?«

»Ich bin noch nicht wach, aber mir geht es gut.«

Lina grinste. »Deine Mutter ist seit 5:30 Uhr auf und bereitet das Frühstück vor.«

»Oh Mann«, stöhnte sie. »Ich wollte euch nicht so viele Umstände machen.«

»Ist schon okay. Dein Dad war auch da, um ihr zu helfen.«

»Das ist nett.«

Lina grinste und flüsterte. »Ich habe gesehen, wie er sie geküsst hat.«

Okay, jetzt war sie wach. »Was?«

Lina nickte. »Kein Zungenkuss oder so, nur ein süßer kleiner Kuss. Aber …« Sie zuckte mit den Schultern und ihr strahlendes Grinsen erhellte praktisch den Raum. »Ich habe ein gutes Gefühl dabei.«

»Gefühl oder Vision?«

»Das werde ich dir nicht sagen.« Lina lachte und kletterte aus dem Bett. »Lass uns dich fertig machen, damit die Männer irgendwann wieder hier reinkommen können.«

DER REST des Morgens verging wie im Flug. Lina, Mai, Callie, ihre Mutter und Lacey halfen alle dabei Elains Frisur und Make-up zu machen und ihr in ihr Kleid zu helfen. Als der Fotograf mit den obligatorischen inszenierten Schnappschüssen fertig war, stand Elain mit ihrer Mutter und den anderen Frauen um sie herum im Gästezimmer. Sie starrte in den Spiegel und sah sich ihr Kleid an. Irgendwie hatte sie nie wirklich geglaubt, dass dieser Tag kommen würde.

Wieder sah sie auf ihre Hände, um sich zu vergewissern, dass dort kein Blut mehr von Paul Abernathy unter ihren Nägeln klebte. Sie musste gegen den Drang ankämpfen, Lady Macbeths Selbstgespräch zu rezitieren.

Habe ich ihm das wirklich angetan?

Manchmal dachte sie, es sei ein Traum gewesen, nur ein verschwommener Albtraum, den sie irgendwie in eine Erinnerung verwandelt hatte. Dann brach sie aus diesem Wunschdenken heraus und versuchte, zu akzeptieren, dass dies ihr Leben war.

Carla wischte sich eine Träne von der Wange und strahlte sie glücklich an. »Du siehst wunderschön aus, Schatz.«

Elain lächelte sie im Spiegel an. »Danke Mom.« Dann umarmte sie ihre Mutter. »Ich bin so froh, dass du und Dad beide hier seid.« Obwohl Carla und Liam in den vergangenen Wochen immer noch in getrennten Schlafzimmern geschlafen hatten, waren sie mehrmals allein ausgegangen und hatten viel Zeit miteinander verbracht, wenn Liam nicht mit Ain und den Jungs auf der Ranch beschäftigt gewesen war.

»Du bist wunderschön«, sagte Lina mit einem strahlenden Lächeln. »Vielleicht werde ich meine Meinung ändern und meine Jungs auch heiraten.« Als Lina und ihre Männer zusammengekommen waren, hatte sie ihren Namen legal geändert und trug nun ihre Nachnamen als auch ihren eigenen. Sie hatte keinen von beiden geheiratet, weil sie fand, dass sie kein Stück Papier brauchten, um irgendetwas zu beweisen.

Außerdem hatte sie Angst, dass die Männer sich im Streit darum, wer der legale Bräutigam sein durfte, gegenseitig töten könnten.

Auch Mai lächelte. »Zumindest wüsstet ihr jetzt, wie man eine Hochzeit plant.«

Elain drehte sich um und umarmte sie alle. »Ich danke euch allen, dass ihr hier seid. Ich liebe euch so sehr.«

»Viel Spaß heute, Elain«, sagte Lacey. »Wir haben noch etwas Zeit, bevor es wieder schlimmer wird. Heute ist dein Tag, also genieß es.«

Dann erklang ein schnelles Klopfen an der Tür, und Liam kam herein und schloss die Tür hinter sich. »Sie sind alle im Wohnzimmer bereit«, sagte er. »Und ich werde diesen verdammten Fotografen gleich erwürgen. Er lässt mich nicht in Ruhe und will unbedingt Fotos von uns zusammen.«

Carla gab Elain einen letzten Kuss. »Ich liebe dich, Baby«, flüsterte sie. Elain kämpfte gegen ihre Freudentränen. »Ich liebe dich auch, Mom.«

Dann drängte Carla die anderen Frauen hinaus, sodass Liam mit Elain allein war. Sie war etwas nervös, aber nicht wegen ihres Vaters.

Er trat zu ihr und umarmte sie. »Du bist wunderschön«, sagte er. »Deine Mutter wäre so stolz.«

»Danke, Dad.« Sie schloss die Augen und atmete tief ein. Der Duft aus ihrer Kindheit, von der Lederjacke, füllte ihre Lungen und brachte sie fast wieder zum Weinen.

Nach einem Moment klopfte er ihr auf den Rücken und beendete ihre Umarmung. »Lass uns gehen, Schatz. Der Fotograf will seine Fotos, und da draußen warten drei junge Männer auf dich. Sie wirken ziemlich nervös, finde ich.«

Sie lachte. »Haben sie Angst davor, dass ich einen Rückzieher machen könnte?«

Er lächelte. »Nein, ich glaube nicht, dass das ihre Sorge ist. Brodey schielt immer wieder zur Torte und Cail hat ihm schon damit gedroht, ihm den Mund mit Klebeband zuzukleben.«

Sie lachte wieder. Das war ihr Brodey. »Dann lass uns gehen. Das würde ein seltsames Hochzeitsfoto abgeben.«

Sie riefen den Fotografen herein, damit er seine Aufnahmen machen konnte. Als er fertig war, führte Liam Elain hinaus in den Flur.

Nur die engsten Mitglieder des Rudels waren im Wohnzimmer versammelt. Elain stand am Ende des Flurs, ihren

Arm bei Liam eingehakt, und blickte auf alle, die sich dort versammelt hatten. Die Großfamilie und Freunde waren alle draußen, unterhielten und bereiteten sich darauf vor, ihre Plätze einzunehmen.

Für Elain und ihre Männer war das hier die eigentliche Hochzeit.

Als Liam sie durch das Wohnzimmer zu Ain, Brodey und Cail führte, die vor ihrer Anwältin standen, konnte sie nicht anders, als aus vollem Herzen zu grinsen. Alle drei sahen in ihren Smokings unglaublich gut aus.

Für einen kurzen Moment glaubte Elain, eine verschwommene, neblige Gestalt zu sehen, die sich im Glas der Schiebetüren spiegelte, aber auf den zweiten Blick stellte sie fest, dass es nur Einbildung gewesen sein musste.

Obwohl die Gestalt vage einer Frau geähnelt hatte.

Liam übergab sie an Ain und stellte sich dann neben Carla.

Ihre Anwältin, die ebenfalls Gestaltwandlerin und Notarin war, lächelte sie an. »Bereit?«

Elain blickte in Ains graue Augen und lächelte. Sie waren sich einig, dass sie die private Zeremonie kurz und bündig halten wollten. »Ja.«

Ain winkte Brodey und Cail nach vorn. Alle drei umfassten Elains rechte Hand, und Ain schob einen Ring an Elains linke Hand, während er sein Gelübde ablegte. Dann sprach Elain ihre Gelübde für alle drei Männer und steckte jedem einen identischen Ring an die linke Hand.

Als sie fertig waren, lächelte die Anwältin. »Ain, Brodey, Cail, ich erkläre euch hiermit alle verpaart. Ihr dürft eure Braut jetzt küssen.«

Ain hielt sich zurück und gab Elain einen kurzen, sanften Kuss auf die Lippen, bevor er sie an Brodey weitergab, weil er wusste, dass er in ein paar Minuten seine Chance vor allen bekommen würde. Brodey nutzte den Moment aus, packte sie und gab ihr einen tiefen, leidenschaftlichen Kuss, der sie fast dahinschmelzen ließ. Sie hätte ihn am liebsten sofort ins Bett gezerrt.

Sie wurden von einem gutmütigen Räuspern unterbrochen, und Cail tippte ihm auf die Schulter. »Alter, du musst schon teilen.«

Elain lachte, und Brodey gab sie lächelnd für Cail frei, der sie ebenfalls leidenschaftlich küsste. Als er sie wieder losließ, schwankte sie ein wenig auf ihren Füßen.

»Wow!«

Ain nahm ihre Hände in seine. »Bereit für den zweiten Akt?«

Sie nickte. »Ja. Ich will Torte.«

Brodey grinste stolz. »Das ist mein Mädchen!«

TRENT SAH sich um und beugte sich dann zu seinem Partner. »Hier sind viele Gestaltwandler«, flüsterte er. Sie hatten keine Probleme gehabt, hineinzukommen. Sie hatten auf einem Feld mit den anderen Gästen geparkt und dafür gesorgt, dass sie einen freien Ausgang hatten, ohne sich Sorgen machen zu müssen, dass sie zugeparkt wurden. Niemand überprüfte die Einladungen oder fragte sie nach ihren Namen. Hätte sie doch jemand gefragt, wollten sie sagen, dass sie Reporter waren, die nach dem Caterer suchten, um einen Artikel über sie zu schreiben. Trent hatte einen Block und Stift dabei und trug eine professionelle Kamera um den Hals.

Ken nickte. »Ich weiß. Ich werde mich während der Zeremonie ins Haus schleichen und mich umsehen. Vielleicht gibt es eine Hintertür, durch die wir sie bringen können. Hast du das Zeug?«

Trent nickte und reichte ihm einen kleinen schwarzen Beutel. »Ich habe drei und du hast drei.« Darin lagen Spritzen mit klarer Flüssigkeit, M99, einem starken Beruhigungsmittel für Tiere.

»Glaubst du, es ist stark genug, um sie ruhigzustellen?«

Er zuckte mit den Schultern. »Wenn nicht, wird sie uns umbringen, dann ist es sowieso egal. Du hast gesehen, was sie mit Paul gemacht hat.«

Ken erschauderte. »Ich habe auch gesehen, was Abernathy mit Paul gemacht hat, weil er verloren hat. Ich möchte nicht, dass das mit mir passiert.«

»Dann lass uns das nicht vermasseln. Beweg dich.«

Ain nahm seinen Ring ab und überreichte ihn Lina, die bei der öffentlichen Zeremonie als Elains Trauzeugin auftrat. Elain gab ihren Brodey, der Ains Trauzeuge war. Alle außer Liam und Elain gingen nach draußen, um ihre Plätze einzunehmen.

Elain wollte gerade etwas zu Liam sagen, als sie wieder die zarte Erscheinung sah, die sich in der Schiebetür spiegelte. Sie ging darauf zu, aber die Gestalt war schon verschwunden, noch bevor sie sich sicher sein konnte.

»Was ist los?«, fragte er und kam hinter ihr her.

Sie runzelte die Stirn. »Ich weiß nicht.« Sie streckte die Hand aus und berührte das Glas. Es fühlte sich warm an, da die Nachmittagssonne darauf strahlte.

»Warum siehst du dann aus, als hättest du einen Geist gesehen?«

Sie wollte gerade antworten, hielt dann aber inne.

Geist?

Nein. Ihr Leben war schon verrückt genug, ohne dass sie auch noch Geister sehen musste.

Sie holte tief Luft. »Ich fantasiere, Dad.« Mit einem Lächeln drehte sie sich zu ihm um und hakte sich bei ihm ein. »Lass uns das hinter uns bringen, damit wir essen können.«

ÜBER DREI VIERTEL der Gäste waren Gestaltwandler oder mit Gestaltwandlern befreundet oder liiert. Elain hatte ein paar Freunde eingeladen, darunter ehemalige Kollegen, aber die letzten paar Wochen hatten sie das eine oder andere gelehrt. Menschen, die sie zuvor als »enge Freunde« bezeichnet hätte, waren ihr nicht so nah wie ihre neuen Freunde und ihre Adoptivfamilie. Ihr war vorher nie klar gewesen, wie zurückhaltend und vorsichtig sie immer gewesen war. Sie hatte nie wirklich jemanden nah an sich herangelassen oder ihr Herz geöffnet.

Während sie so neben Liam stand und die Gäste ansah, manche vertraut, manche nicht, musste sie nervös schlucken. Sie wusste, dass es nur ihre Nerven waren, aber sie hatte tief in ihrer Magengrube das Gefühl, dass gleich etwas Schlimmes passieren würde.

Hier? Mit allen in der Nähe? Unwahrscheinlich.

Liam beugte sich vor und flüsterte ihr etwas ins Ohr. »Entspann dich, Schatz. Du bist bereits mit ihnen verheiratet. Das ist nur Show.«

Sie lächelte. Ain, Brodey und Cail standen alle vorn und warteten. Auch Lina und Mai standen vorn.

Sie sah ihre beiden Brautjungfern an, die beide schwanger waren, und plötzlich musste sie kichern. *Wie lange noch, bis ich auch schwanger sein werde?*

Vor Kurzem noch hatte sie die Frage nach Kindern immer

von sich geschoben, und jetzt war es alles, woran sie denken konnte.

Sie unterdrückte ihr nervöses Kichern und ging den Gang hinunter. Liam tätschelte ihren Arm und bevor er sie Ain übergab, küsste er sie auf die Stirn.

»Du bist wunderschön, Schatz.«

Die Anwältin fragte: »Wer übergibt die Braut ihrem Bräutigam?«

Liam richtete sich stolz auf und sah in seinem Smoking unglaublich gut aus. »Ihre Mutter und ich.«

Elains nervöses Kichern brach fast als Schluchzen aus ihr heraus. Ihre Mutter und ihr Vater waren beide an einem der wichtigsten Tage ihres Lebens für sie da.

Doch das Loch in ihrem Herzen für die Frau, die sie nie kennenlernen würde, fühlte sich immer noch wie eine offene Wunde an.

Liam nahm neben ihrer Mutter Platz. Elain konnte sich auf nichts als Ains graue Augen konzentrieren, während sie ihr Gelübde sagte und den Ring an seinen Finger steckte.

»Hiermit erkläre ich Sie zu Mann und Frau. Sie dürfen die Braut jetzt küssen.«

Ain nahm Elain in seine Arme und gab ihr unter tosendem Applaus die Art von Kuss, von der jede Frau sofort weiche Knie und ein feuchtes Höschen bekommen hätte. Als Ain sie endlich freiließ, nutzte er ihre mentale Verbindung, um mit ihr zu sprechen.

»Warte nur, bis wir drei später mit dir allein sind.«

»Ich kann es kaum erwarten.«

»Darf ich Ihnen Aindreas und Elain Lyall vorstellen?«, sagte die Anwältin. »Die Braut und der Bräutigam laden Sie alle ein, sich ihnen zum Empfang im Zelt dort drüben anzuschließen.«

Ain führte Elain den Gang entlang zurück zum Zelt, der Rest der Hochzeitsgesellschaft folgte ihnen.

»Du wirst mir doch nicht die Torte ins Gesicht schmeißen, oder?«, flüsterte sie ihm zu.

»Ich? So etwas traust du mir zu?«

»Ich rate es dir nicht.«

»Ich verspreche dir, dass ich es nicht tun werde.«

»Was ist mit Brodey?« Ihm konnte sie so etwas auf jeden Fall zutrauen.

»Ich kann nicht für ihn sprechen.«

»Aber du kannst ihm verbieten, es zu tun.«

Ain grinste. »Wo wäre da der Spaß?«

Lina hielt angespannt Ausschau. Sie hatte Jan, Rick, Kael und Zack gewarnt, auf Ärger vorbereitet zu sein, wollte Elain aber keine Angst machen. Irgendetwas war im Gange, sie wusste nur nicht was. Sie war an diesem Morgen aufgewacht und hatte sich seltsam und bedrückt gefühlt. Nur mit ganzer Kraft hatte sie es geschafft, ein Lächeln aufzusetzen und sich zu zwingen, für Elain fröhlich zu sein.

Das war der große Tag ihrer Freundin und sie wollte ihn nicht für sie verderben.

Bevor sie sich auf ihren Platz setzte, streckte sie sich und sah sich noch einmal unauffällig um. Mai beugte sich vor. »Was ist los?«

Lina schüttelte den Kopf. »Nichts. Die Zwillinge bereiten mir heute Rückenschmerzen. Ich bin froh, dass ich flache Schuhe angezogen habe.« Sie ließ den Blick über die Menge schweifen, wollte aber auch Mai nichts sagen.

Es hat keinen Sinn, sie zu beunruhigen.

~

NACH DEM EMPFANG riefen alle durcheinander und wollten, dass Elain den Blumenstrauß in die Menge warf. Carla zog Lina und Mai mit sich in die Menge der Frauen, die vorn standen.

Elain drehte der Gruppe den Rücken zu und warf ihn lachend über ihre Schulter. Sie blickte gerade rechtzeitig hin, um zu sehen, wie Lina danach griff und einen Augenblick später mit Entsetzen an sich herunterschaute. Etwas war passiert.

Elain rannte zu ihr. »Was ist los? Ist alles in Ordnung?«

Carla und Mai kamen ebenfalls neben sie, während Rick, Jan, Kael und Zack versuchten, sich durch die Menge zu ihr zu drängen.

Lina schnappte nach Luft und blickte von der kleinen Pfütze auf, die jetzt ihre Füße umgab. »Ich bin mir nicht sicher, aber ich glaube, meine Fruchtblase ist gerade geplatzt!«

ENDE

HOLEN SIE SICH IHR KOSTENLOSES BUCH!

Tragen Sie sich in unsere Mailingliste ein, um Ihr kostenloses Buch zu erhalten.

https://geni.us/jungfrauunddervampir

BÜCHER VON LESLI RICHARDSON

<u>Suncoast Society</u>

Sicherer Hafen
Von Haus aus Domme
Cardinal's Rule
Der zögerliche Dom
Der Denim-Dom

Ärger-im-Dreierpack-Reihe

Ärger Kommt Selten Allein - Buch 1
Sturmwarnung - Buch 2
Nacht Der Drei Hunde - Buch 3
Feuerprobe - Buch 4

ÜBER DEN AUTOR

Über die Autorin

Die Autorin Lesli Richardson, die besser unter ihrem erfolgreichen Pseudonym Tymber Dalton bekannt ist, lebt mit ihrem Ehepartner und zu vielen Haustieren in der Region Tampa Bay in Florida. Sie schreibt in einer Vielzahl von Hitzestufen und Genres, von Mainstream-Sci-fi bis hin zu heißem Ménage. Die USA Today-Bestsellerautorin (als Tymber) und zweifache EPIC-Preisträgerin ist nebenberuflich Wikinger-Schildmaid in Ausbildung und liebt es, mit ihren Freunden Tontauben zu schießen und D&D zu spielen. Sie ist außerdem die Autorin von über zweihundertfünfzig Büchern, darunter *The Reluctant Dom*, *Cross Country Chaos*, *Her Vampire Obsession*, die Bleacke-Shifters-Serie, die Governor Trilogie, die Determination Trilogie, die Great Turning Trilogie, die Suncoast-Society-Serie, die Love-Slave-for-Two-Serie, die Triple-Trouble-Serie, die Coffeeshop-Coven-Serie, die Good-Will-Ghost-Hunting-Serie, die Drunk-Monkeys-Serie und viele andere.

Sie lebt in ihrer eigenen kleinen Welt, aber das ist in Ordnung – alle kennen sie dort.

Sie liebt es, von ihren Lesern zu hören! Schauen Sie auf ihrer Website vorbei und melden Sie sich für ihren Newsletter an, um über die neuesten Nachrichten, Sneak Peeks und Veröffentlichungen auf dem Laufenden zu bleiben.

Ehrliche Rezensionen sind immer willkommen; sie tragen

zur Sichtbarkeit eines Buches bei und können seine Platzie-
rung auf den Websites von Buchhändlern verbessern. Selbst
nur ein paar Zeilen darüber, was Sie beim Lesen des Buches
empfunden haben, sind hilfreich. Vielen Dank, wir wissen
Ihre Zeit sehr zu schätzen!

Newsletter: https://tymberdalton.com/newsletter/
http://www.tymberdalton.com